BRÄNDA AV SOLEN

Eva Ekelöf

BRÄNDA
av solen

Förlag: Ekelöf Ord Med Mera
© Eva Ekelöf 2024

Grafisk formgivning omslag & inlaga:
Mia Fallby, m-Dsign.com

Förlag: BoD • Books on Demand, Stockholm, Sverige
Tryck: Libri Plureos GmbH, Hamburg, Tyskland
ISBN: 978-91-8057-726-7

"Ja, ett experiment var människan."
Friedrich Nietzsche

PROLOG

De var erfarna och uthålliga vandrare efter flera hundra kilometer till fots genom Europa. Efter många nätter nådde de äntligen kusten. Där skulle det finnas en båt som skulle ta dem över havet.

De var nio personer och kom från de sydligare delarna av Europa, de delar som blivit för varma, där det var svårt för människor att överleva. Som så många andra hade de lämnat sitt hemland för att ta sig norrut, till ett ställe där det skulle gå att leva, där de skulle vara välkomna. De var en rännil i en ständig ström av människor på flykt genom Europa, alla från syd mot norr.

I Tyskland hade de blivit upptäckta, infångade av polisen och förda till ett av de vidsträckta lägren, där flyktingarna antingen väntade på deportation eller på ett ljusare öde som kvotflykting till ett svalare och vänligare sinnat land. De kände inte varandra, men umbärandena i lägret hade smitt dem samman till en grupp, som planerat att fly vidare, norrut, och nu var de på väg till något som de hoppades skulle kunna kallas frihet. Återigen på flykt, norrut.

Farid Shakir, algeriern, hade blivit informell ledare, Costas Galanis, greken, var hans andreman.

Hittills hade flykten gått utan missöden, kanske därför att de alla var starka och relativt friska. De svagare hade strukit med tidigare, i början, när påfrestningarna blev för stora.

På nätterna hade de tagit sig igenom landskapet, byarna och skogarna. De större städerna hade de undvikit. Nu var de framme vid målet, kusten och den utlovade överfarten, som de betalat för redan när de förberedde flykten.

Utan att byta många ord slog de läger i skogen vid havet, på den avtalade platsen, för att invänta kontaktpersonen, någon kallad Ivan. De signalerade med ficklampan vid det avtalade klockslaget men fick inget svar, de fick göra ett nytt försök nästa natt, eller nästa.

Ivan svarade redan natten därpå, han kom med den lilla motorbåten och de vadade barfota, med uppdragna byxor, ut till båten. Natten var mörk utan måne, vädret stilla, men färden blev ändå skumpig över havet och de anlände till kusten i Blekinge illamående och omskakade.

Ivan vände båten direkt och de fann sig stående där, på den steniga kusten, i gryningsljuset, en liten hop människor, som såg sig omkring, försiktigt och misstänksamt, innan de drog sig in i den närbelägna skogen.

De hade vågat allt för att nå så här långt, många mil låg nu framför dem och de visste att polis och militär, här liksom överallt annars, väntade på att fånga in dem och deportera dem tillbaka till Tyskland.

KAPITEL 1

Sonja hade aldrig förut odlat något. Nu satt hon i sin trädgårds-
stol och läste på om odling, jordarter och näring. Framför huset
fanns en generös gräsmatta som skulle lämpa sig utmärkt för till
exempel potatisodling. Eller lök? För visst var det sandjord här?

Uppgivet slog hon igen boken. Det verkade svårt. Hon be-
hövde en traktor, en plog, utsäde. Alltså massor med hjälp. Men
det var i alla fall bättre att vara här än i den överfulla staden.

– Du är nyinflyttad va? Från storstaden?

En man, som hon vagt kände igen från byn, kom in genom
grinden och stängde den noga efter sig. Han var klädd i blå
arbetsoverall och gummistövlar. På huvudet hade han en grön
keps med märke från Lantmännen, som han lyfte på i en vagt
välkomnande gest. Han var reslig och såg stark ut. Med stora
steg kom han närmare.

– Ja, jag kom igår. Jag och min man har flyttat hit för gott.

Hon reste sig upp och gick emot honom.

– Det gör ni rätt i. Vi blir fler och fler här i byn nu. Jag heter
Ove Hedström och min fru heter Siv. Jag är ordförande i byrådet.
Vi har ett byråd nämligen.

Han sträckte fram sin hand och hon tog den.

– Om ni vill vara med så kom till mötet i kväll, ni är välkomna.
Jag hoppas ni vill vara med, det är bäst för alla. Vi måste sam-
arbeta, sa han uppfodrande medan han lät blicken värderande
glida över hennes gestalt.

Sonja drog i sin trånga tröja. Den kändes med ens obekväm.

9

– Jo, men det vill vi.

Sonja försökte låta övertygande. Hon visste att samarbete var nödvändigt och framför allt att de skulle komma att behöva hjälp.

– Bra. Vi bor i den röda gården där borta. Då ses vi vid sextiden.

Han stod tyst en stund innan han vände sig om och gick.

– Jag heter Sonja Haraldsson och min man Bosse Zetterström, ropade hon efter honom. Han höjde armen och vinkade utan att vända sig om.

Hon såg efter honom och kände sig plötsligt ensam. Hon hade tagit sig ut ur staden och här var hon nu. På denna plätt mark, som skulle bli deras framtid, framför det gamla sommarhuset, som skulle bli deras nya hem. I Stockholm väntade Bosse på att höra något från henne. Hon måste få ut honom från stan så fort som möjligt för stan var giftig, förödd, nedgången. När han väl var här, hos henne, kunde de börja samarbeta med allt och alla och om allting som detta nya liv skulle bära med sig. "Samarbeta ända in i det jävla kaklet", tänkte hon.

Det var tidig vår och varmt i solen. Träden skulle snart slå ut och fåglarna flyga som tokiga bland trädens grenar på jakt efter en partner, eller efter mat till sina ungar. I luften låg redan en lätt doft av brandrök från en av många skogsbränder några mil bort. Sonja började sakta gå längs med staketet. Det fanns äppelträd och bärbuskar och gräsmattan lyste grön. Den skulle alltså plöjas upp och odlas. Dessutom skulle de ha en köksträdgård. Här skulle de bo för gott, hon och Bosse. Tanken tilltalade henne inte. "Ingenting kommer någonsin att vara normalt igen", tänkte hon och suckade. Hon längtade tillbaka till det gamla, bekymmerslösa livet. De hade under många år inte förstått, eller brytt sig om, vad de var på väg att förlora. Som med vattnet i kranen, man saknar det inte förrän det inte kommer längre. Så hade de levat, från den ena dagen till den andra, bekymmerslöst. Men nu var det dags att betala, med råge.

Vinden var redan varm, trots att det var förmiddag. Hon hörde en hund skälla och såg en kvinna komma ut från Oves hus. Det var väl Siv, hans fru. Hon hade en hund i hasorna och försvann in i ladugården. Annars var det lugnt och stilla i byn, som om ingenting hade hänt i världen och som om ingenting stod på spel.

KAPITEL 2

Bosse hade blivit sjuk i en av de många epidemierna som drog genom den trångbodda staden. Klimatflyktingarna hade blivit fler och de bodde i skrymslen och utrymmen som ännu inte hade svämmats över. Torra lägenheter och hus var packade med människor. Myndigheterna hade uppmanat alla med fritidshus på landsbygden att ge sig iväg dit och lämna staden så det blev mer plats över för flyktingarna, både de inhemska och de från Europa. Alla som hade tillgång till mark måste börja odla livsmedel, om så bara en liten kolonilott. Alla parker var uppodlade. Får, getter och kor betade i inhägnade områden och kommunen hade byggt ladugårdar.

Luften i stan kändes tung att andas. Trots att det bara var vår kunde värmen stå och dallra mellan husväggarna frampå eftermiddagen. Sonjas såg Bosse ansikte framför sig. De feberglansiga ögonen, hur han hostade och flämtade.

"Du måste ge dig iväg, du är friskförklarad. Jag kan komma efter när jag har ett negativt test", hade han sagt. "Ge dig iväg innan det är försent".

Han var för matt för att hjälpa henne lasta in i bilen. Det tog några nätter, medan deras gemensamma hem långsamt tömdes på sådant som fick plats. Alla möbler och de flesta böcker lämnade hon kvar. Lägenheten skulle Sonjas föräldrar ta över. De hade fått lämna sin villa, där hemlösa nu trängdes.

Inför avskedet hade de gråtit tillsammans över hela den eländiga situationen och så hade hon gett sig iväg. Men han skulle ju komma efter. Annars skulle hon hämta honom, på ett eller annat sätt.

Det var i sista minuten, innan alla in- och utfarter stängdes av. Med en suck av lättnad hade hon trampat på gasen och lämnat staden bakom sig. Milen ner till huset gick fort, det var få bilar på vägarna. Hon fick stanna och ladda bilen en gång och det hade gått bra tack vare att hon hade el kvar på ransoneringskortet och pengar på sitt konto.

De gröna fälten, de mörka skogarna, städerna och byarna, allt såg ut som vanligt längs hennes rutt söderut. Torkan hade ännu inte givit sig till känna i landskapet.

Allt var förbi. Insikten drabbade henne med kraften av ett knytnävsslag. Hon var ju på flykt. Aldrig mer, aldrig mer, aldrig mer. Orden genljöd i hennes huvud. Det fanns så många "aldrig mer". Men det fanns också något nytt, något som låg i sin linda. Något hoppfullt.

"Vi är naturen och jorden, vi är ett, och vi delar den med allt annat liv", tänkte hon. Så hade hon aldrig tänkt förut, människan hade ju alltid betraktat sig som naturens herre, i hela historien och i alla de stora religionerna. Men hon insåg nu att allt det där var förbi. Naturen var herre över människan, som var förlorare i kampen. Nu gällde det att samarbeta i stället för att erövra, leva med naturen, inte av den. "Förändring är att lämna", tänkte hon filosofiskt. Men allt skulle bli bra till slut. Allt skulle bli bra. Allt. Till slut.

Efter fem timmar var hon framme i byn med sina fjorton hus. Förr hade sju av dem varit bebodda året runt och sju varit fritidshus. Men den senaste tiden hade fritidsmänniskorna flyttat hit. Jobben hade, om det var möjligt, flyttat med. Husen hade vidsträckta tomter, som alla på sikt skulle bli odlingar för potatis, bönor, rödbetor, grönkål och spenat. De tre gårdarna i byn förfogad över stora arealer där man odlade säd, raps, sojabönor och majs i kretsloppsjordbruk, där växtodlingen var integrerad med djurhållningen, det enda som gällde numera. Allt för att minska växthusgaserna.

Sonja återgick till boken. Kretsloppsjordbruk betydde alltså att man först odlade upp med vall, som binder kväve. Får och kor får beta och trampa ner. Nästa steg är att börja odla grödor för försäljning. Det kunde alltså inte bli förrän nästa år, eller kanske året därpå. Men ändå, det kändes spännande. Med en känsla av förväntan och glädje sjönk hon ner på knä och lade handflatorna på det gröna vårgräset. Hon borrade ner fingrarna och kände att mullen hade blivit varm. Jorden reder sig. "Jag är ett med jorden och ett med gräset", tänkte hon, "ett med alltet, jag är en del av det levande". Hon lade sig på rygg och såg upp i himlen, där enstaka moln gled förbi, och skrattade till, generad över sig själv.

Soldiset sög upp vattnet från nattens regn. Jorden ångade och doftade. Fälten gonade sig i vårvärmen, luften kändes ren och klar. Hon reste sig och gick in i huset för att ringa Bosse och föräldrarna som säkert väntade på ett få höra något från henne.

När det började skymma gick hon bort till Ove och Siv, i den största gården. Ett tiotal personer, representanter från gårdarna och husen satt runt köksbordet och delade på en kanna te och en sockerkaka. De hälsade avvaktande och sa några korta ord om vem de var. Det lantliga köket var rofyllt och alldagligt, linoleumgolv och en trasmatta, rostfri diskbänk, slitna skåp. Vallhunden Lennart tassade fram och hälsade med vajande svans.

När mötet närmade sig sitt slut suckade Sonja.

– Suckar du, flicka lilla, frågade Ove.

– En lättnadens suck. Ni tycks ha så bra ordning på det mesta. Och vi är med i planeringen.

Hon tog en klunk av teet och såg tacksam på de andra.

– Klart ni är. Var är din gubbe förresten?

– Han är litet utarbetad efter allt kroppsarbete. Ha, ha försökte hon.

– Jaså. Ja nu vet du i alla fall när jag kommer och plöjer hos er. Och utsäde får du låna så länge.

De andra nickade instämmande. De skulle bedriva byteshandel och hade delat upp grödorna sinsemellan. Sonja skulle längre fram odla lök på sitt fält. Kött var ransonerat men i byn fanns en lammbonde som man kunde köpa kött av ibland, vid sidan om. De skulle bygga ett hönshus och köpa höns av familjen Fransson. Hon skulle få låna vad hon behövde, om det inte gick att köpa. Allt fördes in i räkenskaperna.

Efter mötet lyssnade de tillsammans på nyheterna från radion. Gränserna var stängda sedan länge. Samlingsregeringen hade utfärdat nya bestämmelser som inskränkte yttrande- och rörelsefriheten ytterligare. Nya ransoneringar stod för dörren. Polis och militär hade fått utökade maktbefogenheter och patrullerade gatorna även nattetid. Att ta sig ut ur städerna just nu verkade livsfarligt. Ute i världen fortsatte katastroferna att rada upp sig.

En dov stämning av hopplöshet sipprade ut ur radion och in i rummet som ett hotfullt moln. De satt tysta medan mörkret föll därute.

Det fanns inte längre någon gatubelysning på byvägen men månen hade gått upp och lyste med sitt klara sken. Så fort hon kom in ringde hon Bosse med sina nyheter. Han skulle försöka testa sig redan nästa dag. Nu gick det inte längre att komma ut ur staden ens med ett negativt test, men det kunde ändå vara bra att ha, funderade han. Städerna var stängda, det var flykt som gällde.

– Jag har fått hjälp, jag klarar mig bra, ett tag i alla fall.

Hon skrattade, nästan lyckligt.

– Ta hand om dig, vi ses snart.

– Vi hörs snart, vännen.

KAPITEL 3

För att kunna fly måste Bosse ha en cykel. Förr hade det stått massor med cyklar, som inte verkade ha någon ägare, i husets källare och ute på gatan, men de var borta nu. Cyklar var eftertraktade. Via en bekant fick han köpa en cykel i utbyte mot allt de hade i skafferiet, i frysen och i kylskåpet. Mjöl, torkade ärtor, syltburkar, inlagd gurka, konserver, fiskblock, något gammalt glasspaket. Allt var av värde. Han hade tagit undan en stadig matsäck. Han behövde också varma, mörka kläder.

På själva flyktnatten vandrade tunga moln över himlen och gjorde den mörk som en granskog. Cykeln hade han smörjt så att den inte skulle ge ett ljud ifrån sig. När det var som mörkast smög han nerför trapporna och ut på gatan. Inne i staden cyklade han längs husväggarna, sakta och försiktigt, Då och då hörde han fotsteg och såg ljuskäglan från en ficklampa på avstånd. Han stannade och drog in cykeln i den djupaste skuggan.

Äntligen närmade han sig avspärrningarna. Han visste att de patrullerade med hundar, men inte just här och inte just i natt. Det hade han fått veta via sina förbindelser med Säkerhetstjänsten. Den kände till hans flykt och hade godkänt den. Men om han blev infångad kunde han inte vänta sig stöd och hjälp därifrån. Försiktigt smög han över det breda gräsfältet fram till stängslet. Långt borta hörda han en hund skälla. Annars var det tyst. Blodet dunkade och svetten rann längs ryggraden när han klippte upp stängslet så att han kunde åla sig under och dra cykeln med sig. Ryggsäcken fastnade med ett frasande ljud som tycktes genljuda i natten. Förbannat! En kort stund låg han orörlig men ingenting hände. På andra sidan sprang han hukande med cykeln över det öppna fältet mot skogen. Väl därinne satte han sig på cykeln och trampade iväg. Hjärtat slog i bröstet med tunga, mörka slag, munnen stod öppen och flämtande, benen trampade som pistonger. Mödosamt lade han kilometer efter kilometer bakom sig och kom ut på ett fält. Långt borta såg han ljuskäglor från en bil. Han slängde sig ner vid sidan om vägen tills bilen rusat förbi.

Vid en avtagsväg ett par mil bort väntade Sonja på honom i mörkret. Hon hade inte vågat sätta på mobilen, sådant kunde de spåra. Han hade sagt att han skulle ge sig iväg vid tvåtiden. Då skulle han vara här vid, säg fyra. Än var det timmar kvar. Knäna vek sig och hon sjönk ner i gräset vid vägen. Som en besvärjelse stack hon ner sina fingrar i jorden och grabbade tag om den.

– Jord, jord hjälp mig, hjälp oss, mumlade hon och kramade den våta myllan.

Hon lade sig på sidan. Allt var tyst. En uggla ropade till, en vindil kom och fick träden att mumla svagt.

Tiden gick, eoner av tid, innan hon hörde ett svagt svischande ljud som kom från den asfalterade vägen.

Cykeldäck. Var det han? Hon tände och släckte försiktigt ficklampan, så som de hade kommit överens om. Tre gånger, inte mer. Och avvakta. Inget svar? Jo, ett svar, han kom närmare. Det var han.

Flämtande kastade han sig i gräset vid hennes sida.

De omfamnade varandra. Natten doftade av frukt och gräs. De låg stilla, i varandras armar och hon hörde hans hjärta bulta.

Hon gjorde sig försiktigt fri och satte sig upp. Bosse rullade runt på rygg och stirrade upp på den mörka natthimlen, där stjärnorna tumlade runt. Han satte sig upp.

– Det gick bra, sa han.

De satt stilla en stund och andades i samma takt. Vinden svalkade deras upphettade ansikten.

– Vi måste ge oss av innan det ljusnar. Bilen står här inne på skogsvägen.

De reste sig. Bosse ledde cykeln mot bilen. Bagageutrymmet var tillräckligt stort för att den skulle få plats. Sonja hade tömt utrymmet innan hon lämnade stugan.

De satte sig i bilen och Sonja plockade fram termosen och fyllde två muggar med det ransonerade, hemmaodlade svensk-kaffet. Hon hade också gjort i ordning ett smörgåspaket. Det var kyligare nu före gryningen och de hade börjat huttra, av spänningen som sakta släppte taget och av lättnaden som strömmade in i dem.

– Hur var det därinne?

– Ja du har väl hört att staden är helt igenstängd. Det kommer leveranser med mat och andra förnödenheter men ingen och ingenting får komma ut, som det ser ut nu.

– Utom du. Sonja slog armarna om honom och de kysste varandra. Kyssen smakade kaffe och också av den fuktiga natten. Deras ansikten var våta och varma.

– Ja, ja, viskade Sonja.

De såg på varandra, båda nästan generade över känslorna som överväldigade dem och som flödade mellan dem, som en varm flod.

– Ja, ja, viskade Bosse till svar.

Spänningen släppte och de började fnissa. De stuvade undan termosen, Sonja satte sig tillrätta och körde sakta ut från skogs-vägen och in på den asfalterade vägen, nu var de på väg söderut. Hon satte på radion.

KAPITEL 4

Vägen drog fram mil efter mil. Bosse hade tagit över ratten och Sonja hade somnat med huvudet mot fönsterrutan. Han njöt av tystnaden och den tomma vägen. Månen hade gått ner och i öster var solen på väg upp.

Timmar senare var de framme. Solen klättrade vidare mot zenit, det var en vacker vårdag, obefläckad och orörd. Morgonstiltjen hade tystat ljuden från träden. Sonja vaknade med ett ryck.

– Är vi framme? Redan. Jag har sovit, det var skönt, men jag drömde att jag var instängd på något sätt. Det är trångt i bilen.

Hon öppnade dörren, klev ut och sträckte på sig. Byn låg framför dem, men sina hus samlade i en klunga, som om de hukade bredvid varandra. Hon tog fram nyckeln och öppnade ytterdörren på vid gavel.

– Välkommen till det nya jordbrukarlivet. Här ska vi leva från och med nu. Hon gjorde en välkomnande gest.

– Tackar, tackar, det ser jag fram emot.

Bosse bugade sig och kastade en slängkyss, innan han fortsatte att tömma bilen. Det fick inte synas att den varit ute på långresa, att en människa hade smugglats ut ur staden. En flykting.

För han var en illegal flykting. Tanken slog honom plötsligt. Han hade inte myndigheternas tillstånd att vistas här. Nåja, han hade Säkerhetstjänstens sanktion och det skulle räcka, det visste han. Men Sonja visste ingenting om att han var agent för Säkerhetstjänsten.

När han satt in cykeln i skjulet gick han in efter Sonja och stängde ytterdörren. Efter en stunds eftertanke låste han den också.

– Sonja, vad har du sagt till de andra om att jag är här?

– Att du är min man och har rätt att vara här, så klart.

– Men det har jag inte, vi måste fundera ut en förklaring som är helt rimlig om någon frågar. För jag är ju illegal, jag är här illegalt menar jag,

Han tvekade inför ordet.

– Ja du har ju papper, ett negativt test förstås, men du är inte skriven här. Det är sant. Ja, det måste vi fundera på. Men senare, för nu vill jag ha dig.

Hon log sitt djärva leende, som han kände igen, och gick emot honom och han omfamnade henne, tog hennes ansikte i sina händer och kysste henne.

När de vaknade i sovrummet på övervåningen var det eftermiddag. Någon bultade på dörren. Slagen genljöd genom huset. Det var som ett bud om ofärd. Förskräckta satte de sig upp. Sonja fick på sig morgonrocken och sprang nerför trappan.

– Ja jag kommer.

Hon öppnade dörren. En okänd man. Rädslan högg tag i henne. Vem var det? En fiende? Han var inte särskilt lång, men bred. Leriga gummistövlar, sliten jacka. Leendet var öppet, men ögonen var allvarliga och avvaktande. Han såg stark ut, med hårda muskler under ylletyget.

– Förlåt, jag skrämde dig visst. Jag vill bara visa upp mig så att du vet. Jag och min familj har flyttat in i torpet på Herrevadsvägen.

– Hej och välkommen hit. Vill du komma in?

Hon försökte dölja sina flämtande andetag med ett leende.

– Jag vill hälsa på alla här i byn i eftermiddag så det hinner jag inte, men tack så mycket. Ja, det är jag Ulf Apelgren och så min fru Anette. Vi har en dotter på 12 år som ska gå i skolan i grannbyn. Vi är utflyttade från stan, vi hann precis ut innan den stängde. Men vi har bott här av och till under somrarna. Och vi är alla friska, friskförklarade, lade han till.

– Jag heter Sonja Haraldsson och min man Bosse Zetterström. Friska.

Bosse kom sakta nerför trappan klädd i jeans och tröja.

– Hej, vi har också flyttat in nyligen. Det är bra att det kommer fler till byn, tror jag. Så att vi kan hjälpas åt. Vi kommer att behöva hjälp, sa han.

Ulf och Bosse såg tysta och värderande på varandra. De måste våga lita på varandra, ända in i själva livets innersta kärna nu när de skulle samarbeta.

Ulf slog ner blicken först och vände sig om för att gå.

– Vi ses i byrådet, sa han och vinkade avfärdande med handen.

Sonja stängde dörren och de tittade på varandra.

– Maktkamp på gång? Hon försökte skämta men hörde att det lät falskt. Det var som om det hotfulla mötet hade stannat kvar innanför den stängda dörren.

– Men han verkade pålitlig, försökte hon.

– Vi får se, vi får se.

Snart var det mörkt ute. Den första dagen i deras nya liv var nästan slut. De plockade fram konserver med köttsoppa ur packningen. Det var kyligt i huset, elen hade lagt av igen, så det gällde att få eld i vedspisen, få litet värme i huset, få mat i magen. Så att inte modet sjönk ner i källaren.

Efter maten tog de en promenad i natten. Det luktade vår och rök från spisen de just eldat i. En ugglade hoade långt borta. Vinden hade lagt sig och stjärnorna lyste klart som kvällen före. Det var samma stjärnor med Venus i söder. Månen doldes då och då av ett moln.

Alla husen var nu upplysta. Alla som kunde och hade någonstans att ta vägen hade lämnat städerna. Det hade de sagt i nyheterna på radion. Ingen visste hur många som var kvar eller hur många som flytt. Nå, det vore enkelt att räkna ut, i alla fall de som var kvar därinne.

– Vi går in i skogen, utom syn- och hörhåll.

Mörkret. De måste lära sig att inte vara rädda för mörkret. De var båda stadsbor och stadsbor skyr mörkret, för i städerna är mörkret hotfullt. Nu måste de öva sig att se mörkret som en allierad och bli vän med det, liksom med alla ljuden i skogen och vinden som far genom trädens kronor. De måste lära sig att känna igen ljuden, avgöra om det var ett rådjur som knäckte en gren eller en människas fot. Sonja tog Bosses hand när de försvann in bland skuggorna. Någon ficklampa hade de inte.

Innan de bestämt sig för att fly och bli odlare hade Sonja arbetat med copy. Hon var bra på att slänga ihop slagkraftiga oneliners och lättlästa texter om allt och ingenting på nolltid. Hon hade varit framgångsrik, trots sin ringa ålder, 34, och hade blivit något slags chef innan kollapsen slog sönder branschen och ingen var pigg på att annonsera längre. Eller mycket få. Och då mest myndigheterna som ville ha hjälp med att få ut sina krisbudskap till befolkningen. Hon hade inte lyckats så bra med det och var trött på hela branschen, i själ och hjärta. Så de hade bestämt sig, hon och Bosse. De skulle flytta ut till stugan i Småland för att börja ett nytt liv. Det hade andra gjort, som de hört talas om.

Det hade blivit en stor omvälvning, systemskiftet som oundvikligen kom. Ekonomin slutade växa, i stället blev det en kraftig nedgång. Levnadsstandarden sjönk och staten fick större makt över ekonomi och hushållning. De med mycket pengar kunde inte köpa sig fria längre. Det gick inte att fly till andra länder, för det var likadant överallt, om inte värre. Ingen visste i dagsläget när tiderna skulle bli normala igen, kanske aldrig. Sonja hade hunnit ut ur staden i tid men inte Bosse. Men det hade de löst nu. De var lösningsorienterade, ett värdeord från förr i tiden. Lösningsorienterade och handlingskraftiga, ville hon tro. Bosse hade förvisso inte mycket muskler, mer hjärna med sin master i filosofi. Det hade de inte mycket nytta av nu. Han hade arbetat på sin avhandling om Nietzsche när kurserna i filosofi lades ner eller bantades och Nietzsches tankar inte kändes lika aktuella längre. Men han var uppfinningsrik och villig att lära nytt. Ett annat värdeord. Och det kunde de ha användning för, för nu måste de lära nytt varenda dag.

– Ett sådant team vi är, sa Sonja eftertänksamt. Vi måste börja om från början med allt. Från scratch. Uppfinna själva tiden.

– Det man inte dör av blir man starkare av. Hoppet är regnbågen över livets brusande flod, sa Bosse. Han älskade att citera Nietzsche.

Sonja log för sig själv och lade sin arm om hans midja. De fortsatte in i skogen.

KAPITEL 5

Det var morgon och nästan ljust i rummet. Mörkret hade långsamt dragit sig tillbaka. Golvet knarrade lätt under Lena Palmgrens nakna fötter. Sista morgonen, och sedan, vadå? Hon ryste till. Bort med tankarna, se framåt, lev i nuet, fanns det fler klyschor? Upp med hakan? Hon var rädd. Staden hade blivit hotfull och farlig. De som flytt från sina översvämmade hus och lägenheter bodde i tält, om de inte blivit inkvarterade i skolor och idrottshallar eller lediga lägenheter. Bajamajorna och barackerna där de hemlösa kunde tvätta sig och sina kläder och laga mat fanns uppförda över hela stan men de räckte inte till.

Hon drog av sig linnet och klev in i duschen. Vattnet strömmade varmt och ljuvligt. Som om ingenting hade hänt därute. Ett minne dök upp, från den tid då allt var som vanligt. När de hade varit två i duschen och skrattande tvålat in varandra. Så sorglöst och bekymmerslöst inför en ny dag!

Därute drog ligor av hemlösa och aggressiva människor runt och tog för sig från de skyddslösa som inte hade mycket att sätta emot. Polis och militär patrullerade dag och natt men de kunde inte vara överallt hela tiden. Frivilliga hade bildat hemvärnsgrupper som övervakade sin del av staden, sin gata, sina kvarter. Det kunde vara farligt att ge sig ut efter mörkrets inbrott.

Samhället hade inte brutit ihop, inte ännu. Det fanns fortfarande lag och ordning, skolor, arbetsplatser och kontakt med yttervärlden. Mycket var ransonerat, men de svalt inte. Inte som i de numera obeboeliga områdena söder ut i Europa eller ännu längre bort, där torkan och värmen drev bort allt liv.

Nej, bort med sådana tankar. Morgonens ritualer väntade på henne, hoplänkade som pärlorna i ett halsband, frukost, tandborstning, matsäck och iväg. Smidigt och lätt skulle det gå, men hon vacklade till när hon kom ut ur duschen. Sinnet var nertyngt av sorgen över allt som skulle lämnas och över framtidens ovisshet. Oron rörde sig i mellangärdet. Kroppen väntade på avfärd, skogen väntade på henne där borta, vägen låg lång och välkomnande. Hon strök sig över armarna som om hon frös. Det fanns ingen återvändo. "Det blir sista gången i mitt liv som jag går ut genom den här dörren", tänkte hon.

Hennes lägenhet sedan många år var nu anonym, som ett uthyrningsobjekt, en naken, obekant yta utan personlighet. Några möbler fanns kvar och mattorna, men ingenting av det som berättade om den boendes smak, intressen och böjelser.

Långsamt knegade hon nerför trapporna med två tunga väskor och en ryggsäck på ryggen. Sista lasset, sedan kunde bilen inte svälja mer. Den väntade på parkeringen, svart och grå som en skalbagge. Min livlina, mitt bo, tänkte hon och skrattade åt sig själv. En bil är det, ingenting annat, måtte jag få behålla den.

– Ska du fara Lena?

Det var grannen, Bertil på sin morgonpromenad. Vingligt kom han fram, lutad mot sin käpp. Hon hade varskott honom om att hon var på väg att flytta och att en hemlös familj från Nacka skulle flytta in.

– Ja nu far jag. De nya flyttar in i eftermiddag. Det blir bra.

Bertil såg på henne med bestörtning i sina grå, matta ögon. Hade han glömt? Han började gråta ljudlöst, som om han inte ville störa. Tårarna rann nerför hans rynkiga kinder.

– Kära Bertil, kära du, du klarar dig bra. De nya hjälper dig, de har ett barn i tonåren.

Hon var tvungen att omfamna honom. Det hade tagit på honom, katastroferna som hade kommit slag i slag. Frun hade dött och samhället var i kaos. Hans barn var långt borta. Varför kom de inte och tog hand om honom?

– Du behöver inte åka, du är inte tvungen det är bara rekommendationer.

– Men jag vill, Bertil, och jag kan. Jag hjälper ju till i den här röran när någon kan få min lägenhet och jag har möjlighet att bo på torpet. Det är så myndigheterna vill att vi ska göra. Jag har berättat för de nya hyresgästerna om dig. De är snälla. De vet att du behöver hjälp.

Det var hjärtslitande, men hon måste komma iväg. Hon drog sig loss.

– Adjö Bertil, jag ringer och skriver, jag lovar.

Han fick en sista kram, så klev hon in i bilen, startade den och backade ut från parkeringsplatsen. Bertil stod kvar på trottoaren och vinkade halvhjärtat med sin käpp. Så vände han sig om och drog mödosamt upp den tunga porten.

Med blicken skymd av tårar lade hon in ettan och började köra. Vid utfarten måste hon visa intyg på att hon var frisk och hade tillstånd att ge sig ut. På andra sidan visiteringsplatsen lyste de gröna fälten i vårsolen. Nu låg mil efter mil framför henne, ett långt bälte där hon skulle möta enstaka lastbilar. De flesta som kunde hade redan gett sig av.

KAPITEL 6

När hon väl hade bestämt sig för att lämna staden hade hon börjat leta efter ett torp som var överkomligt i pris, det skulle ligga i Småland, ett landskap hon kände väl sedan barndomens somrar. Där fanns skogar, sjöar och inte så många människor. Hon blev förtjust i ett torp som låg några mil från Tranås. Den välvillige mäklaren hade kört henne dit första gången, de hade svängt av från stora vägen och följt småvägar som blev mindre och mindre. Den sista var bara ett hjulspår genom skogen fram till torpet vid sjön. Hon hade försäkrat sig om att det fanns en by i närheten, grannar, några bondgårdar. Men torpet låg ödsligt, så som hon ville ha det.

Huset låg omgivet av höga granar, bokträd och askar, som skuggade en jordkällare. Några hundra meter ner längs en stig låg sjön där det fanns kräftor, hade mäklaren berättat, och fiskerättigheterna tillhörde torpets ägare. På tunet fanns en pump.

Tillsammans med mäklaren hade hon stigit in i den mörka farstun, som luktade instängd och fuktig. Till vänster låg köket med vedspis, en elektrisk spis och en diskbänk med en ho men inga kranar. Nej, det var ju pumpen därute som gällde. Ett kylskåp och en frys.

– Genuin miljö från tidigt 1900-tal försäkrade mäklaren.

– Så det finns inget vatten inne?

– Vatten är inte indraget, nej.

Köket var förhållandevis stort, men det var lågt i tak. Innanför köket låg ett sovrum eller arbetsrum med ett fönster mot baksidan. Här fanns en kakelugn. Till höger i farstun låg vardagsrummet med fönster i tre väderstreck. En kakelugn för att hålla värmen. Alla rum hade element, men eftersom elen var dyr måste hon kanske förlita sig på kakelugnarna och vedspisen.

Från farstun gick en brant trappa upp till övervåningen. Den var oinredd, förutom ett rum till höger med fönster på gaveln. Där fanns ingen kakelugn och inga element, noterade hon. Det gick alltså inte att värma upp under vintern. Nåja, undervåningen skulle räcka gott för henne. En bit in i skogen låg ett välbyggt dass med två hål i fjölen. Allt var gammalt och nött, allt var vackert på ett gammaldags vis. Det fanns ett uthus och tomten var stor med ängar och möjlighet att odla.

Så hon slog till. Hon köpte torpet för lånade pengar och nu skulle hon flytta dit. Bilen fick bli hennes livlina ut till världen. Hon kunde åka och hämta vatten om brunnen sinade och åka in till Tranås. Till byn och sina närmaste grannar kunde hon cykla.

Spänningen i kroppen släppte för varje mil av väg hon lade bakom sig. Den sista etappen, hjulspåret som en grön korridor in i skogen låg och väntade på henne, en port mot ett annat liv.

Skogen stod stilla med långa skuggor. Marken var torr och sprucken. De gröna löven hade börjat spricka ut och lyste i solen Himlen däruppe välvde sig blå och några småfåglar flög yra omkring från gren till gren fulla av sin sång.

Torpet låg framför henne. Gräset stod redan grönt på tunet. Några vårblommor hade smugit sig upp ur något som liknade en rabatt runt huset. Fönsterna glodde svarta. Ett tomt klädstreck. En avvaktande tystnad. Hon parkerade bilen nära stugan, låste upp dörren och gick in.

Golvet knarrade ovant. Det hade väntat på henne. I köket fanns möblerna kvar, som hon hade bett om. Bordet, fyra pinnstolar, ett skåp, en hylla på väggen. I rummet bakom stod den nya sängen, monterad av mäklaren som han hade lovat. Salen, eller vardagsrummet var möblerat med en gammaldags soffa, två gamla fåtöljer i samma brunaktiga slitna tyg, ett bord och en golvlampa.

Hon var framme. Här och nu började det nya livet. Hon slog sig ner på trappan och lyssnade. Det var tyst, förutom ljuden från fåglarna och träden. Luften var mjuk och frisk. Bävan och förväntan steg upp inom henne. Efter en stund öppnade hon bagageluckan och började tömma bilen.

Vilket stöd Peter skulle ha varit nu, bondsonen som kunde så mycket om lantbruk, om snickeri och odling. Hon hade varit lycklig med Peter, de hade haft det bra.

De hade träffats på ett seminarium för översättare som Svenska institutet ordnade. Första kvällen hade de upptäckt varandra och sedan hade de inte kunnat skiljas åt under de dagar som seminariet varade. Hon var överväldigad av honom och kände att de hörde ihop. Han var full av förbehåll och kom och gick innan de till slut blev ett par. Så blev han sjuk i en galopperande cancer i levern och dog efter ett par månader. Så såg den enkla och sorgliga historien ut. Den tog tio år av hennes liv. Så egentligen hade hon ingenting att förlora, ensam i ett torp i närkamp med de svåra livsomständigheter som det nya klimatet hade förorsakat alla människor på jorden. Hon fick ta den striden ensam. Exakt hur hoten såg ut visste hon ännu inte. De väntade på henne. Ovissheten delade hon med alla människor.

KAPITEL 7

Trots att bilen varit överfull syntes bohaget knappt i huset när hon burit in alltihop och placerat ut sakerna på sina nya platser. Nåja, det skulle nog komma påfyllningar. Nu gällde det att få upp värmen i vedspisen och kakelugnen. Våreftermiddagen var kylig men det fanns huggen ved i vedboden. Hon ville vänta med de elektriska elementen. När hon gick ut genom stugdörren såg hon att en stare häckade under takpannorna. Den skränade och flög iväg när hon stängde dörren. Så hon var inte helt ensam i sitt hus.

Det gick snabbt att få eld i vedspisen och kakelugnen. Medan rummet värmdes upp gick hon en tur i skogen och upp på ett berg för att spana över landskapet. Bara skog och åsar i grönt och grått, mil efter mil. Nere vid sjön låg ekan av aluminium upp och ner. Den måste hon sätta i sjön. Hon skulle lära sig lägga nät för att få fisk. Ännu en ny färdighet.

Allt var så oändligt stilla och övergivet förutom ljudet av en fiskgjuse som slog efter en fisk. Skymningen sänkte sig långsamt. Hon vände och gick tillbaka till stugan som nu borde vara varm. Det skulle bli den första natten,

Hon sov djupt men vaknade i gryningen. Allt var tyst men en dröm hade väckt henne. Hon låg kvar i sängen och lät ångesten från drömmen sippra bort. Det var den vanliga drömmen, hon sprang, någon förföljde henne, någon trevade efter henne, det var mörkt, där var en trappa, hon sprang uppför den, in i ett rum, någon fanns där, hon hörde det, någon som väntade på henne, som kom efter henne.

Den slutade alltid abrupt med att hon vaknade. Hon fick aldrig syn på den som förföljde henne eller den som väntade på henne. Var det ett förträngt minne? Eller ett hot som kom från hennes undermedvetna?

Långsamt bleknade drömmen bort och nuet trängde sig på. Stugan var kall. Med en suck satte hon sig upp och trevade med fötterna efter inneskorna Hon tog sig fram till hinken med vatten och drack ur skopan Därute såg hon en grävling som smet över tunet, på väg till sitt gryt, kanske i den gamla gärdesgården. Några fåglar flög hit och dit som galna, de var i full färd med att göra det som de var ämnade för, para sig och få avkomma. Livet var hektiskt från soluppgång till solnedgång under den korta våren. Men småfåglarna hade blivit allt färre i takt med att insekterna hade försvunnit. Nya arter hade kommit till Sverige med det varmare klimatet och gamla arter hade försvunnit eller flyttat norrut.

Svenskkaffe och en cykeltur till byn för att hälsa på Ove, som var något slags ordförande för byrådet. Övriga invånare kände hon inte. Dem måste hon knyta kontakt med. De skulle samarbeta nu och hon behövde hjälp. Frivillig hjälp som var gratis och inte kostade timarvoden. Men då måste hon också bidra. Som auktoriserad översättare hade hon inte mycket att bidra med i bygemenskapen, om det inte fanns en fransman här i trakten som inte kunde svenska.

Vad hade hon mer? Skogen, fisket i sjön, grönsaksodling kanske? Än så länge räckte besparingarna en tid. Översättningsuppdragen fortsatte att droppa in. Men sedan? Torpet måste rustas upp inför vintern.

Hon tog fram cykeln och pumpade upp däcken. I ryggsäcken tog hon med telefon och regnkläder. Det skulle kanske bli några skurar. Kanske skulle hon få med någonting ätbart från grannarna att lägga i de nya cykelväskorna?

Det gick fint att cykla på den släta marken i hjulspåren, genom skogen och så småningom ut på grusvägen mot byn. Det ljusgröna ljuset trängde igenom nyutsprunget bladverk och nådde dämpat marken.

Hussamlingen tryckte under en klarblå himmel. Ur de flesta skorstenar steg röken. Det luktade varm jord och vedbrand. Oves gård låg mitt i byn, omgiven av ett traktorgarage, en ladugård och en lada. De hade djur, kor, får och höns.

Hon parkerade cykeln och knackade på. Så knackade hon igen. Hon hörde mjuka steg. En kvinna öppnade.

– Hej, det är jag som har flyttat in i torpet i skogen, Lena Palmgren heter jag.

– Välkommen. Siv Hedström, kom in.

Siv log avvaktande när Lena klev in och hängde av sig jackan. Runt hennes fötter svansade en godmodig boarder collie, som Siv presenterade som Lennart. Köket var varmt och ombonat, med en sliten furuinredning. Frukostdisken stod i diskhon.

– Tur att jag var hemma. Jag jobbar annars som lärare i byn intill, men vi har ingen undervisning idag. Vi har ju skola bara varannan dag nu, som du kanske vet.

Siv var en liten kvinna i femtioårsåldern med håret kortklippt och gråsprängt.

– Jo jag har hört talas om det.

– Vår son hjälper Ove med lantbruket idag. Vi har en tonåring, Alf, förklarade Siv, men kom in och slå dig ner. Vill du ha en kopp kaffe? Tyvärr bara svenskkaffe, men det är färdigt.

Lena nickade ja tack och satte sig vid bordet. Siv hällde upp kaffet och en skvätt mjölk. Lena suckade. Nu måste hon berätta om vem hon är och vad hon vill. Framför allt vad hon behövde.

– Kanske ska jag presentera mig på nästa bymöte när alla är med? Ni vet ju ingenting om mig. Jag är nyinflyttad sedan igår. Och friskförklarad, lade hon till. Jag har lämnat allt bakom mig i Stockholm, ensam i torpet och ska från och med nu klara allt själv. Så jag behöver nog en del hjälp med det praktiska.

Hon tittade ner i sin kopp. Det kändes ovärdigt att blotta sin utsatta situation, det första hon gjorde. Hon skämdes, men det var väl lika bra att lägga korten på bordet med en gång. Hur beroende hon var av andra, hur sårbar.

Siv betraktade hennes nedsänkta huvud med den tjocka, mörka hårflätan, som vilade över ena axeln.

– Du är inte ensam. Sonja Haraldsson och Bosse Zetterström flyttade hit för några dagar sedan, och Ulf Apelgren och hans familj är också nya. De är före detta storstadsbor. Sen finns det några till som vi inte har mött än.

– Skönt att vi är fler i samma situation. Då känner man sig inte så utsatt, bekände Lena och tog en klunk kaffe och ett kex som Siv hade satt fram.

– Vi har ju bott här i över 25 år och lever på marken. En lantbrukare är ju ganska kunnig i allt möjligt, reparera traktorn, lägga golv, byta tak. Själv arbetar jag med djuren och med skolan, berättad hon.

– Tyvärr har jag inga praktiska kunskaper eller förmågor. Men jag kan lära mig och är inte rädd för att hugga i. Annars kan jag översätta till och från franska om det skulle behövas. Jag är egentligen helt överflödig här. Ha, ha.

Skrattet lät krampaktigt. Hon tystnade och kände verklighetens tunga matta rulla in över dem. Det nya livet och världen, så som den var och som den hade blivit. Förödelsen, bränderna, ovädren, flyktingarna, matbristen. Det var som om de båda hukade inför de tankarna och de stirrade tysta ner i sina kaffekoppar.

– Tack för kaffet då, vi ses i övermorgon, fick hon ur sig och reste sig upp med ett skrapande ljud och tumlade ut i hallen.

Siv såg upp, nickade, men blev sittande. Som om hon var uttröttad, eller lamslagen. Hunden Lennart följde henne gärna till dörren.

Lena drog på sig jackan och stängde ytterdörren bakom sig.

Hon pustade ut och satte sig upp på cykeln. Stämningen därinne kändes hopplös. Eller var hon bara överkänslig?

"Vi är alla nära botten nu", tänkte hon och cyklade ut på vägen. Solen och himlen fanns där och lyste och hon kände sig med ens upprymd i den friska vårluften. Hela våren, sommaren och hösten hade hon på sig att få allt klart i torpet innan vintern kom. Vintern kunde fortfarande vara bister på det småländska höglandet, trots temperaturhöjningarna.

KAPITEL 8

Hon cyklade förbi huset där det nya paret, Sonja och Bosse flyttat in, när ytterdörren öppnades och en man klev ut iförd arbetskläder och gummistövlar.

– Hallå, ropade Lena och vinkade. Hon bromsade cykeln och steg av.

Mannen vinkade tillbaka och gick fram mot staketet. Han var lång och gänglig, med ett vackert, känsligt ansikte. Det mörka håret föll ner i pannan. Munnen log.

– Du är den nya i torpet i skogen?

– Ja jag heter Lena Palmgren. Och ni är de nya här, du och din fru. Det fick jag nyss höra av Siv.

– Välkommen. Sonja fixar i köket hon kommer strax.

Bosse och Lena såg avvaktande på varandra. Innan något blev sagt öppnades ytterdörren och Sonja kom ut, också hon arbetsklädd.

– Dags för jordbruksarbete, hojtade Lena.

Sonja log. Hon var inte lika lång som Bosse, men hade en större kropp, den var bredare och verkade starkare. Hon var rödlätt och ljus och bar det långa håret i en hästsvans, som svängde av och an med huvudets rörelser.

De hälsade på varandra med handslag, fast det numera var otidsenligt, och log mot varandra som främlingar gör.

– Jag är den nya som ingenting kan, försökte Lena skämta. Tolk och översättare men det har jag inte mycket nytta av i torpet.

– Vi är copywriter och filosof, sa Sonja. Inte så användbart det heller. Men vi ska lära oss allt det nya vi behöver kunna. Stockholm har vi lämnat bakom oss för gott.

– Långt bakom oss, sa Bosse och lade armen om Sonjas axlar. Han tänkte på sin flykt och ångesten ilade igenom honom för ett kort ögonblick.

– Då har vi mycket gemensamt. Jag ser en klar möjlighet här för samarbete. Vi börjar från noll tillsammans.

Lena försökte skratta men det blev ett stelt leende. Sonja och Bosse såg på varandra och nickade.

– Javisst, vi hjälps åt och tillsammans med de andra i byalaget också. Jag tror det kan funka, sa Sonja.

På cykelturen hem kände Lena sig upplyft. Det fanns allierade. De skulle hjälpas åt. Ett elverk med solpaneler skulle de ha. Odlingar. Cirkulär ekonomi.

Torpet väntade på henne, stilla i gläntan. Allt såg ut som när hon lämnade det. Flugorna surrade i solljuset. På nocken satt en sädesärla och vippade och när hon öppnade ytterdörren flög staren ut ur sitt bo och skränade förebrående. Snart skulle svalorna komma, än var det bara april.

Hon tyckte att träden runt huset och asken vid jordkällaren hade blivit grönare, träden som hon såg som sina bundsförvanter. Asken var gudarnas boning i den nordiska gudasagan och hon bestämde att asken nu blivit hennes vårdträd. Stammen under hennes hand var skrovlig och mörk. I den och under den levde hundratals småkryp, som var föda för fåglarna.

Hon gick in och kände huset sluta sig runt henne, det hade värmts upp av solen och var hennes nu. Huset var förutsättningen för hennes nya liv, det skulle ge henne skydd och nya livsmöjligheter. Hon började ställa i ordning det sista av allt hon tagit med sig. Var sak på sin plats. Tomma kartonger och resväskor ställde hon upp på ovanvåningen. Hon lagade en omelett och såg att hon behövde fylla på förråden som hon hade haft med sig. I ransoneringsappen i telefonen kunde hon se hur mycket hon hade kvar av sin tilldelade ranson denna månad.

Efter måltiden öppnade hon datorn. Några mejl och ett nytt översättningsuppdrag hade kommit in. Tack och lov. Arbetsdagarna måste innehålla både praktiskt arbete och förvärvsarbete annars skulle sparpengarna snabbt ta slut.

Hon slog sig ner vid köksbordet och försökte göra en lista över allt som trängde på, som odlingarna, reparationer, isoleringar, snickerier, kittning av fönster. Listan blev evighetslång. Med en suck lade hon ifrån sig pennan och såg upp. Därute stod skogen ljusgrön. Den lockade ut henne, bort från bekymren.

Hon drog på sig jackan och skorna och gick ut. Det starka solljuset bländade. Dörren till vedboden stod på glänt, hon gick dit och stängde den med en pinne. Låset behövde lagas, som så mycket annat.

"Kanske kan världen bli bättre efter denna klimatstrid", tänkte hon, "ett nytt, friskare, naturligare liv". Den nya tekniken, på gott och ont, skulle bistå. Grönt liv spirade på ett otal ställen runt om i världen nu, som de första gröna stråna i visset gräs.

Träden susade välkomnande och så stod hon nere vid sjöstranden. Där låg ekan, årorna fanns i vedboden. Hon knäböjde, kupade händerna och drack av vattnet i sjön. Sött, gott vatten, en bristvara. Hon dränkte ansiktet och blandade sjövatten med tårna som hade börjat strömma nerför kinderna. Livet var segt, hon var seg. Det måste gå. Det skulle gå.

KAPITEL 9

På uthusets vind låg prima brädor och till och med hönsnät. Sonja och Bosse skulle bygga ett hönshus i anslutning till uthuset. "Ett hönshus bör vara isolerat och ha lagom tjocka sittpinnar så att hönan kan greppa dem", läste Sonja på nätet. "Det ska stå på torr mark och ha fönster i söderläge". Hon hade hittat en bild på ett fint hus som stod på stolpar. Efter noggrann mätning gjorde hon en ritning och visade Bosse, som var försjunken i boken om odling. Snart skulle Ove kommer med traktor och plog och plöja upp hela trädgården. Nu gällde det att få tag i utsäde för vall. Det fick kanske bli byteshandel?

– Det ser fint ut, sätt igång. Vi har ju både spik, skruvar och skruvdragare, tror jag.

Bosse tyckte det var skönt med det praktiska arbetet, att slippa grubbla och oroa sig som han gjort när han var fånge i stan. Koncentrera sig på det som fanns framför ögonen. "Dolda agendor och missunnsamhet finns säkert här också. De dyker upp tids nog", tänkte han.

Så småningom skulle de odla lök på tomten till hela byn, men också egna grönsaker för husbehov. Potatis, spenat, morötter. Han gjorde en skiss över trädgården och delade in den i rutor. Kanske skulle de få plats med en hage för några får? Det måste han prata med Ove om. Då kunde de ju klippa dem, spinna ullen och sedan väva kläder. Rena medeltiden! Men det fick bli ett gemensamt projekt. På byrådet hade de pratat om en vävstuga. Det var något att diskutera på nästa möte. Kött, smör, olja, ägg, bröd, tvättmedel, tandkräm, mycket var ransonerat men en hel del fanns att köpa än så länge. Ingen visste hur framtiden såg ut så det var ändå bäst att förbereda sig inför en ännu värre situation. Ingen rådde på klimatet, det hade gått för långt. Inga lättnader framöver, det skulle antagligen bara bli varmare. Skogsbränder skulle blomma upp under en kommande, het sommar, bränder som kunde sprida sig och ta deras hus och hem. Klimatflyktingar försökte på alla sätt ta sig in i Sverige. Militären patrullerade stränderna och fängslade alla de upptäckte och skickade dem ut ur Sverige. Lösningen var inte att överbefolka Sverige, predikade samlingsregeringen vid de internationella mötena, i stället skulle hjälp skickas ut till de läger som uppstått i Europa.

Bosse suckade och beslöt sig för att gå ut och hjälpa Sonja med snickeriarbetet. Hon höll på att välja virke av de bräder som fanns i uthuset. Tungt och mödosamt skulle livet bli, men var han själv stark nog för detta nya liv som ställde helt nya krav? Så mycket var okänt och så mycket fanns att lära. "Vi har hela livet på oss", tänkte han bekymmerslöst och gick ut i trädgården.

Numera var det bara i hans drömmar som brottningskampen i vattenbrynet kom tillbaka till honom. Paniken, de värkande lungorna, ljudet från vattnet som revs itu runt honom, musklernas hårda band, händerna runt halsen, hur han hade tryckt ner ett huvud under vattnet, tryckt tills alla rörelser avstannade och sedan den oformliga, mörka gestalten som långsamt flöt bort.

Mardrömmen kom inte lika ofta längre, allt hände för länge sedan, när han som mycket ung värnpliktig överraskat en flykting på en Östersjöstrand under en nattlig patrullering. Mannen hade flytt ut i vattnet i stället för inåt land, som om han försökt återvända till den förödelse han flytt ifrån. Bosse hade följt efter honom. Brottningskampen, mordet, för det var ett mord, återkom i hans drömmar. Han hade dödat en människa.

Militärlivet hade kapslat in honom i en kokong av trygghet,

där allting var förutsägbart, maten stod på bordet klockan sjutton, reveljen klockan sju, det tröga, enformiga livet som upprepades och upprepades. Det hade blivit hans räddning. Han hade återhämtat sig där och spunnits in i enformigheten och tryggheten, vilade och gungade i den, ville aldrig lämna den. Han hade stannat kvar, det hade blivit Säkerhetstjänsten för utbildning och sedan universitetet och filosofin. Och Sonja, han hade träffat Sonja, som ingenting visste.

Han såg på henne när hon sågade brädorna med den rostiga fogsvansen, taktfast med kroppen böjd framåt, armen som spändes. Hon var stark, de var starka tillsammans. Han gick fram till henne, slog armen om hennes midja, drog bort henne från arbetet och tog sågen ut hennes varma hand.

– Jag tar över nu, sa han myndigt.

– Tack. Då kan jag hämta resten av materialet. Och skruvar.

Hon gav honom en kyss på halsen och gick in.

KAPITEL 10

Ove öppnade mötet genom att smälla kaffemuggen i bordsskivan. De satt återigen i det furuombonade köket vid det slitna köksbordet. Hunden Lennart hade lagt sig i sin korg vid skafferiet, trött efter att ha hälsat på alla som kommit. Det hade mörknat och en lampa kastade sin ljuskägla över ansiktena. Det luktade instängt och nybryggt svenskkaffe. Nästan alla i byn var där. Te- och kaffekannan skickades runt tillsammans med muggarna och en nybakad vetelängd i skivor. Siv log och trugade. Kaffet var en symbol, det visste hon, en dryck som betydde sammanhållning och gemenskap. Det kallades svenskkaffe, var svenskodlat och smakade något annat än det kaffe hon druckit förr, före kollapsen, det riktiga utländska kaffet, smakrikt, mörkt och doftande. Någon enstaka månad kunde sådant kaffe finnas på ransoneringskontot i små mängder.

Sonja och Bosse kände sig obekväma och valhänta, osäkra på sig själva och på de andra. Nu var det samarbete som gällde och vissa skulle klara av det samarbetet bättre än andra, helt enkelt för att de hade bättre resurser, muskelkraft och erfarenhet. Andra skulle bli beroende. Om de inte kunde betala tillbaka på annat sätt. Det visste alla närvarande.

Sonja räckte upp handen. Hon ville prata om hoten, som hade varit aktuella i radions nyhetssändningar. Ove skrev motvilligt upp det som en punkt på dagordningen, som redan var oändligt lång. Odlingarna och fisket, det gemensamma elverket med hjälp av sol, kooperativet och banken, dricksvattenförsörjningen, reparations- och återvinningsverkstaden, djurhållningen med höns och får, jakten i höst, och så hoten då, från kriminella och andra, och hur de skulle försvara sig.

Lena hade kommit cyklande till mötet. Hon hade ställt cykeln mot husväggen och gått in efter de andra. De flesta deltagarna var nya för henne och hon nickade skyggt åt obekanta ansikten. När det blev hennes tur presenterade hon sig kortfattat.

– Jag köpte torpet för ett år sedan och flyttade hit nyligen, men jag känner mig hemma redan. Så jag har funderat över vad jag kan bidra med.

Alla visste var torpet låg och att sjön hade gott om fisk. Det fanns ett stycke mark som hörde till torpet som skulle kunna odlas upp.

– Så nog finns det att bidra med, oroa dig inte, sa Ove och såg länge på henne, för länge. Hon förstod att hon var utsatt på torpet. Det låg enskilt och hon var ensam. Kunde hon lita på människorna här. På männen? Ulf hade också studerat henne som om hon var en inkräktare, ovänligt och avvisande. Hans fru Anette hade däremot lett välkomnande.

– Hur många har vapen och licens, undrade Ove.

Några få räckte upp handen.

– Inför jakten i höst måste vi bli fler. Vi kommer att behöva viltet som proteinkälla. Hur många vill bli jägare, ta jägarexamen och skaffa vapen?

Nu var det fler som räckte upp handen, däribland Sonja, Bosse och Lena. De tittade på varandra och smålog. Lena kände att hon kunde lita på dem. De var som hon, nykomlingar, beroende av andra.

Sista punkten var hoten, som kom från illegala flyktingar och kriminella som strök omkring på landsbygden, bröt sig in, stal och rånade. Det hade blivit vanligt, också i deras trakter. Det fanns helt enkelt inte mat till dem som inte var registrerade och alltså inte hade ett ransoneringskonto. De kunde bara köpa sådant som inte var ransonerat, som vissa grönsaker, socker och andra inhemska produkter. Kläder var ransonerade, skor, ja nästan allt som man behövde i livet var onåbart om man stod utanför systemet. Flyktingarna, som oftast var på väg mot Norrland, sökte tak över huvudet, ett mål mat, kläder. De som blev upptäckta av militärpolisen blev förda tillbaka till något läger i Europa, där livet hängde löst.

– Vi har inget överflöd här hos oss, men många vill ändå hit, förklarade Ove.

Byn hade tidigt adopterat ett läger i Tyskland, dit de skickade vad de kunde avvara då och då. Att ta sig an fler låg utanför deras förmåga, ansåg byrådet.

– De som stöter ihop med en flykting måste rapportera till polisen. Flyktingar ska utvisas. Vi följer landets lagar och regler här, sa Ove och såg ut över menigheten med allvarligt min.

– För egen del ser jag skogsbränder som ett större hot och den säsongen närmar sig nu. Men där har vi ju en färdig beredskapsplan. Ni som är nya ska få öva brandbekämpning och få en fast arbetsuppgift i kedjan. Det måste alla ha, tillade han.

Ove fick mötet att rulla på effektivt. De hade gått igenom de flesta punkterna och insett att de måste samarbeta med de närmast byarna om de stora projekten. De klarade inte på egen hand elverket och återvinningsverkstaden, till exempel. Nu fanns ansvariga som skulle jobba vidare med varje fråga till nästa möte. Bosse ingick i återvinningsverkstan, Sonja skulle arbeta med djurhållningen tillsammans med Siv och Lena med elverket, tillsammans med en ingenjör, Stefan Wikman, som kunde mer om elektricitet än hon.

Elen kom från det kommunala elverket med vindkraft och andra källor, men också från solpanelerna som fanns på alla tak. De var sammankopplade till ett nätverk. El var en bristvara, kommunen hade inte hunnit med att utveckla elproduktionen i takt med det stigande invånarantalet. Därför hade byn beslutat att bygga ett nytt eget elverk av solpaneler som skulle kopplas in på det egna nätet.

– Vi vet alla att det mesta som finns att tillgå idag är ransonerat. Och att ransonerna dras åt mer och mer. Därför måste vi arbeta med gemensamma lösningar för sådant som vi inte kan undvara, som elektricitet, mat, vatten, men också trygghet. Vi måste lita på varandra för vi är beroende av varandra på ett sätt som vi aldrig varit tidigare.

Ove hämtade andan. Egentligen var de för få i byn bara 30–40 människor, och flera av dem var så förbannat okunniga om allting. De hade inga muskler och ingen kunskap. Det skulle bli ett tungt lass, men de skulle överleva om han fick som han ville.

Han och alla andra bönder hade tvingats lära om med det nya klimatet, som hade förändrat jordbruket. Vårbruket kom tidigare och hösten varade längre, de hade fått nya grödor och nya växtföljder, nytt ogräs och nya skadeinsekter. Torkan var ett problem, regnet kom i skyfall eller inte alls.

Ove strök arbetshanden över hjässan. Han var odlingsansvarig i byn och planen låg klar framför honom. Det svåra skulle bli att få tag i utsäde, nu när de skulle odla upp allt som gick att odla upp.

Siv vid hans sida log och nickade instämmande. Siv fortsatte arbeta med djurhållningen, det var hon bra på. Hon hade djuröga och djuren tydde sig till henne. Det var som en hemlig känsla som de kunde avläsa runt hennes tunna gestalt när de kom nära henne, så att de släppte sin rädsla inför människan. Barn och djur var hennes område.

Ove såg på henne där hon satt vid bordet med knäppa händer. Händerna var slitna, skjortan blekt av många tvättar, hennes nästipp röd av den lätta allergin mot pollen.

De hade klarat sig bra om inte stadsborna vällt in. Ove försökte skjuta undan den tanken.

KAPITEL 11

Sonja kramade Bosses hand under bordet. Hon kände sig hoppfull. Men hon var ju alltid positiv och alltid log hon, i alla fall om man fick tro Bosse. Men det var väl en nyttig egenskap i dessa tider? Hon suckade och reste sig plötsligt upp.

– Jag vill bara säga tack till er för att vi får komma så här och delta i arbetet tillsammans. Vi kan bygga upp något som fungerar för oss och kanske för fler som bor här omkring, så att vi kan överleva på ett bra sätt. Tack så mycket, sa hon och satte sig.

Det blev tyst.

– Jag vill också tacka, sa Lena och rodnade. Hon ville visa sin goda vilja men kände sig utsatt och ensam trots att de satt tätt kring bordet i det kvalmiga köket.

– Jag vill så klart dela med mig till er av det jag har och kan få fram. Men jag behöver nog en del hjälp i början, lade hon till litet tveksamt innan hon långsamt satte sig ner.

– Det kommer att funka fint, det tror jag, sa Anette plötsligt. Hon hade inte yttrat sig tidigare under mötet.

– Vi kommer också utifrån, jag är sjuksköterska och Ulf, min man här, är byggnadssnickare.

Ulf nickade och såg belåten ut.

– Behöver ni hjälp med snickrandet finns jag på Herrevadsvägen.

Lena såg upp och väntade på att Ulf skulle börja flexa sina muskler eller göra någon annan åtbörd för att visa hur värdefull han var för hela gemenskapen. Hon suckade. En tafatt översättare var ingen vinstlott här.

– Det låter något, sa Ove. Vi ses på nästa möte om en vecka.

Som vanligt knäppte han på radion för de senaste nyheterna. Det ingick i ritualen, som avslutning på mötet. Nyheterna var sällan goda. Värmeböljor i Asien, människor på flykt, döda i miljoner. Sverige kippade efter andan, stod och vägde, samhället vacklade mot kollaps och hungersnöd, eller mot en möjlig väg framåt, ingen visste. Den kommande sommaren var också ett hot, kanske avgörande. Oväder, torka, skogsbrand, låg i beredskap.

När radion tystnat ville Sonja be till gud, för det verkade inte finnas annan hjälp att få, inte från överheten i alla fall. Bosse och hon, de var i alla fall två. Kanske kunde hon tro på Oves auktoritet och säkerhet? Att han visste var räddningen fanns? Stolarna skrapade mot linoleummattan när de dämpat reste sig och gick ut i kvällssolen tillsammans med de andra. En idyll låg framför dem, det vackra landskapet, den spirande grönskan, solens flöden, den mjuka vinden. "Men inuti allt det vackra bodde röta och mögel", tänkte hon. "Röta, mögel och undergång". Hon vacklade till. Bosse tog henne om livet och tryckte henne mot sig. Han vinkade åt grannarna och de började långsamt vandra hemåt när Lena kom ikapp dem på cykeln. Hon hoppade av och slog följe.

Sonja lyckades le välkomnande. Lena var ensam med en stor börda och Sonja avundades henne inte. Bosse var ingen hårding men han var ett stöd ändå. Deras möte hade varit ett mirakel. Det var svårt att hitta förtrolighet i en värld som snabbt blev mörkare och där människor mer och mer drog sig inåt sig själva sin familj, sina revir, satte gränser och slog upp murar. Stängde av yttervärlden så gott det gick och fann tryggheten innanför. Så fort hon hade börjat prata med Bosse, på lunchrestaurangen i kvarteret, hade hon känt förtroende för honom och tillit på ett barnsligt sätt. De hade stött ihop vid disken när de hämtade sina tallrikar och lett ursäktande. Sittande vid sina respektive bord hade deras ögon sökt varandra, gång på gång. Omedvetet och intensivt. De började prata vid dörren på väg ut.

– Jag känner igen dig men jag vet inte varifrån.

– Samma här. Vem är du?

Frågor och svar, som hade lett dem vidare in i en värme som hon kände som ny. Hon hade tagit hans hand och sagt att de inte hade någon tid att förlora. Det lät desperat, men han hade inte blivit rädd utan lett och kramat hennes hand tillbaka. De hade tillsammans gått uppför trapporna till hennes lägenhet, suttit vid köksbordet och pratat. När det blev kväll lagade hon litet mat av det hon hade i skafferiet, några burkar vita bönor i tomatsås, några ägg. Det var självklart att han skulle stanna. Hon hade gått för att leta fram rena lakan att bädda med, men när hon kom tillbaka till sovrummet hade han redan krupit ner under täcket och låg och väntade på henne, leende med armarna över huvudet. Så förbluffad hon hade blivit. Det var då hon börjat älska honom. Han hade flyttat in i hennes lägenhet nästan med en gång och lämnat sitt torftiga och ensamma studentrum.

Bosse ville vara öppen och sann mot Sonja men han kunde inte förmå sig till att berätta för henne om mordet i vattenbrynet eller om föräldrarnas brutala död i ett bombattentat. Så han ljög och sa att föräldrarna levde och bodde i ett hus nära Hässleholm. Att de klarade sig tack vare ett sparkapital och att de kunde hyra ut några rum. De hade en trädgård där de kunde odla för husbehov och hade bra gemenskap med grannarna. Han ljög och bredde på. Det fanns ingen annan möjlighet, för han visste att om han hade berättat om deras död, hade han varit tvungen att berätta om flyktingen i vattnet, om det svarta byltet i vattenbrynet, om mannen han dödat. Det fruktansvärda. Och det förmådde han inte. Hon skulle vända sig ifrån honom med avsky, hon skulle förakta honom. Hon skulle kanske aldrig förlåta honom. Han teg.

Sonjas föräldrar var pensionerade lärare och hade flyttat in i hennes lägenhet när Sonja och Bosse drog söderut. De hade varandra och behövde inte så mycket. Framtiden var osäker, kanske skulle staden inte öppnas igen under deras livstid. Men det ville ingen tänka på, inte han, inte Sonja. Sonjas två syskon hade flyttat norrut i god tid innan den stora flyktingvågen hade börjat rulla in över Sverige. Den hade blivit så stor att myndigheterna hade satt stopp. Det var omöjligt att flytta till Norrland nu utan speciellt tillstånd, även för svenskar. Inflyttningen blev strängt reglerad, illegalitet var då det enda som gällde.

KAPITEL 12

Aprilkvällen var lika löftesrik och ljus som en aprilkväll förr i tiden. De gick sakta hem från mötet i det avtagande ljuset.

– Kom med och sitt i trädgården en stund innan du cyklar hem. Vi kan bjuda på äppelmust, sa Sonja när de skulle skiljas.

Lena tackade villigt ja. Hon såg inte fram emot den ensamma cykelturen genom skogen. Bosse hämtade fler trädgårdsstolar, de stod fortfarande kvar i förrådet. Sonja hämtade ett par flaskor must och några glas.

De slog sig ner och såg ut över trädgården. Månen var på väg upp bakom skogsbrynet och koltrasten drillade ännu. De satt tysta, överväldigade av kvällen mildhet, men också av de dystra nyheterna.

– Så du bor här för gott nu, liksom vi, sa Bosse till sist.

– Ja i mitt lilla torp. Det har el men inget vatten inne.

– Vi har vatten och el, tack och lov och värme i elementen på vintern, om det finns el vill säga. Bra idé det där med eget elverk.

– Det ska jag jobba med. Vi ska ha ett första möte om några dagar, elingenjören och jag. Han heter visst Stefan.

– Vi har planer på att skaffa höns och får. Vad tror du?

– Höns vill jag också ha.

Samtalet kretsade kring planerna för att inrätta sig i den nya verkligheten. Ingen nämnde något om hot eller ensamhet. Så väl kände de inte varandra ännu.

– Jag måste cykla iväg innan det blir för sent. Torpet väntar.

– Vi kan cykla med dig genom skogen så vi vet var ditt torp ligger. Nu har jag bara en vag idé, sa Bosse.

– Åh, vill ni det!

Lena kände sig lättad. Hon hade inte vant sig vid mörkret än.

– Ja, vänta här så kommer vi strax.

Sonja och Bosse försvann in i huset. Efter en stund kom de ut igen. De hade klätt sig i vindtygsjackor och hade hämtat sina pannlampor. Lena plockade fram sin lampa ur ryggsäcken.

De cyklade iväg med pannlampornas strålkastare, som kastade ljuskäglor över vägen framför dem och in i skogen. Skuggorna blev långa när de cyklade efter varandra på skogsvägen. Då och då hördes ett prassel från något djur och de kunde skymta ögon som glänste till när ljuskäglan träffade dem.

– Här är det!

– Fint, sa Sonja och Bosse med en mun. Månen hade nu stigit över trädkronorna och belyste tunet utanför stugan som en scen på en teater. Allt var tyst, stilla och väntande. Lena vred om nyckeln och öppnade dörren. Den instängda luften slog emot henne.

– Vill ni komma in?

– Tack men vi kan komma en annan dag. Vi har ju ditt telefonnummer nu. Hör av dig om du behöver något.

Sonja och Bosse vände sina cyklar och vinkade när de for iväg. Lena stod kvar på trappan och såg efter dem. Långsamt försvann ljuset från deras pannlampor. Så blev det mörkt.

– Hon såg så ensam och sårbar ut, sa Sonja medan hon försiktigt cyklade efter Bosse på vägen som lyste som ett silverband i månskenet.

– Ja, vi måste hjälpa henne om hon vill ha och behöver hjälp. Jag vet inte vad den där elingenjören Stefan är för typ. Han kollade verkligen in henne. Är han gift eller sambo?

– Vet inte. Hon har kanske inte lust med en sådan relation. Hon vill kanske vara ensam.

– I kristider vill man älska och bli älskad så att man känner att man lever ända in i märgen. Sex och kärlek behövs mer än någonsin. Det kan jag intyga.

Sonja skrattade.

– Jag håller med och snart är vi hemma i sängen.

Hon skickade slängkyssar till Bosse trots att han inte kunde se dem.

Lena stängde och låste dörren. Hon brydde sig inte om att tända ljuset utan trevade sig fram över köksgolvet. Månens vita sken räckte gott. Elementen var ljumma, men hon rörde runt i vedspisen och fick fart på elden med hjälp av spån. Den skulle hjälpa till att värma upp den kylslagna morgonen som snart skulle komma. Hon satte på radion för att höra de senaste nyheterna, men klockan var inte elva än så i stället kom toner från en violinkonsert av Beethoven. Musiken fyllde köket när hon gick in i sitt sovrum och tände sänglampan, musiken var som en signal från en avlägsen tid. Hon mindes när hon första gången hade gått på en klassisk konsert i Stockholm, i det stora blå konserthuset. De hade spelat Grieg och hon hade blivit förförd av stämningen och av upplevelsen av att sitta i samma rum som musikerna och vara helt och hållet omgärdad av musik. Att få höra musiken i samma ögonblick som de frambringade den på sina instrument. En totalupplevelse, hade hon sagt till Peter, som var en rutinerad konsertbesökare och kritiserade dirigenten för att han jagade på musikerna, det gick för fort. I pausen hade de druckit vin i baren, bland alla sorlande människor. Det var då, ett annat liv

Hon stängde av radion, tassade in i sovrummet och kröp ner under täcket. Nyheterna hade inte varit bra, men när var de det? Nya bestämmelser om att alla måste registrera sig på nytt hos polisen inom tre månader för att få ett inrikespass, som man alltid måste bära på sig. Ingen fick slinka genom maskorna. Överheten ville ha koll på var alla fanns och hela tiden. Det skulle hon ta upp med Sonja och Bosse. De kunde åka till polisen tillsammans kanske. Hon läste några sidor i boken, släckte och somnade, trots oron som låg på lur.

KAPITEL 13

Efter en snabb cykeltur var de framme vid sitt hus. Byn låg nu mörk och stilla. Allt var tyst. De ställde in cyklarna i skjulet, så att de inte skulle bli stulna och gick in i köket för att dricka vatten innan de fortsatte upp i sovrummet, utan att tända. Inne i huset kändes mörkret snarast skyddande, som om det gjorde dem osynliga. De klädde av sig tyst och snabbt. Den uppsluppna stämningen från cykelturen hade försvunnit. Nu ville de bara sova.

Sonja vaknade tidigt i gryningsljuset. Hon grep efter Bosse i den varma sängen och lade sig mjukt intill hans rygg. Värmen, de lugna, regelbundna andetagen, och hans bröstkorg som höjdes och sänktes, fick henne att känna sig trygg. Fingrarna letade sig in i hans långa nackhår. Hon försökte andas i samma takt som han och till sist slumrande hon in.

Några timmar senare vaknade de, hopslingrade. Det var varmt och de ångade av svett när de slängde av sig täckena och drog sig ifrån varandra. De hade glömt att sätta väckarklockan, nu var hon nästan halv nio och mycket arbete väntade. Bosse sträckte ut sin hand och smekte långsamt Sonjas ansikte och hals. Hon glödde av värme. Han iakttog henne tyst. Det brunröda håret låg klistrat i pannan, huden skimrade. Han kunde bränna sig på henne! Var detta verkligen rätt? Hon var så godtrogen, så älsklig, så optimistisk, men också stark och orädd. Han behövde henne på långt fler sätt än hon förstod för sitt nya liv. Allt det gamla måste han lämna bakom sig nu. Mordet, attentatet, allting.

– Vad tänker du på?

– På dig, på oss. Kom, sa han och drog henne närmare in i sin famn.

Det fanns ägg och bröd till frukost, liksom svenskkaffe. Vädret hade slagit om och blivit kyligare, så det gick inte att sitta ute i trädgården denna morgon.

– Ska vi planera dagen, frågade Sonja och slog upp en kopp kaffe till sig. Jag fortsätter med hönshuset, kan du hjälpa till?

– Ja men jag måste undersöka vad vi kan få för utsäde och fröer till våra odlingar först. Jag måste fråga Ove och kanske Lokalföreningen som säljer sådant. Jag vet inte hur ransonerna ser ut. Vi ska ju odla till hela byn så småningom.

Han satte på radion för att höra morgonnyheterna. De stelnade förskräckt till när de hörde om den nya bestämmelsen om inrikespass.

– Herregud, vad betyder det för oss, för dig Bosse? Alla vet ju att du är här nu.

– Ja men inte hur länge jag varit här. Det går nog att fixa.

Han ville låta trygg. Sonja fick inte bli rädd.

– Vi måste skriva oss här. Du är ju inte heller skriven här officiellt än. Så det får vi ordna. Idag redan, via nätet.

Han kände sig fylld av tillförsikt. På så sätt skulle allt gå vägen. De skulle skriva sig här, och sen var det bara att få sitt pass. Han hade flytt illegalt men skulle någon upptäcka det? Mobilen hade han haft avstängd, för det mesta i alla fall, så den kunde de inte spåra. Nu skulle han sätta på den. Allt var ändå så förvirrat och osäkert, överheten hade inte stenkoll, nätet låg nere tidvis. Folk gav sig iväg och kom tillbaka. Det gällde att hävda sin sanning och verka trovärdiga i kontakt med myndigheterna.

– Med ett sådant pass får de koll, och det är koll de vill ha. Men vi kan slinka genom maskorna, det har vi ju gjort redan, och nu kommer vi med i det här svepet. Det ordnar sig, sa Bosse både för att lugna Sonja och sig själv.

Hon skrattade med utan glädje. Det var så många utmaningar de stod inför. Hon var ängslig, men nu ville hon hålla god min.

De satte disken i diskhon och ställde undan brödet och smöret. Hela dagen arbetade de beslutsamt med hönshuset. Frampå eftermiddagen hade de snickrat ramen och börjat spika väggarna. Takpapp hade funnits i källaren, en halv rulle men det skulle nog räcka.

Bosse hade åkt till Lokalföreningen för att köpa utsäde för vall. Han hade fått köpa en del men inte tillräckligt för deras behov. Räkningen skulle gå till kooperativet. Han köpte också fröer för deras egen köksträdgård. Det fanns fortfarande fröer i påse att köpa, men urvalet var inte stort. De fick ta det som fanns. I framtiden måste de själva börja samla fröer från sina odlingar och spara över vintern, för säkerhets skull, och byta med grannarna.

På kvällen anmälde de flytten på Skattemyndigheten. De ändrade datum till en månad tidigare för säkerhets skull och legitimerade sig genom ansiktsigenkänning. Nu var det bara att vänta och se. Om några veckor skulle de ansöka om pass hos polisen. De skulle ta sig dit när trycket var som störst och alla var stressade och förvirrade.

Det stora problemet var maten. De var jämt småhungriga. Konserverna höll på att ta slut och månadens ransonerade varor var på upphällning. Snart måste de köra till affären för att köpa ut det sista. Potatis, socker, mjöl och rapsolja, vissa frukter och inhemska grönsaker var ännu inte ransonerade men ändå svåra att få tag på. Morötter, rotselleri, rovor, lök och rödbetor fanns att få om man hade tur. Men nu på våren var kvalitén inte hög. Det fick bli soppor, bröd och pajer. Om det fanns margarin eller smör. Baljväxter i form av gula ärtor och kikärtor kunde man också få tag i. Men protein från ägg, kött och fisk fick de snåla med. De måste tala med lammbonden om att få köpa kött.

– Det ska finnas gott om fisk i Lenas sjö. Vi kan ju hjälpa henne med fisket.

– Bra idé, ring till henne du. Fråga om vi får komma någon dag.

– Jag ringer i morgon, när jag är klar här.

KAPITEL 14

Den totala klimatkollapsen hade i Sydeuropa och runt Medelhavet förorsakat en tsunami av flyktingar norrut. Norrland hade i början förklarats vara en frizon, där det var tillåtet för flyktingar att slå sig ner, eftersom det var glest befolkat. Alla vägar var öppna i början, men så småningom stängdes de ner, den ena efter den andra, och frizonen avskaffades. Lägren i Tyskland fylldes på och växte när flyktvägarna norrut stängdes. Med båtar och lastbilar försökte folk ändå ta sig norrut, med hjälp av smugglare och vägvisare som skodde sig på människors utsatthet.

Det hade blivit en skoningslös kamp, som när ett fartyg är på väg att gå under och det gäller att slå sig fram till relingen eller att sjunka med skeppet. FN, Röda korset och andra hjälporganisationer hade brutit samman under trycket. Behoven hade blivit oöverstigliga, oöverkomliga. Nu började läget stabiliseras, ansåg myndigheterna. De som skulle släppas in i landet skulle gallras hårt. Det gällde att överleva så gott det gick bakom de stängda gränserna.

Sverige var inte överbefolkat. I Småland hade befolkningen nästan fördubblats, men det kunde landskapet svälja. Det fanns plats och det fanns mat till den som tog sig fram, var anpassningsbar, smidig, stark, företagsam, kunnig och praktisk. Hade man dessutom gott om pengar kunde man köpa vad man behövde på den svarta marknaden.

Odlingsgränserna hade förskjutits norrut steg för steg. Det hade gynnat Sverige. I Skåne odlade man numera medelhavsfrukter, te och kaffe. Det smakade inte som kaffet eller teet från Sydamerika, Sri Lanka eller Tanzania, men det var billigare och det gick att dricka. Vinodlingar bredde ut sig och vinet smakade gott, för den som kunde betala.

På morgonen hade Lena vaknat tidigt av ljuset. Hon hade glömt att dra för gardinerna i sovrummet. Mörkret hade sakta vikit undan, stjärnorna försvunnit och månen gått ner. Morgonen var så klar och ren, så oförstörd, tyckte hon, den bästa tiden på dagen.

Hon låste upp ytterdörren och gick ut på trappan. Luften var frisk och stilla. Staren skränade och flög iväg på jakt efter flugor och maskar till sina ungar i boet, som pep uppfodrande.

– God morgon, sa hon högt, gick in igen och tog på sig morgonrocken och skorna. Det var svalt och marken var kall. Dörren till dasset stod öppen. Konstigt hon brukade alltid låsa med en pinne och den låg på marken. Nåja, den kunde ju ha fallit ut. Eller någon fågel som dragit i den, skatorna var duktiga på sådant.

Tillbaka i stugan tvättade hon sig i det vatten som var kvar i hinken, klädde på sig och gick ut för att hämta mer vatten till frukosten och till disken. Pumpen fungerade utmärkt och vatten fanns det gott om, än så länge. Frampå eftersommaren kunde brunnen sina, hade mäklaren sagt, så kanske fick hon göra något åt brunnen. Gräva den djupare? Ännu en punkt på listan. Ännu en uppgift som hon inte visste hur hon skulle lösa.

Brödet räckte någon dag till, sedan fick det bli havregrynsgröt. Mjöl hade hon, men ingen jäst, så det gick inte att baka. Så småningom var det dags för en tur till affären för att köpa ut det sista av ransonen den här månaden.

Efter frukosten ringde hon Stefan Wikman. Hon visste att han ville komma igång med arbetet med elverket. De skulle behöva samarbeta med den närmaste byn hade han sagt. Hon skulle stå för det administrativa jobbet, han för det praktiska, de skulle bilda ett bra team. De avtalade att träffas för att planera och arbeta vidare med idén.

Lättad tryckte hon bort samtalet. Nu var resten av dagen hennes. Arbetsdagen. Hon beslöt att inventera vedförrådet och kanske hugga ved att ha till spisen i köket när ett av många elavbrott kom och värmen tog slut i elementen. Då fungerade inte elplattorna heller. Hon drog på sig jackan och skorna och gick bort till vedboden. Den dörren var inte heller låst med sin pinne. Hon öppnade försiktigt dörren. I hörnet, på en filt låg en man och sov. Han låg på sidan och såg ut att vara runt 40. Ansiktet var blekt och skäggigt. Med armarna omfamnade han sig själv. Munnen stod öppen, andetagen var jämna och långsamma. Han bar mörka kläder, en sliten skinnjacka. Under huvudet hade han lagt en bylsig väska.

Hon backade ut och sköt försiktigt igen dörren. En flykting! Någon på rymmen? Hon vände och sprang in i huset och låste dörren efter sig. Flämtande tryckte hon ryggen mot den. Ja, hon visste att det fanns människor som tog sig in i landet via smugglare, eller på egen hand. De kom i bilar eller i båtar, längs den långa kustlinjen. De sökte sig norrut för att slå sig ner i delar av Sverige som var minst befolkade. Men på hennes tomt, i hennes vedbod!

Gränspolisen och militären hade posteringar och jagade flyktingar med hundar och skarpladdade vapen. De som de hittade eller hann upp fördes ut ur landet. Det fanns ingen nåd för dem längre. Det fanns ingen plats.

Här var en flykting hos henne. Lena fingrade på telefonen. Skulle hon ringa efter hjälp eller avvakta? Hon spanade ut, allt var stilla. Naturen teg avvaktande. Polisen var det ingen idé att kontakta, den fanns inne i stan, det skulle ta för lång tid. Om de inte hade en patrull i närheten. Nej, det fick bli någon i byn. Han hade inte sett farlig ut, men man visste ju aldrig. Och hon var ensam. Beslutsamt gick hon in på namnlistan.

Då ringde telefonen. Skärrad tittade hon på displayen. Det var Sonja. Lena svalde och svarade. Jo, hon mådde bra, ja visst fisket måste de sätta igång med.

– Men det är något annat viktigt.

– Ja, vadå?

– Det ligger en flykting och sover i mitt skjul.

– Oj, vad säger du, vad ska du göra?

– Vet inte. Kan ni komma?

– Ja vi kan komma på cyklarna. Bosse är hemma, jag ska fråga honom. Men det tar väl en halvtimme eller mer. Stäng in dig så länge. Lås dörren.

– Ja, det ska jag göra. Kom så fort som möjligt.

Lättad sjönk hon ner på en stol. Nu var hon i alla fall inte ensam om problemet. Hon spanade ut genom fönstret men ingenting såg ut att ha hänt därute. Skatorna hoppade runt och pratade med varandra, småfåglarna svirrade bland askens grenar. Bodens dörr stod på glänt. Hade han gett sig av?

KAPITEL 15

En hård knackning på dörren fick henne att hoppa till. Ännu en. Den var inte lika hård, men ihärdig. Så blev det tyst. Hon tvekade. Hon kunde låtsas att ingen var hemma. Men han hade väl sett röken från skorstenen. Hon tvekade, så låste hon upp dörren och tittade ut. Där stod han på trappan. Allvarliga ögon, ett påtvingat leende, skinnjackan hängde som ett skal runt hans magra kropp, väskan i en rem över bröstet Han var mörkhårig och ett lockigt skägg täckte halva hans ansikte. Han sträckte fram två tomma händer, med handflatorna uppåt, i en vädjande gest.

– Bonjour madam, je ne parle pas suedois. N'avez pas peur. Je m'apelle Farid. Farid Shakir.

Förskräckt backade hon. Hjärtat slog tunga, snabba slag. En lång stund var deras ögon som fastnitade i varandras och de andades kort och snabbt.

Mannen var över medellängd, smal men verkade vältränad och smidig. Jeansen var slitna, liksom tröjan, skinnjackan var fläckvis blanksliten.

De skräckslagna tankarna flög som fåglar genom huvudet. Hur, vad, hur, vad? Beslutet kom av sig själv.

– Entrez je vous en prie, fick hon till slut fram. Varsågod och stig in.

Han kom långsamt och vaksamt över tröskeln och såg sig omkring.

– Varsågod och sitt.

Han slog sig försiktigt ner. Hon satte sig mitt emot. De tittade tyst på varandra.

– Ni har tur, jag talar franska flytande, jag är översättare och tolk, sa hon till sist.

Han andades ut och log stort. Leendet förvandlade hans ansikte.

– Det underlättar verkligen för mig. Låt mig förklara varför jag är här ...

Hon avbröt honom. Det var kanske det hemtama språket som gjorde det.

– Får jag bjuda på kaffe. Ja det är bara svenskkaffe, odlat i Sverige, det smakar inte ens som riktigt kaffe, tyvärr, men vi har inget annat för tillfället. Allt är ransonerat. Jag har litet bröd och ägg kvar, ni måste vara hungrig.

Hon hade med ens blivit värdinna i stället för fångvaktare. Det gick av sig självt.

– Tack, så vänligt. Jag har sovit i er vedbod över natten, jag hoppas att ni inte har någonting emot det? Jag var helt enkelt tvungen.

– Nej för all del.

Till sin förvåning kände hon sig inte rädd för den här mannen, fast hon borde. Hon kände sig avväpnad. Som om de satt på ett café i Paris och språkade artigt och belevat, eller kanske till och med flörtigt. Tanken fick henne att le.

– Ni ler?

– Ja jag fick för mig att vi skulle dricka kaffe i Paris på något café. Det är så länge sedan jag pratade franska. Jag har verkligen saknat det.

– Det var länge sedan för mig med, att dricka kaffe på ett café i Paris. Jag kommer från Alger, i Algeriet, lade han till. Men jag har bott länge i Marseille.

– Åh Marseille, där var jag som ung. Stan känner jag rätt väl.

– Där ser man. Bor ni ensam här?

– Ja det gör jag. Men jag ringde nyss till mina vänner i byn, de är på väg hit.

Han reste sig tvärt och spanade vaksamt ut genom fönstret.

– De är bra personer, de kan hjälpa er, oss. Sätt er ner, det är ingen fara. Jag lovar.

Tveksamt satte han sig ner.

– Ni tror att de är pålitliga? Jag känner att ni är pålitlig.

– Ja, ja. De är bra. Däremot finns det andra i byn som man inte kan lita på. Men Sonja och Bosse är som vi.

Hastigt svalde hon.

– Ja jag upplever er som en person som inte vill något illa. Och inte jag heller. Vi försöker bara alla överleva efter bästa förmåga.

Farid kastade en blick på henne.

– Ja, jag förstår. Han log spänt.

Frukosten försvann snabbt. Hon fick sätta på mer svenskkaffe. De hörde Bosse och Sonja komma på sina cyklar och parkera dem mot väggen. Lena öppnade dörren.

Farid reste sig när Sonja och Bosse kom in genom dörren. De stannade avvaktande, som för att läsa av stämningen. Ett ögonblick förflöt i tystnad, så steg Bosse fram och började treva med händerna över den gängliga kroppen. En visitation. Farid sträckte vant armarna mot taket.

– Vad fan är det här. Vem fan är du? Svara för helvete!

– Han förstår inte svenska, ta det lugnt.

Lena avbröt den bryska visiteringen genom att dra Bosse i armen.

– Lugna dig!

– Han kan för fan ha vapen. Do you have vapen, weapons?

– Non, monsieur.

Bosse avslutade visiteringen, slet upp väskan från golvet och drog upp dragkedjan. Han rotade igenom innehållet, halade fram klädesplagg, någon enstaka bok, en plastpärm med papper som han bläddrade i. En toalettväska som han öppnade och granska noga.

63

– Var är ditt pass, har du legitimation?

– Javisst monsieur.

Farid tog fram en sliten plånbok ur jackan, som han hängt över stolsryggen, och räckte fram ett identitetskort.

– Jaha, vad gör du här, förklara dig.

Bosse lät som en polis, en gränsvakt. Sonja hade hela tiden stått stum och förfärad. Nu steg hon fram och knuffade till Bosse, så han tumlade in i väggen.

– Sluta för helvete, han verkar ju ofarlig.

– Hur vet du det. Han kan ha vapen, han kan ha ett helt gäng i skogen som väntar på att ta över den här gården.

– Nej nu får du ge dig. Varför är du så förbannat misstänksam?

Farid hade ryggat tillbaka och sneglade mot dörren. Bosse slängde tillbaka väskan på golvet och satte sig ner. Han ögon granskade ilsket Farid. Sonja satte sig tveksamt på den andra stolen. Det blev tyst.

– Vi slåss ju för våra liv här, vet ni inte det, sa Bosse till sist. Okej, han verkar grön, men vi får se, jag litar inte på någon.

Han iakttog Farid med misstänksam blick.

– Finns det kaffe, sa han till sist, som för att släta över sitt utspel. Hans andetag var fortfarande snabba och hetsiga.

– Farid är från Algeriet ursprungligen. Han talar franska.

Sonja böjde sig fram mot Farid.

– Bonjour, det är allt jag kan på franska.

– Talar ni ingen engelska, frågade Lena.

– Jo, men inte så bra, svarade han på engelska med en stark brytning.

– Då kanske vi kan försöka prata engelska, annars kan jag översätta.

KAPITEL 16

Stämningen var spänd. De satte sig runt bordet och Lena tog fram två koppar till. Hon hällde sitt svenskkaffe i dem, men mjölken var slut. Det blev tyst.

– Farid, ni måste berätta för oss vem ni är och vart ni är på väg, sa Lena till sist.

Farids berättelse var inte lång och inte komplicerad. Det fanns antagligen tusentals liknande historier som kunde berättas av tusentals människor som var i samma situation i detta nu.

Han hade bott i Marseille, men varit tvungen att fly och hamnat i ett läger i Tyskland med sin fru när Marseille blev på gränsen till obeboeligt. Frun, Mariana, var försvunnen sedan länge, hon hade övergivit honom och gett sig av med en annan man. Nu var han på flykt för att hitta en framtid. Han hade köpt en plats på en smuggelbåt som gick över Östersjön till Sverige. Väl framme hade flyktingarna delat upp sig i grupper för att underlätta flykten upp genom landet. Nu var han här. Han var ensam och ville norrut för att hitta ett fritt liv i Norrland. Han hade hört att de inte var så nogräknade där. Han hade varit på flykt i cirka en månad trodde han.

– Jag vet vad jag riskerar om jag blir infångad. De skickar mig tillbaka till lägret. Men jag ser ingen framtid där, inget liv, bara en långsam död. Då är det bättre att våga livet så här, i detta land.

Långsamt plockade han fram sin plånbok igen och letade fram två tummade foton som han lade på bordet framför sig. Det ena föreställde ett äldre par, det var hans föräldrar. Han visste inte var de var. Det andra föreställde en ung, leende kvinna. Det var hans syster, hon var också försvunnen. Han hade inget foto på frun, Mariana.

Han tittade vädjande på dem. Sorgen och rädslan höll på att övermanna honom.

– Jag vill leva och jag kan bidra med mina kunskaper och mitt arbete någonstans där det finns en chans att överleva. Som här.

Bosse kände sig inte lugnad utan fortsatte med sina frågor.

– Är du muslim?

– Ja, på pappret, men egentligen tror jag mer på naturen. Så som världen ser ut vill jag tro att godheten finns i naturen. Den andra guden har jag tappat förtroendet för.

– Vad har du jobbat med?

– Jag är utbildad lärare och botaniker. Det är tyvärr inte mycket att bidra med i nuläget. Men jag är också en praktisk man, jag är händig och kan snickra.

Han ville övertyga dessa okända människor om att han kunde vara en tillgång för dem, eller i alla fall att han var en anständig människa som de kunde hjälpa, förutsatt att de kände något som helst medlidande eller barmhärtighet. Och förutsatt att de inte var rädda. För honom eller för överheten eller för sina grannar.

– Farid, vi vill försöka hjälpa er, så tänker jag i alla fall, sa Lena till sist. Jag har ett rum på vinden. Ni kan få bo där ett tag och vila ut.

Farid andades ut.

– Jag är mycket tacksam.

Sonja och Bosse teg avvaktande.

– Här har vi själva tak över huvudet och papper på att vi får vara här, men inte så mycket mer egentligen, sa Lena.

De berättade kort om sig själva och om sina nya liv. Vad de måste göra och lära sig. På så sätt klarnade bilden mer och mer också för dem själva. De var i ett utsatt läge, men det var inte så illa jämfört med Farids situation.

– Det där med naturen är intressant, sa Sonja försiktigt. Jag har också börjat tänka så. Naturen och allt liv som finns där. Växter, djur, människor, en enorm kraft. Vi är ju en del av allt levande. Ibland ber jag till själva jorden.

Hon fnissade generat.

Farid ville säga något men blev avbruten av Lena.

– Nej, vi ska ju prata fiske också.

Hon tyckte det fanns något mellan de två som hon ville störa, men hon visste inte vad det var. Bosse stirrade i bordet och tycktes inte höra.

– Farid, behöver ni kläder kan ni nog låna av Bosse, ni är ungefär lika långa.

Bosse såg nu upp.

– Kläder, ja jag ska kolla.

– Och fisket, ska vi kolla näten? Vi kan lägga nät i kväll och ta upp i morgon. Eller senare i veckan. Går du med ut och tittar på de nät jag hittat? Om de funkar. Vi måste kanske laga dem. Jag vet ingenting om sådant.

– Inte jag heller, men kom.

Bosse gav Farid en sista misstänksam blick, innan de gick ut. Han tyckte inte om att lämna Sonja och Farid ensamma i köket.

Sonja plockade bort disken och satte den i diskbaljan.

– Vill du tvätta dig måste du värma vatten. Det finns inget varmvatten. Du kan nog ta hinken och hämta vatten i brunnen. Hon snuddade vid hans hand när hon lämnade över hinken. Handen var varm och sträv.

– Det vore skönt, jag luktar nog illa.

Han gav henne ett generat leende. Hon tyckte om det och log tillbaka. Det kändes som om de förstod varandra trots att språket inte avslöjade annat än det allra ytligaste.

Ute hade vinden friskat i och träden gungade i blåsten. Bara det höga ljudet av vinden och bruset från träden hördes.

Farid tog med sig hinken och gick fram till brunnen, där han började pumpa vatten.

Vedbodens dörr stod öppen. Han skymtade Lena och Bosse därinne. De kom ut med ett utrett fisknät som de lade ut på marken i våder.

– Vi behöver flöten och sänke, då kan det här funka, trodde Lena.

– Okej, ska se om vi har något hemma vi kan använda. En plastburk kanske och så något tungt? Det får bli en annan dag som vi lägger ut nätet. Synd, jag är sugen på fisk.

– Ove vill ju att fisken ska tillfalla föreningen, som en del av mitt bidrag till det allmänna. Men vi får se hur mycket vi får. Det ska vara gott om fisk i sjön.

Sonja kom ut och gick fram till Bosse och tog hans hand som för att visa att de hörde ihop. De såg på när Farid gick med den fyllde hinken in i köket och stängde dörren efter sig.

– Vad ska vi göra med honom?

– Vi får avvakta och se. Han får gömma sig här en tid i alla fall. Det ska väl gå bra. Huset ligger ju avsides. Jag vill inte köra iväg honom direkt, sa Lena.

– Nej, och vi ska inte berätta för någon att han är här. Så klart. Vi ses och hörs.

Sonja och Bosse tog sina cyklar.

– Klarar du att vara ensam med honom. Du känner ju inte honom. Jag ska kanske stanna med dig, i alla fall under dagen?

– Det var generöst men jag klarar mig. Han verkar ju ok.

De cyklade iväg. Det blev tomt och tyst, förutom ljudet från trädtopparna som susade i vinden. Lena kände sig med ens övergiven. Nu skulle hon ensam tackla denna främling. En okänd man, alldeles inpå livet. Hela dagen och hela natten. Och i morgon. Och kanske fler dagar. Tanken gjorde henne nervös och osäker. Han stod kvar en stund, så gick hon in och stängde dörren efter sig.

KAPITEL 17

Himlen var iskallt blå och skogen vajade av och an, på ett hotfullt, skrämmande sätt tyckte Sonja. Den vinkade åt henne, vinkade farväl, nu är det slut. Som om hon skulle försvinna, upplösas, bli ett med skogen, jorden, himlen, alltet. Med ens kände hon sig outsägligt trött. Kroppen orkade inte mer. Hon rullade vidare och fortsatte trampa automatiskt, utan kraft och vilja. Tills cykeln stannade och hon lät den falla till marken. Villrådigt stod hon kvar, så sjönk hon ner vid vägkanten och lade huvudet i armarna. Skogen tycktes hålla andan och blev tyst och stilla runt henne.

Hon satt så när Bosse vände tillbaka för att leta efter henne. Han slog sig ner vid hennes sida och lade armen om henne.

– Vad är det, vad har hänt?

– Jag orkar inte mer.

– Vaddå, varför?

– Jag orkar inte kämpa mer. Och nu känner jag inte igen dig heller. Varför var du så hård mot honom? Så brutal och respektlös? Slet upp hela hans liv där på köksbordet, fläkte ut det inför våra ögon. De ynkliga, tafatta ägodelarna. Våra liv är också sådana. Ynkliga.

– Ja, jag var kanske litet hård. Vi tar det lugnt idag. Du kan vila. Jag ska snickra vidare. Vi måste orka. Allt kommer att ordna sig.

Ängsligt såg han sig omkring. Men det fanns inget i omgivningen att vara rädd för, bara skogens ljud. Rädslan och sorgen var ändå närvarande, den bodde hos dem, den fanns inombords. Det gick inte att bli fri. Rädslan var som en parasit som äter sig in och som man inte kan bli av med. Nu hade de varit rädda så länge, så ihållande. För den hotfulla världen, för okända människor som tittade konstigt, för att aldrig få äta sig mätta igen. Sorgen över allt som de förlorat var tung, sorgen över allt som försvunnit, sorgen över alla "aldrig mer".

– Det är mörkast före gryningen, viskade han.

Hon lutade sig mot honom.

– Förbanna inte mörkret, tänd ett ljus, svarade hon.

Det var deras besvärjelse. Som de mumlade till varandra när trycket blev för stort, för att återfinna modet.

– Vi är nästan hemma. Orkar du?

Hon nickade. De reste sig upp och fortsatte sakta gå med sina cyklar vägen fram. Hemma väntade alla plikterna. Hönshuset måste bli klart. Ove skulle komma med plog och jordfräs. De skulle så. Bosse måste fixa mer utsäde i grannbyn så snart som möjligt. De måste skaffa mer mat som inte var ransonerad. Mer mat, och helst litet kött.

I skogstorpet gick Lena in i huset och stängde dörren bakom sig. Farid stod vid spisen med den fyllda vattenhinken.

– Ursäkta, ni har inget badrum?

– Nej. Vi får hälla vattnet i den största kastrullen och vattenkokaren och koka upp och sen späda med kallt vatten. Jag har en plastbalja jag brukar använda för att tvätta mig. Ur skåpet tog hon fram en stor, röd balja som hon ställde på golvet vid diskbänken.

– Kom ska jag visa er var ni ska sova.

De gick trappan upp till gavelrummet. Det var svalt, men hon kunde sätta in ett elelement. Hon öppnade fönstret för att vädra. Gardinerna behövde tvättas, döda flugor och en geting låg i fönsterkarmen. Väggarna var tapetserade men en gammaldags, blommig tapet som fläckvis var blekt av solen. I taket hände en lampa och vid väggen stod en säng med en madrass. Det fanns ett litet bord, en stol och en bordslampa, annars var rummet tomt.

Farid stod tyst, överväldigad av rummets tystnad och ro. Ett stilla, fredat rum bara för honom. Lena plockade fram ett täckte och kuddar ur garderoben.

– Ni får sänglinne av mig, jag har därnere. Här kan ni bo ett tag. Förresten, kan vi säga du till varandra? Det känns enklare tycker jag. Det är mest i Frankrike man säger ni. Här säger vi du till alla.

– Javisst kan vi säga du. Gärna.

Han såg nästan glad ut. Han upplevde väl det som en positiv gest, som om de blivit mer jämlika. Det spända draget hade slätats ut. Lena tyckte om hans avslappnade och lugna ansikte. Han var en attraktiv man. Hon gick ner till sitt sovrum bakom köket och hämtade lakan, örngott och en handduk i skåpet och gick upp igen.

– Här. Snart är vattnet varmt. Kom ner när du är färdig och ta med rena kläder om du har.

Han tackade. Hon gick ner och efter en stund kom även han nerför trappan med ett klädbylte under armen och Lena visade hur han skulle ordna med sitt bad.

– Jag går ut och hugger ved så länge. Man vet inte hur länge elen varar, så vi behöver kunna elda också.

Hon drog på sig jackan och gick ut i vedboden. Snart hörde han yxhugg eka. Han skalade av sig sina kläder och stod naken i plastbaljan på köksgolvet. Ett minne från barndomen flöt upp bakom ögonen och fick honom att blunda. Som barn, i Alger, hade han ofta blivit badad i köket, av maman, i en balja. Hennes kärleksfulla ansikte, de försiktiga händerna. Han mindes det vikande ljuset, vattenpölarna på tegelgolvet, ljuden från någon enstaka bil där utan. Mummel och prat från systern som väntade på sin tur utanför dörren. Veckobadet på fredagskvällen.

Han synade noga sin vuxna kropp. Ansikte, hals och händer var brunbrända, resten av kroppen hade en ljusare ton, som ändå var mörkare än människornas här. Han suckade och lät en skopa ljummet vatten rinna över axlarna. Han var mager, men han var fortfarande stark nog. Stark nog för skogsliv, för flykt, för långa dagsmarscher, för hårt arbete. Han tog tvålen ur porslinskoppen och började tvåla in sig. Han slöt ögonen och mindes mamans händer. Över halsen, ansiktet, armhålorna, bröstet, könet, skinkorna benen, fötterna, tårna. Han var inte varsam som hon, han gned hårdhänt sitt ansikte, sitt skinn. Det fanns ingen borste, han hade behövt en borste för att bli ren. Han ville skura bort det gamla livet, glömma det. Kanske fanns en framtid för honom här? Han ville tvätta fram något nytt, en gemenskap med dessa människor. Löddret gled långsamt längs benen ner i baljan, där vattnet började bli grått.

Han tog tvålen mellan sina händer. Mer tvål, mer lödder, renare, renare. De hade förnedrat honom, men han var van, han skulle glömma det. I håret hällde han schampo och han masserade hårbottnen hårdhänt. När han äntligen kände sig ren lät han nytt, varmt vatten forsa längs kroppen i skopa efter skopa. Det var som om flyktens hets, svett och ångest rann av honom tillsammans med vattnet, ner i baljan. Han skulle stanna här en tid. Han skulle hjälpa till med allt han kunde. Han skulle hålla sig undan, ligga lågt, och iaktta. Anpassa sig till det nya. Han måste överleva.

Han övergick till att raka bort skägget och strök med handen över kinderna. Nu kände han igen sig själv, när hans ansikte trädde fram i spegeln ovanför diskbänken. Sitt gamla jag. Han halade fram tandborsten och tog litet tandkräm från tuben i skåpet.

Yxhuggen hade tystnat därute. Han torkade sig snabbt och drog på de kläder han hade haft i väskan. De var inte rena men renare än de gamla.

Lena knackade på dörren innan hon öppnade den. Farid hade lyft upp baljan och skulle tömma den i vasken.

– Du kan hålla ut smutsvattnet i rabatten härute i stället. Synd att låta så mycket vatten förfaras, sa hon och visade på rabatten utanför dörren, längs med husgrunden.

Han hällde ut vattnet, tog in baljan och rengjorde den i det sista vattnet som var kvar i kastrullen. Noga torkade han upp vattenstänk från golvet.

Lena tog vedkorgen.

– Kom med ut och hjälp mig hämta ved. Kan du hugga?

Farid skakade på huvudet.

– Visa mig!

När hon skulle visa honom hur man håller yxan och hur man placerar vedträet kom deras kroppar närmare varandra så att hans kropp omslöt hennes. Hans händer var varma och dubbelt så stora. Han doftade tvål och schampo och hans ögon hade en grön nyans som på nära håll påminde om vattenblänk. Håret var lockigt och tjockt och hon kände en lust att dra handen genom det. Förvirrat drog hon sig undan. Han böjde sin kropp till en båge när han höjde yxan och drämde i.

– Bravo, det går bra, här finns massor med ved att öva på. Du kommer att bli expert så småningom.

Han skrattade och nickade. Hon pekade in i vedboden där vedklamparna låg travade längs väggen. Långsamt fyllde hon vedkorgen med den huggna veden. Han hjälpte henne att bära in den. Efter en stund kom han ut med vattenhinken och fyllde den vid pumpen.

KAPITEL 18

I byn var vårbruket i full gång. Oves plog höll på att förvandla vidsträckta gräsmattor till svarta, glänsande åkrar. Fåglar och måsar slogs om maskar som dykt upp i den vända jorden. Längs med kanterna skulle de ha blommande zoner, för insekternas skull. På resten av ytan odlades vall för att nästa år gå över till salugrödor. Vallen gjorde jorden bördig. I fortsättningen kunde man undvika att plöja och vända jorden. Ett kretsloppsjordbruk som skulle bli klimatneutralt. Det enda hotet mot de nya odlingarna var torkan. Ingen visste hur sommaren skulle bli. Gräsmattan hos Bosse och Sonja var ännu som ett grönt hav, prickigt av gula maskrosor.

Människorna i byn var i gång med skottkärror och grepar, ett helt litet kollektiv av människor som ivrigt gick av och an. Sonja kom att tänka på en film hon sett för länge sedan om Kina, strax efter Maos revolution. Hur människorna skickats ut med enkla redskap för att bygga väldiga vägar och dammar i stora floder, eftersom det inte fanns maskiner men däremot många människor. Varje liten människa bidrog med sitt arbete så att alla rännilar av arbetskraft till sist blev en stor flod. Här hos dem i byn fanns i alla fall en del maskiner. Gudskelov. Tanken lugnade henne. De stod inför svårigheter, men det hade människor gjort förr.

De parkerade cyklarna i skjulet och gick in. Sonja rotade igenom skafferiet. De hade potatis kvar, och rödbetor, men äggen och osten var slut. Matolja fanns, men inget smör.

– Jag fixar lunch om du fortsätter med hönshuset. Tänk så härligt att kunna få ägg från egna höns.

Sonja ville låta glad men märkte att hennes händer darrade när hon lade potatisen i vasken. Skräcken och uppgivenheten hon känt nyss satt fortfarande kvar i hennes nervbanor. Bosse lade armen om henne.

– Vi kan inte vara rädda hela tiden. Då orkar vi inte. Vi har ju ändå varandra.

– Vi har varandra, ekade hon.

– I kväll får vi ta ett ordentligt snack och lägga upp planer för framtiden. Vi ska hitta våra ljusglimtar.

– Ja, ja.

Hon började skala potatisen och rödbetorna. Ibland blev hon så trött på honom. Han var ofta tyst och sluten, som om han höll något hemligt för henne. Eller också var det bara de gamla vanliga bekymren som växte sig större. Egentligen kände hon honom inte. Vad visste hon, förutom det lilla han berättat om sig själv? Hon hade inte träffat hans föräldrar, inte några vänner heller för den delen. Det var de två, alltid, och det hade känts tryggt. Fram tills nu. Hon kände inte igen mannen som hade rutit och förnedrat flyktingen så brutalt inne i stugan.

Hon kokade upp vatten i två kastruller och lade i rödbetorna och potatisen. Med litet matolja skulle det mätta ett tag.

Sonja blev stående och såg ut genom köksfönstret, såg ut på det som hade kunnat vara en idyll om allt var som vanligt. Alla i byn tycktes vara ute för att bistå Ove. Han var kungen med sina maskiner och expertråd. Det skulle inte gå utan hans hjälp. Han hade ett gott öga till henne, trodde hon. Det var bra, det kunde inte skada.

Hon hörde att Bosse kom in genom ytterdörren. Han sparkade av sig skorna och kom in i köket och ställde sig bakom henne och omfamnade henne. Han luktade tryggt av jord och virke. Han andades in i hennes hår men sa ingenting. Så stod de en stund. Med ens kändes misstankarna mot honom överdrivna, paranoida nästan. Vad visste väl hon? Klart han var orolig, han var ju här utan tillstånd. Det var därför han hade reagerat som han gjort.

– Hönshuset är nästan klart, nu kan vi snart köpa höns hos familjen Fransson som vi avtalat.

– Har vi pengar till det? Hur mycket kostar en höna?

– Jag kan kanske betala med dagsverken också. Men vi måste spara, du har rätt. I eftermiddag måste jag åka och köpa utsäde i grannbyn. Jag kan handla ut vår matranson på tillbakavägen och kanske titta på hönor. Vill du följa med?

– Nej, jag tror jag behövs här om Ove kommer och plöjer i eftermiddag. Du får berätta sedan. Men jag kan gå ut och fråga honom.

De slog sig ner vid köksbordet. Grönsakerna försvann snabbt. De satt tysta medan de långsamt åt och lät smaken sjunka in av potatisen och den lena oljan, som fyllde deras magar med värme. Vattnet var gott och källarkallt. Det kom ur en egen brunn. Vattnet hade sipprat genom sandåsen ovanför byn i tusentals år och hade inga bismaker. Ett gott vatten som nog skulle räcka. Den brunnen hade aldrig sinat, hade grannarna berättat.

De reste sig och dukade av, disken satt Bosse i vasken. Sonja gick ut för att leta upp Ove. Hon strövade sakta genom byn och passade på att hälsa på grannar som var ute och arbetade i sina trädgårdar. På andra sidan byn hittade hon Ove, i färd med att plöja. Högt över marken seglade han fram på sin traktor, lugnt och stadigt formades marken under och efter honom i svart fåror. Det såg enkelt ut. Hon vinkade och han stannade till när han kom fram till henne i nästa vända.

– Här står du och lyser upp dagen, sa han med ett leende. Vad har du maken? Eller är du här för min skull?

Hon tyckte inte om hans flörtiga tonfall. Men det var bäst att spela med.

– För din skull så klart. Vi undrar om du kommer till oss idag.

– Ja, är du ensam hemma, ha, ha. Så kan vi språkas vid.

Han mätte henne med ögonen och log menande. Sonja kände sig naken, utelämnad till honom och hans makt över dem, en makt som han var medveten om och som han kunde utnyttja. Hon skrattade tillkämpat.

– Nej, jag kommer inte idag, det blir i morgon. Hälsa din gubbe det.

Plötsligt var han allvarlig, vände traktorn och fortsatte utan en blick på henne. Sakta gungade han bort, som en shejk på sin kamel i öknen. Medveten om sin betydelse för deras överlevnad. Hon såg hans rygg avlägsna sig. Så höjde han handen och vinkade utan att vända sig om, som om han visste att hon följde honom med blicken. Hon vinkade tillbaka, utan att veta varför.

På vägen tillbaka bestämde hon sig för att gå in till Siv och växla några ord. Som för att göra sig fri från Oves klibbiga blickar, för att sudda ut dem och skapa en neutral, vänlig relation med Siv, hans fru. Dessutom visste Siv allt om höns.

– Men kära nån, jag kan följa med när ni ska köpa era höns och välja ut några som ser friska och starka ut, om du vill. Och så måste ni ha en tupp, hönsen blir lugnare då, hade hon svarat på Sonjas försiktiga förfrågan. Så det skulle ordna sig. Sonja bestämde sig för att ändå inte följa med Bosse. Hon hade jobb i huset som väntade och ville inte slösa tid med att sitta i en bil utan arbetsuppgifter

Så sträng hade hennes arbetsmoral blivit under de korta dagar de varit i byn. Så stora hade alla de nya utmaningarna vuxit sig. Och så rädd var hon att hon inte skulle orka. Men hon bara måste klara det. Hon gick långsamt hemåt i den luftiga eftermiddagen, noga med att hälsa på alla grannar som var ute och som tittade upp från sitt arbete.

KAPITEL 19

Hon hörde hammarslagen innan hon kom fram till huset. De hårda smällarna i ojämn takt ekade över ängen. De lät ivriga, uppfodrande. Hon gick in genom grinden. Bosse tittade upp.

– Hur blir det?

– Han kommer i morgon.

– Så du följer med mig?

– Nej, jag jobbar vidare här. Men Siv kan följa med och titta på höns har hon lovat. Så den turen kan vi spara tills hon har tid.

– Bra, jag är klar här om en stund. Sen kör jag.

– Ok.

Hon gick in. Det var skönt att stänga dörren bakom sig. I huset hade hon alltid känt sig hemma, mer än i lägenheten i stan. Husets tystnad och doft omslöt henne. Det var gammaldags rustikt med en stor hall, kök och vardagsrum på bottenvåningen och två sovrum på övervåningen, det var inrett med överskottsmöbler och loppisfynd, utom den breda, sköna sängen, den enda lyxmöbeln i huset. Trägolvet var lent under hennes fötter. Hon trivdes på landet. Det var väl hennes påbrå, bondesläkten på båda föräldrarnas sida. De hade varit bönder fram till industrialiseringen under 1900-talet och nu skulle de bli bönder igen. Bönder och hantverkare i den cirkulära ekonomin. De mellanliggande seklen hade varit som en paradoxal parantes, när de fossila bränslena satte eld på jorden. Framgång hade följt på framgång, alla hade fått det bättre, levt längre, ägt mer. I alla fall i västvärlden. Nu skulle bondelivet ta över igen, för dem här i byn. Det skulle bli en annan storts liv, men inte självklart sämre, bara annorlunda. Samtidigt fanns den avancerade teknologin där som en resurs och möjlighet. Innan värmen blev förödande hade den tekniska utvecklingen gått fort, nu tycktes den ha avstannat i brist på resurser. Tekniken var en välsignelse i den nya tiden, många satte sitt hopp till den. Numera gick high tech och hantverk hand i hand, som en ohelig allians. Själv kände hon sig som om hon hade landat i bondelivet med båda fötterna i myllan. Hon var fast i den tröga, leriga jorden, beroende av väder och vind. De flesta av dem som hade flyttat hit hade inte haft tekniska jobb och kunde inte mycket om teknik, de hade varit pappersvändare trodde hon, liksom hon själv. Utom ingenjören Stefan Wikman förstås, som hon hade mött i byrådet. Han och Lena skulle dra igång ett elverk som var gemensamt för byn med hjälp av sol. Det skulle kräva en del investeringar.

Hon hörde Bosse komma in för att hämta sin väska och bilnycklarna. Bilen, som stått stilla ett tag, såg ut att vara laddad, trots elavbrotten.

– Puss och kramar, vi ses.

– Hej då, så hon lamt och skickade iväg en slängkyss.

Bosse satte sig tillrätta i förarsätet och startade med en knapptryckning. Bilen rullade tyst igång på den knastrande grusvägen. Han hämtade släpkärran hos Ove och körde långsamt ut på huvudvägen norrut mot grannbyn, tio kilometer bort. De visste att han var på väg och de hade utsäde så det räckte. Det var tryggt. Han satte på ljudanläggningen och tryckte fram en musikkanal för att kunna tänka bättre, det var hans bästa metod. Låg musik i bakgrunden skärpte tankarna. Ett klassiskt örhänge strömmade ur högtalarna. Hur skulle han göra med Skogsmannen, den där Farid? Anmäla honom eller inte? Han kunde bli en resurs, det skulle se illa ut om han blev upptäckt och tillbakaskickad. Lena skulle få böta för att hon hade gömt honom och de skulle alla hängas ut på olika sätt och komma i blickpunkten. Säkerhetstjänsten förväntade sig att han rapporterade allt av intresse, det hade de kommit överens om inför hans flykt, att han skulle rapportera in, till sin kontaktperson. Han hade slutit ett avtal. Ja, han var en spion, en mullvad. Han skrattade när han tänkte på det. Som i de gamla spionhistorierna. Men han tyckte om tanken, om sig själv som en dold spindel i ett dolt nät, som såg och noterade, såg och rapporterade och fångade bytet till sist. Det där med inrikespasset var inga problem, det skulle gå som smort, det skulle Säkerhetstjänsten se till.

Säkerhetstjänsten, som hade blivit hans familj och hans hem, efter katastrofen när föräldrarna omkommit och efter det som hände i strandkanten den där natten för länge sedan.

Så han hade tjänat Säkerhetstjänsten på universitetet, i student-livet i studentkorridorna, och nu i den här lilla byn med sitt redobogna, ärliga, flitiga folk. Tillsammans med Sonja, som ingenting visste. Han älskade henne, ja han var i alla fall besatt av henne på ett nytt sätt, som han inte kände igen och inte tyckte om. Han ville inte vara sårbar. Han var en fri man och ville inte binda sig vid en kvinna eller vid en boplats, som byn. Men just nu ville han vara här, för en tid, han kände sig hemma, han längtade efter Sonja. Det var motsägelsefullt, men motsättningar triggade honom, de förhöjde livskänslan och ökade medvetenheten om att vara levande, att vara en del av livet.

KAPITEL 20

Vägen förde honom över åsen och upp på kullarna där beteslandskap, hagmark, åkrar och skogsdungar avlöste varandra. De enstaka gårdarna låg utspridda i den skira grönskan. Det var vackert och han stannade bilen och gick ut. Det luktade jord. Luften var klar och frisk mot hans ansikte. Han såg ut över fälten. Här var allt som förr, allt vilade tyst och stilla i arkaiska minnen, tomt på människor, bilar och maskiner som bullrade och störde. Det storskaliga jordbruket med konstgödsel och kemiska bekämpningsmedel var inte längre i bruk. Det släppte ut alltför mycket växthusgaser och hade blivit olönsamt när staten och EU lagt höga skatter på utsläppen. I det nya regenerativa jordbruket gällde varierad växtföljd med olika och perenna grödor, som band kväve. Djuren gick på rotationsbete och var integrerade med växtodlingen. På så sätt lagrades mer kol i marken och jorden blev bördig.

När boskapen inte blev uppfödd på spannmål växte den i och för sig långsammare och köttet blev dyrare, men köttkonsumtionen hade sjunkit radikalt genom åren. Numera var det fest de få gånger en köttträtt stod på bordet.

Även deras egna odlingar i byn måste bli klimatneutrala, men de behövde ändå plöja upp grässvålen för att komma åt den svarta jorden där under. Därefter skulle de börja med vall och täckodling. Ove hade instruerat dem och berättat hur det skulle gå till framöver. Mer kroppsarbete, färre maskiner. Det var framtiden.

Bosse blickade ut över de gamla gårdarna och markerna som hade legat här i hundratals år och sett jordbruksmetoder och jordbrukare komma och gå. De skulle ligga här i ytterligare hundratals år. När han, Sonja och alla deras bekymmer skulle vara borta från jordens yta. Han tyckte om den tanken, att de skulle vara borta och att allt ändå skulle finnas kvar här i landskapet, trots att de inte fanns där för att bevittna det. Det fanns en framtid. Det gav perspektiv på livet, tyckte han, och en smula ödmjukhet. Han var ändå bara en liten skit. Han skrattade för sig själv åt tanken. Livet var absurt och en gåta, och nu, när livet på allvar ställdes på sin spets, när det gällde att överleva så gott det gick utan skyddsnät, men genom egen kraft, uppfinningsförmåga och styrka, och framför allt genom inbördes hjälp, tyckte han att han för första gången levde på allvar, han kände det i sin kropps själva existens. Det var på allvar. Allt stod på spel. Mitt i detta idylliska landskap.

Efter några vägkrökar var han framme hos storbonden. Där fanns det gott om utsäde för deras odlingar, men det skulle kosta. Gentjänster, pengar, dagsverken. Nåja, det skulle gå, det skulle bli bra. Han hade befogenhet att skriva under avtalet, det var hans ansvarsområde. Avtalet skulle föras in i de gemensamma böckerna hos byrådet.

Storbonden tog av sig kepsen och torkade sig i pannan med en brunrutig näsduk, som han halade fram ur bakfickan. Han var en kraftig man, den gröna overallen spände över magen, medan hans tunna ben spretade under den som två käppar under en tunna.

– Och ni mår bra i byn? Ni har inte haft besök av flyktingar eller tjuvar hos er? Han tittade på Bosse med allvarsam och misstänksam min.

– Nej, det har vi inte, det känner jag inte till, och ni?

– Har bara hört talas om det, men vi har inte sett något. Det tycks finnas rätt många flyktingar på väg upp genom landet till

Norrland. De stryker runt i skogarna sägs det. Militärpolisen var här häromdagen och varnade oss.

– Hurså, är de våldsamma de där flyktingarna?

– Nej det vet jag inte, bara att vi skulle anmäla så snart vi såg något misstänkt. Militärpolisen har hundar och utrustning för att spåra dem genom vildmarkerna här uppe på åsen. Och vapen. De skjuter ingen varningseld, de skjuter skarpt direkt. Spännande tyckte min grabb. Tjuvar och polis, haha.

– Det är nog allvarligare än så.

– Ja så är det, så klart. Så håll ögonen öppna. Vi hörs och syns. Hälsa alla därhemma.

– Hej, tack för hjälpen.

Bosse skakade hand med bonden innan han steg in i bilen. Han hade lastat fullt och körde nu hemåt. Mitt i solstrimman på vägen tyckte han sig se en militärpolis med draget vapen. Nej, det var en synvilla, en skugga som for över vägen. Det var hans fantasi och hans oro som skenade. Men det var illa nog. Militärpolisen var alltså ute och spanade med sina vapen. Han tänkte på Skogsmannen och Lena. Han måste varna dem. Eller skulle han ange Skogsmannen? Nej det kändes inte bra. Han var ingen förrädare, i alla fall inte en sådan som angav flyktingar. Och han skulle förråda Lena om han anmälde. Hon verkade ju vilja ta hand om den där stackaren, i alla fall en tid, och hålla honom gömd.

Av storbonden hade han fått köpa ett dussin ägg, två nyslaktade hönor och litet annat smått och gott. På hemvägen skulle han stanna till i affären och köpa ut det sista av ransonen för den här månaden. Det skulle bli en god middag i kväll. Kanske vin, om det fanns i affären. Han såg fram emot det. En doftande gryta, en full och belåten mage, sådant som förr varit självklarheter. Ingenting var självklart längre. Han kom på sig själv med att se fram emot tröttheten i kroppen efter dagens fysiska arbete. Sedan en mörk stilla natt, månsken kanske och Sonja i sängen med sin varma famn. Långsamt körde han nerför åsen, ensam på den slingrande vägen.

KAPITEL 21

Sonja bestämde sig för att gå ut och stega upp marken och markera med käppar ytan, som skulle användas för vallodling och ytan där de själva skulle odla för egna behov. Allt måste plöjas upp. Hon stannade på trappan, slöt ögonen och lät vinden svalka ansiktet. Bara fåglarna hördes, ivriga i sina vårförberedelser. De byggde sina bon som alltid, som om ingenting stod på spel. Hon gick in i vedboden för att hämta käppar och spett. De hade på papperet bestämt hur ytan skulle delas av, nu skulle hon mäta upp den. Hon stegade och mätte och slog i käpparna. Hon var helt försjunken i sitt arbete när en biltuta fick henne att se upp. En grå jeep, märkt med halvmeter stora bokstäver MP på sidan körde in på uppfarten. Militärpolis. Dröjande gick hon bort till grinden medan två män i kamouflagemönstrade overaller klev ur bilen och smällde igen dörrarna. De var ungefär lika långa, i 25-årsåldern, muskulösa och stadiga, med långsamma och väl avvägda rörelser, som om allt de gjorde var planerat i förväg. I bältet hängde tunga skjutvapen, revolvrar kanske, eller pistoler, och batonger. De hade gröna baskrar och ögonen doldes av solglasögon i pilotmodell med spegelglas. De tycktes båda iaktta henne, som om hon var skyldig till något eller misstänkt för något. Hon kände sig både värnlös och skyldig, men till vad?

– Och du är Sonja Haraldsson? God middag.

Så de visste vem hon var. Sulorna på deras kraftiga läderkängor gnisslade mot gruset. De kom närmare men stannade utanför grinden.

– Får vi komma in? Det gäller ett rutinärende.

– Javisst.

Sonja öppnade grinden och de passerade henne in i trädgården. Runt dem hängde en tunn lukt av svett och något mer. En militär doft, som från vapenfett och uniformer.

– Är du ensam?

– Ja.

– Kan vi gå inomhus?

Hon nickade, gick uppför trappan och öppnade ytterdörren. De följde efter henne in i huset medan de misstänksamt såg sig omkring, som om de väntade sig att någon skulle hoppa fram och anfalla dem. Hon visade dem in i köket och de slog sig ner vid köksbordet. Bredbenta och maktfullkomliga iakttog de henne.

– Hur länge har du bott här?

– Några veckor kanske, jag kommer från Stockholm.

– Jaha. Och du planerar att stanna?

– Det har vi ju blivit beordrade, vi som har sommarbostäder som kan användas året runt. Så ja, jag ska bo här och i min lägenhet i Stockholm bor numera andra människor.

– Bra. Vi är här för att varna för att flyktingar och tjuvar drar runt i skogarna. Har du sett något misstänkt?

De båda männen hade nu tagit av sig solglasögonen och iakttog henne närgånget. Medan den ena ställde frågor började den andre studera köket och vardagsrummet. Han försvann in i badrummet och kom ut efter en stund.

– Misstänkt, nej jag vet inte. Bara byborna. Jag känner ju inte alla ännu men jag tror de bor här allihop som jag har sett. Det verkar så, de jobbar ju i sina trädgårdar och ...

Hon märkte att hon lät nervös, men det var kanske inte så konstigt. Hon blev ju granskad som om hon var kriminell.

– Var det allt, frågade hon kort.

Hon ville att de skulle gå innan Bosse dök upp så hon slapp att förklara vem han var och varför han var där. Han hade dessutom inga papper ännu.

– Så fort du ser eller hör något misstänkt måste du meddela polisen, det är din plikt som medborgare. Annars kan det bli bötesstraff. Förstår du det? De där flyktingarna kan vara farliga. De tar ingen hänsyn. Lås om dig och var uppmärksam när du är ute.

Hon nickade.

– Absolut, sa hon medgörligt och reste sig. Adjö då.

– Adjö. Som sagt ring och slå larm så skickar vi en patrull med hundar. Du har väl vårt telefonnummer? Han räckte över ett kort.

Hon kastade en blick på det, gick ut i hallen och öppnade ytterdörren. De gjorde en slarvig honnör, klampade ut och klev in i bilen. Efter en sista allvarlig blick på henne och på huset körde de vidare. På väg till nästa hus. Och nästa.

Hon måste varna Lena. De tycktes ju ha koll på allting och visste säkert att någon bodde i skogstorpet. Hon halade fram sin telefon och slog numret, men ingen svarade. I röstbrevlådan lämnade hon ett meddelande: "ring mig, jag har ett viktigt meddelande". Mer ville hon inte säga.

Hon var på väg att återvända till arbetet när tanken slog henne. De hade sett att en man också bodde här! Hans jacka hängde i hallen, stövlarna stod innanför dörren, två kaffekoppar på diskbänken. De måste ha förstått. Rädslan kramade hjärtat en sekund. Vad skulle hända nu? Nya besök, inspektioner, krav på legitimation, på de nya inrikespassen som alla måste skaffa sig? Kanske Bosse skulle föras bort? Det vågade hon inte tänka på. De måste redan i morgon åka till polisen och skaffa inrikespass.

Nu kändes eftermiddagen kall. Solen hade gått i moln och vinden tog i. Motvilligt gick hon ut och fortsatte med arbetet.

KAPITEL 22

Arbetet var tungt. Det var mödosamt att komma igenom gräs-
svålen med spettet, tungt att borra ner käppen och få den stadig.
Hon kände att musklerna i armarna och skuldrorna snart skulle
börja darra av trötthet. Förr, i gymmet, kunde den känslan
komma efter ett långt, intensivt pass. Nu fanns den här av ett
nödvändigt arbete, inte av ett meningslöst pumpande upp och
ner med en skivstång. Det var skönt med muskler som arbetade,
med starka ben, med en stark mage och rygg som orkade lyfta.
Hon var tacksam nu att hon varit en trogen gymbesökare. Hon
rätade på ryggen, böjde sig bakåt med händerna i korsryggen
och andades med öppen mun i tunga drag. Svetten fick hennes
ansikte och hals att glänsa. De hårtestar, som lossnat ur den
strama hästsvansen, satt som fastklistrade på halsen. Hon drog
av den ena arbetshandsken och studerade sin hand. Snart skulle
det finnas valkar i den. Hon kände sig stark och oförvägen, hon
hade en stark kropp, som skulle stå henne bi. Hon strök med
händerna över magen. Och inga barn skulle det bli. Det hade de
kommit överens om. Om hon inte, trots allt, råkade bli gravid.
Men den chansen var liten, praktiskt taget obefintlig.

Nästan alla män var numera infertila. Det berodde på decen-
nier, ja sekler av dåligt kontrollerad kemikalieanvändning. Man
hade vetat att fertiliteten påverkades, men när effekterna blev
uppenbara var det för sent. Kemikalierna fanns överallt, de var ett
med djuren, jorden, med människokroppen, med modersmjölken.
Redan i moderlivet blev embryot påverkat. Barn kom numera till

genom assisterad befruktning. Det var ett högteknologiskt och komplicerat arbete att vaska fram friska spermier. Den vägen skull Sonja och Bosse inte gå. De skulle bygga sig ett nytt liv här, men utan barn. Om de inte, mot alla odds, fick ett till skänks, av makterna. Då skulle de tacka och ta emot.

Solen började dra sig mot skogsbrynet. Sonja hade två käppar kvar, sen kunde hon gå in och ta en kopp kaffe som belöning. När svetten torkade började hon frysa, hon satte igång med arbetet igen, för att få upp värmen. Lena ringde när hon var på väg in. Militärpolisen hade inte varit hos henne än, men hon och Farid var beredda.

– Farid tror att fler flyktingar är gömda i byn. Han kom inte ensam. Men det finns säkert också angivare. Så vi måste vara försiktiga.

– Jag litar inte på någon. Vi funderar förresten på att åka till polisen för att skaffa inrikespass i morgon, efter plöjningen. Om vi hinner.

– Bra jag ska ha möte med Stefan Wikman i kväll, om elverket. Vi hörs.

– Vi hörs.

Sonja stängde av samtalet. Det kändes som om Lena hade koll på läget. Hon gick in, fyllde vattenkokaren i köket och satte igång den. Den blå knappen lyste snällt, alltså fanns det el, alltså fanns det varmvatten. Då skulle hon ta sig en varm dusch. Hon slog sig ner vid köksbordet med kaffekoppen i händerna och blåste försiktigt. Så hade mormor blåst på sitt kaffe, vid ett annat köksbord, i en annan tid. När Sonja var en liten flicka som knappt nådde upp till bordskanten. Som bara hade ögon för mormor och som var lycklig när hon fick vara hos henne och inte på förskolan. Ibland kom hon tillbaka i drömmen, då var hon i sin trädgård, där hon hade lärt Sonja vad blommorna hette och om grönsakerna och hur de skulle tas om hand. Mormor gick runt i sin trädgård i sina vida, ljusa bomullsbyxor, hon var fortfarande stark och fri och det såg ut som om hon ville säga något till Sonja. Hon log och sträckte ut sin hand. Men Sonja kunde inte röra sig, hon var som förlamad. Förtvivlad försökte hon svara, gå fram till mormor och omfamna henne. Och så vaknade hon, med sorg och saknad i kroppen.

Sonja såg ner i koppen. Den drömmen ville hon inte tänka på nu. Inte tänka på allt som försvunnit, hela den verklighet som hade funnits. Det var nostalgi, sa hon sig. Nu var det den nya verkligheten som gällde. Hon reste sig mödosamt och gick in till badrummet. Hon slängde kläderna på golvet och steg in i duschen. Det varma vattnet fick musklerna att slappna av, tröttheten rann av henne med vattnet och tvålens lödder. Hon vred sig under den varma strålen. Snart skulle Bosse vara här. Han skulle fylla huset med sin röst och sin kropp. Det var verkligheten, så såg den ut. Den skulle sudda ut alla gamla minnen, så att hon kunde glömma allt hon förlorat.

Hon strök bort imman på spegeln och betraktade sitt ansikte, löste upp hästsvansen och lät håret falla över axlarna, tog på sig morgonrocken och gick in i köket.

Genom fönstret såg hon Bosse komma körande med släpet fullastat med utsäde. Han hoppade ur bilen, log och vinkade åt Sonja, så öppnade han dörren till baksätet och drog ut en kartong. Sonja gick ut på trappan för att möta honom.

– Jag har med mig massor med överraskningar, sa han stolt och bar fram lådan till köksbordet. Se här.

– Åh, så gott.

Sonja plockade ivrigt fram hönorna, äggen, grönsakerna och de andra varorna.

– Vi gör en god gryta. Jag fick tag i vin i affären när jag köpte ut vår ranson.

– Höna i vin kanske? Vilken kväll det blir!

Sonja vände sig om och slog armarna om Bosses hals. Hans kind var sträv och varm.

KAPITEL 23

Efter vedhuggningen hade Farid installerat sig på ovanvåningen med det lilla bagage han hade, kläderna hängde nu i garderoben, några böcker lade han på bordet, tillsammans med plånboken. Han samlade ihop de kläder som var smutsigast och gick ner i köket.

– Kanske kan jag tvätta dessa?

– Javisst, värm vatten och använd samma balja som nyss. Här finns tvättmedel.

Lena hade talat i telefon med Stefan Wikman för att avtala om mötet på kvällen. Han hade i förbigående nämnt att militärpolisen var i byn, att de besökte alla och varnade för flyktingar. Beskedet hade skrämt henne.

– Farid, du måste vara beredd på att gömma dig när som helst. Militärpolisen kör runt till alla hus i byn och kommer säkert också hit. Farid tittade förskräckt upp från spisen och backade in i kökets mörkaste hörn.

– Vad ska jag göra? Var ska jag gömma mig?

– Ingenting av dig får synas här nere. Kläder eller kaffekoppar och sådant. Jag tror inte de går på husesyn så på övervåningen är du säker, men du måste vara alldeles stilla där.

– Javisst, javisst. Han nickade instämmande.

– Om vi hör att det kommer en bil måste du gå upp på övervåningen direkt. Och är du ute måste du försvinna in i skogen. Det gäller att vara uppmärksam på ljud av bilar, eller cyklar, eller någon som kommer gående.

Hon tystnade och hämtade andan.

– Ja, vem kan man lita på? Ingen kanske. Men jag tror att det finns fler gömda flyktingar i byn. Vi var några stycken som höll ihop.

– Det är mycket möjligt. Men det kan finnas angivare också. Säkerhetstjänsten har sina tentakler överallt. Informanter som skickar rapporter om allt som händer och vem som bestämmer och vem som säger vad. Sådana finns här också antar jag.

– Angivare? Här? Varför? Vad har de att vinna på det?

– Ingenting förmodligen, utom att känna sig viktiga.

Hon suckade.

– Du får torka dina kläder inne i skogen eller uppe på vinden. Vi kan inte hänga ut dem i trädgården på strecket.

– D'accord, jag förstår.

Lena öppnade hastigt ytterdörren. Hon tyckte hon hörde en bil, men det verkade vara ett misstag. Bara vinden som rusade genom trädkronorna. Farid började syssla med sin tvätt. Lena gick ut för att undersöka hur stor ytan var som hon kunde odla upp. Hon hade lovat byn att odla potatis efter vallodlingen och Ove skulle komma hit endera dagen för att förbereda jorden för sådd. Utsäde skulle han också ha med sig. I en del av trädgården skulle hon behöva ha en köksträdgård. Hon stegade upp och mätte och skrev upp i sin bok, som hon börjat föra. Där skulle hon skriva om allt som hände på torpet, allt hon gjorde, reparationer, odlingar, skördar. Men ingenting om Farid. Det var för farligt. Vem som helst skulle kunna lägga beslag på boken.

Hon gick in. Farid var klar med tvätten, hon hörde honom röra sig på övervåningen. Magen var tom så den skrek vid det här laget. Vad skulle de äta? Hon hade några konserver kvar, sardiner i olja, en bit bröd, några morötter och potatis hon kunde koka upp. Snart måste hon iväg och fylla på förråden. Ransonen måste hon nu dela med Farid, det kunde bli knapert.

Farid kom tveksamt nerför trappan när hon ställde fram tallrikar och glas.

– Vi får dela på det jag har. Det är inte mycket mat.

– Jag önskar att jag kunde bidra med något. Mitt arbete kanske?

Han slog ut med armarna och visade upp sina ljusa handflator. Det var stora, starka, stadiga händer.

– Jag har arbetat mycket i mitt liv.

– Det blir nog bra.

Hon stirrade på händerna och vände sig bort. Gesten kändes för intim och vädjande, som om han visade upp sitt innersta, sin sårbarhet och sitt beroende. Hur skulle hon klara av att leva nära denna man, på ett begränsat utrymme?

– I morgon får vi planera vad du kan göra, sa hon med ryggen mot honom. Ikväll ska jag cykla till en granne för att prata om att bygga ett elverk. Jag kommer hem om några timmar.

De slog sig ner vid bordet och åt under tystnad. Hon plockade fram några äpplen till efterrätt.

– Du kanske kan diska? Men tänd inga lampor när jag är borta. Om nu någon skulle komma. Men det tror jag inte, inte när det blivit mörkt.

Farid nickade.

– Jag tar nog en promenad ner till sjön. Man följer stigen?

De gick ut och Lena visade var stigen började. Hon tog fram cykeln ur vedboden, kollade trycket i däcken och trampade iväg, ivrig att komma iväg så att hon kunde komma hem igen så snart som möjligt.

Farid gick in och stängde dörren. Han satte på diskvatten i vattenkokaren. När han rumsterade med diskbaljan och travade dagens disk i den, kom ett stort lugn över honom, som en varm filt över skuldrorna. Han nästan kroknade där han stod och andades tungt medan han stirrade ner i diskvattnet. Var det över? Han hade levt på helspänn i månader, nu hade han hittat denna skyddade plats, ett litet hus i skogen. En vänlig människa, mat och en säng. Här kunde han vila en tid.

Detta Sverige, ett vidsträckt och glesbefolkat land var okänt för honom. De hade sagt att det skulle finnas gott om plats för nya människor norrut, att man inte var så nogräknad, att det skulle gå att slå sig fram och överleva. Han hoppades att det var sant. Och kvinnan, Lena, vad förväntade hon sig av honom? Han var ju totalt beroende av henne och av de andra. Hon var ensam, trodde han, en smal och beslutsam kvinna, med starka armar och stark vilja. Hennes bruna hår var långt och tungt och samlat i en fläta på ryggen. Han tyckte om hennes gestalt och hennes ansikte, han tittade gärna på henne. Hon var hans välgörare och han ville på alla sätt gottgöra det hon erbjöd, om han kunde, men han ville inte komma henne för nära.

Han satte sig vid köksbordet i det dunkla köket och drack ett glas klart och gott vatten. Det fanns mer, hur mycket han ville. Koltrasten flöjtade utanför.

Vem var hon? Han ville veta mer om henne, om landet, som kanske var hans framtid, om de andra människorna här. Men speciellt ville han veta mer om henne. Metodiskt började han undersöka köket. I bokhyllan var de flesta böckerna på svenska, men det fanns några på franska, romaner och biografier, en av dem var en av hans egna favoriter. Han log igenkännande när han bläddrade i den. I skafferiet fanns konserver och lådor med rotsaker, mjöl, socker och andra specerier. Sina toalettsaker förvarade hon på en hylla i köksskåpet ovanför vasken. Hudkräm, mensskydd, tvål, tandborste, deodorant, sololja. I en necessär fanns läppstift, smink och krämer för ansiktet. Det gammaldags skåpet på långväggen var både porslinsskåp och linneskåp. Linnet låg i välordnade travar och luktade friskt av sol och vind.

Han fortsatte in i hennes sovrum, som var spartanskt men trevligt. En ljus, gammaldags tapet med mönster av fåglar och bär. Vita gardiner framför fönstret, de var nu fördragna. Han drog ut en byrålåda. Underkläder, som han försiktigt förde till näsan. Det var länge sedan han varit nära en kvinna. I nästa låda tröjor. Ingenting annat. I garderoben hängde kläderna prydligt. Vinterjacka, sommarklänningar, en korg med smutskläder. Han tog ner kartongerna som stod på en hylla. De innehöll papper, brev och fotografier. Dem skulle han studera noggrant senare. På sängbordet stod en lampa med rosa tygskärm. Han öppnade lådan, där låg några medicinaskar, kanske sömnmedel? Han satte sig på sängen, tog upp hennes örngott och luktade på det. Han kände igen hennes doft och begravde ansiktet i det ett kort ögonblick. Med handen ville han smeka lakanet, men han avhöll sig.

På skrivbordet låg hennes dator, en anteckningsbok och böcker, lexikon och franska uppslagsböcker. Han slog upp locket på datorn, men den var avstängd så han slog ihop den igen. Han bläddrade igenom anteckningsboken men förstod som förväntat ingenting av de nedtecknade raderna. Det såg ut att vara en dagbok med datum på sidorna. I lådan i skrivbordet låg hennes pass. Han studerade det noga och memorerade uppgifterna. Hon var 37 år gammal räknade han ut. Ingen plånbok, den hade hon väl med sig. I lådan låg också några smycken, men ingen vigselring. Han stängde lådan och gick in i vardagsrummet. Litet möbler bara. Det fanns inte mycket mer att undersöka, så han reste sig, gick ut i hallen, drog på sig jackan och gick ut. Han skulle följa stigen ner till sjön. Undersökningen hade inte gett mycket, men lådorna i garderoben verkade lovande. Han såg fram emot att gå igenom dem.

Skymningen föll hastigt men stigen syntes tydligt framför honom som ett ljust band. Efter några minuter var han framme vid stranden. En fågels rop hördes över vattnet, det var ett ljud han inte kände igen, ett hedniskt, urtida ljud. Annars var det tyst. En fisk slog och en sjöfågel simmade över ytan med långa, knappt synliga, avtagande svallvågor efter sig, som en liten farkost.

Han satte sig på remsan av sand längs med stranden. Vågorna slog försiktigt in och drog sig ut igen, liksom de gjorde hemma, vid Medelhavet. Han ville inte grubbla, inte minnas alla han mött, alla han förlorat. Han ville se framåt. Om det fanns en framtid för honom, men han började tro på det nu. Han lade sig ner på sanden, som var kall och fuktig, och stirrade upp på stjärnorna som blinkade mot honom.

KAPITEL 24

En timme senare kom han hem. Huset låg tyst och mörkt. Hon hade inte kommit tillbaka än. Innan han smög uppför trappan till sitt rum på gaveln hämtade han in vatten i hinkarna. Han klädde tyst av sig i mörkret och bestämde sig för att ligga vaken tills hon kom hem. Men han kunde inte hålla emot utan somnade nästan genast.

Han vaknade av ljuset och fågelkvittret i gryningen. Med ett stön trevade han på golvet, hittade sin svarta t-tröja, som han lade över ögonen och somnade genast om. När han vaknade nästa gång av något ljud hade gryningen övergått till full dag. Utanför fönstret vajade björken för vinden. Förvirringen varade en stund innan verkligheten trängde in i medvetandet. Skogen, stugan, rummet. Han hörde Lena röra sig därnere. Var hon ensam? Vad var klockan?

Hans armbandsklocka hade stannat för länge sedan, men han bar den ändå, som ett minne och en påminnelse. Solen stod högt och dagen verkade ha varit igång ett tag. Han svängde benen över sängkanten för att resa sig upp, men stannade i rörelsen. En mansröst mumlade därnere. Militärpolis? En granne? Han smög fram till fönstret och spanade ut. På gårdsplanen stod en jeep med bokstäverna MP på sidan. Sådana hade han sett alltför många. Långsamt lade han sig ner igen. De var alltså här. Han låg stilla och stel, avvaktande med rädslan bultande i bröstet.

Militärpolisen hade kommit vid niotiden och hon hade hört dem dundra genom skogen i god tid innan de syntes. Hon hade snabbt smugit upp till Farid och öppnat dörren till hans rum. Han låg ihopkrupen på sidan, med ansiktet mot väggen och sov tyst. Hans nakna, breda rygg såg värnlös ut i de vita lakanen, som om han var en sjukling. Händerna hade han stoppat in under täcket. Hon hade försiktigt stängt dörren och smugit ner igen och snabbt plockat fram en kaffekopp. Hon drack kaffe när de två militärpoliserna knackade på. Nej, hon hade inget sett och inget hört. Ja, hon var ensam. Ja, hon skulle vara vaksam. De reste sig till sist, och skulle gå när en av dem gick in i hennes sovrum med en undersökande blick.

– Du har bara detta rum i stugan?

– Nej, jag har ju vardagsrummet på andra sidan farstun, men det är inte uppvärmt. Där är jag nästan aldrig.

De tittade in där och följde sedan med blicken trappan upp mot vinden.

– Du har inga rum på övervåningen.

– Nej, vinden är oinredd. Litet gamla möbler bara.

Hon öppnade ytterdörren som för att mota ut dem.

– Var vaksam, hör av dig om du hör eller ser något.

Med en slapp honnör lämnade de huset. Innan de äntrade bilen gick en av dem in i vedboden, den andra tittade in på dasset, men de hittade tydligen ingenting anmärkningsvärt där, för de satte sig i bilen. Föraren startade motorn och bilen mullrade in på körvägen genom skogen. Ljudet dog sakta bort.

Med en suck sjönk Lena ner vid köksbordet. Nu kunde de känna sig trygga ett tag i alla fall. Hon hörde Farid röra sig på övervåningen och hans steg i trappan.

– Bonjour!

– Bonjour, du såg militärpolisen?

– Ja, jag är ledsen, jag vill verkligen inte utsätta dig för fara.

– Det ordnar sig. Jag sätter på kaffe. Vill du ha kaffe? Jag har bara svenskkaffe.

– Ja tack gärna.

– I dag ska jag åka till affären och köpa ut min matranson. Och i kväll kommer Bosse och Sonja. Vi ska lägga ut nät i sjön. Har du gjort det någon gång?

– Nej aldrig.

– Jag hoppas vi får mycket fisk.

– Ja verkligen.

Samtalet stannade av. Farid satte sig dröjande vid bordet. Lena plockade fram bröd, ost och smör. De såg på varandra över kaffekopparna, mätte varandra med ögonen, avvaktande.

– Vem är du egentligen, Farid?

– En flykting, ensam. Jag söker en ny framtid här. Vem är du?

– Flykting från huvudstaden.

Lena slog ner ögonen. Hans blick var påträngande.

Farid sträckte ut handen över bordet, men drog snabbt tillbaka den.

– Du behöver inte vara rädd för mig.

– Men att du är här innebär en fara för oss båda. Vi måste vara vaksamma och uppmärksamma.

– Jag ska inte stanna länge. Du måste säga till om du vill att jag ska ge mig iväg. Men det här huset i skogen, du och dina vänner, känns som en fristad. Som att jag kan andas ut en stund. Flykten var svår, läget är pressat och hårt nere i Europa. Ni förstår kanske inte hur hårt det är. Folk dör som flugor. Bara de starka överlever.

Hans röst bröts och han stirrade ner i bordet.

– Farid, du måste berätta mer om din flykt och dina erfarenheter, men senare. Jag vill veta, vi behöver veta. Men vi måste tänka praktiskt också. Vad tror du att du kan hjälpa till med här?

– Jag kan en hel del om växter och om att odla, kanske kan jag hjälpa till med det?

– Ja, säkert. I morgon kommer bonden, Ove och plöjer. Jag ska odla vall på all mark och sedan potatis och grönsaker för egen del. Jag kan ingenting om sådant så det vore en stor hjälp. Men han får inte se dig. Ove kan vi inte lita på, lade hon till.

Farid nickade. De plockade undan frukosten och gick ut på gården. Vaksamt tittade de sig omkring och lyssnade, som vilda djur inför ovanliga ljus eller rörelser, beredda att fly. Men det var tyst.

Lena visade stolt marken som var hennes och som skulle odlas och vilken del som hon tänkte behålla för odlingar till sig själv. Farid undersökte jorden. Med en spade grävde han upp gräset, kände och luktade på jorden.

– Det är fin jord, det kan bli bra, men du behöver nog blanda ner litet gödsel, kogödsel kanske?

– Ja, det kan jag hämta i byn. Eller jag kan be någon köra hit.

Hon berättade vad hon tänkte odla och att hon drömde om att ha djur, kanske får så småningom. Orden flödade och hon gestikulerade lyckligt. Farid iakttog henne med ett leende.

– Det är inga omöjliga planer tror jag. Om några år ser det säkert helt annorlunda ut här. Du har omvandlat stället till ett småbruk.

– Tror du?

– Javisst.

De blev stående mitt emot varandra i solskenet. Ivern och glöden falnade långsamt i hennes ansikte när verkligheten återvände. Hon vände sig bort.

– Nu kör jag till affären. Tillbaka vid lunchtid.

– Bra jag ska undersöka växterna här i skogen, det finns säkert en del ätliga. Kanske kan jag få ihop en lunchrätt? Och så måste jag tvätta resten av mina kläder.

– Fint. Det finns en korg i hallen om du ska plocka något. Vi ses.

Hon gick in, hämtade jackan, plånboken och bilnycklarna och satte sig i bilen.

– Hej då, sa hon på svenska.

– Hej då, svarade Farid. Han stod kvar och tittade efter henne när hon åkte iväg.

Lena körde försiktigt genom skogen. Solen sipprade ner genom trädstammarna och träffade bilen i blixtrande fläckar. Marken var torr och sprucken och enstaka, gråa snödrivor låg kvar i norrsluttningarna. Allt var brunt, grått eller gråvitt och allt väntade på värmen för att börja leva. Och värmen skulle komma.

Hon ville lita på Farid. De var alla så beroende av varandra nu så att de var tvungna att lita på varandra. Annars gick det inte att överleva. De som kan lita på varandra behöver inga hierarkier, hade något sagt. Hierarkier skapar själviskhet. Kanske var det så. Här levde de nu i sin bubbla av strävsamt liv och rimlig säkerhet i en eländig värld. I 300 år hade levat som om de fått ett löfte om att allt ständigt skulle bli bättre, friare, bekvämare, rikare. Ändå visade historien att det inte fanns något annat att vänta än tyranni, sjukdom och svåra tider. Framför allt visade den att inget är beständigt. De svåra tiderna hade kommit krypande och nu var katastrofen här, i full skala. Nu måste de bygga nya liv, med nya spelregler.

Det skulle bli varmare. Klimatet hade inte stabiliserats ännu, trots att koldioxidutsläppen hade sjunkit till ett minimum. Det gick inte att bortse ifrån att det såg mörkt ut. Hon ruskade på huvudet som för att bli fri från de dystra tankarna. Det var livsfarligt att gräva ner sig, förbjudet att tappa modet och fotfästet, för då kunde hon lika gärna lägga av. Bort alltså med allt det mörka. Framme vid affären lyckades hon vända blicken och i stället fästa tankarna på allt det praktiska, som behövdes för livets uppehälle. Så mycket arbete. Kanske kunde Farid bli en hjälp? Han visste mycket om odling. Hon stannade på trappan, tog några djupa andetag, öppnade dörren till affären och steg in.

KAPITEL 25

Redan vid sjutiden dök Ove upp på vägen med sin traktor och en plog. Harven hade han flyttat dit tidigare. Han tutade och det väckte Sonja som halvsovande snubblade fram till fönstret samtidigt som hon försökte krångla sig in i morgonrocken. Ove spejade upp mot fönstret och när han fick syn på henne vinkade han belåtet, nöjd med anblicken av hennes bara bröst och håret, som flöt ut över axlarna i brunröda vågor, innan hennes kropp försvann under tyget.

– Hej, kom ner så sätter vi igång, hojtade han.

– Vi kommer, svarade hon kort.

Hon återvände till sängen och knuffade på Bosse. Kvällen hade blivit lång, full av god mat, musik och kärlek. De hade till och med dansat, efter gamla låtar och nya. Desperationen och sorgen de båda kände inför hoten och ovissheten i det nya livet hade gjort deras kärlek till en flykt, en drog, där de kunde glömma verkligheten. De hade i alla fall varandra. Livskänslan stegrades när hoten ökade, så upplevde hon det. Hon log för sig själv och började sätta upp håret, som var fuktigt av nattens värme. Bosse suckade och satte sig långsamt upp med fötterna i golvet. Han vände sig om och försökte dra Sonja till sig, men hon sköt bort honom, ivrig att få på sig kläderna.

Vid lunch var plöjningen färdig. Han hade skickligt manövrerat plogen längs deras tegar. De stod vid kanten och tittade på hur trädgården förvandlades, det var inte mycket mer de kunde göra, verkade det som. Efter en stund gick Sonja in, men Bosse stannade kvar. Kanske kunde ha lära sig något om jordbruk och om att plöja, men Ove hade svarat knapphändigt och avvisande på hans frågor, så han hade nöjt sig med att titta på. Nu låg trädgården glänsande brunsvart, med jorden vänd, liksom i de andra trädgårdarna. Senare på eftermiddagen skulle Ove komma med gödsel att sprida ut och mylla ner med harven. Därefter kunde de börja så för hand.

De bjöd på resterna från gårdagens middag till lunch och lyssnade till Oves råd och erfarenheter om jord och odling. De längtade efter kunskap.

– I morgon åker jag upp till Lena, hon har mindre yta än ni så det går fort det jobbet. Hon ska odla potatis så småningom. Först blir det vall där också. Efter det är jag väl så gott som klar hos er amatörer. Då väntar mina egna tegar.

Han skrockade belåtet. Lena reste sig, dukade av och satte på kaffe. Bosse tyckte att Ove mönstrade hennes gestalt med en min som om han ägde henne, ägde dem båda. Han stirrade ner i bordet, han ville inte se på när Sonja med ett tillkämpat skratt drog sig undan Oves utsträckta arm när han berömde hennes arbete. En dag skulle han slå honom på käften, men inte idag.

– Har ni stött på några flyktingar, frågade han i stället.

– Nej, det har vi inte. Ove blev allvarlig.

– Inte hört talas om någon som sökt husrum? Hos dig?

– Nej.

– För det måste man anmäla, annars är man medhjälpare. Bonden i grannbyn sa att flyktingar drog runt.

– Jaha, ja. De vill norrut har jag hört Så de stannar inte här.

Stämningen hade förändrats och blivit sval. Ove drack ur sin kaffekopp och reste sig.

– Kom med ut kan vi göra upp om priset för jobbet. Tack för maten.

Han drog på sig den gröna fleecetröjan, som hängt över stolen, tog på sig stövlarna i hallen och gick ut. Bosse gick efter. Hade han gått för långt när han antytt något. Hade han skrämt Ove? När han kom ut lade han armen över axlarna på Ove, som nu såg hopsjunken ut.

– Tack för din hjälp. Tack för det. Vi håller ihop här i byn. Vi litar på varandra.

– Det gör vi, det gör vi, mumlade Ove och räckte Bosse en lapp med några summor nedtecknade.

– Det kostar i pengar, eller dagsverken eller andra tjänster, välj själv.

Bosse synade fakturan.

– Det här blir nog dagsverken. Ring när du behöver hjälp.

De tog adjö. Ove klättrade upp i traktorn och körde iväg. Bosse sträckte på sig. Han kände sig belåten med att ha etablerat ett övertag. Han hade segrat över bondlurken. "Kom inte och tafsa på min kvinna", tänkte han. Nöjd gick han in till Sonja. Hon var hans kvinna. Hon stod där med händerna i diskbaljan. Han gick fram och tryckte sig mot henne, luktade på hennes hår.

– Ove fick så han teg. Han har nog någon gömd på övervåningen han också, ska du se.

– Det är i så fall Siv som har övertalat honom. Hon har ett hjärta av guld och ömmar för folk och fä.

Irriterat sköt hon bort honom. Hon ville inte ha hans kropp för nära nu, hon behövde luft omkring sig. Andas fritt.

– Jag ska ringa henne. Vi ska åka och hämta hönsen.

– Fint, då kan du pressa henne. I all förtrolighet. Så att vi får en hållhake på den stöddige Ove. Det vore härligt. Men berätta ingenting om Farid, för guds skull.

– Pressa henne! Nej vet du vad. Det gör jag inte. Sonja vände sig om och stirrade på Bosse. Hon tyckte om Siv, även om Ove kunde vara en skit.

– Förlåt, gör inte det då. Jag ska själv försöka fiska ut mer med Ove, i all vänlighet, nu i eftermiddag, när han kommer. Så slipper du.

Sonja slamrade irriterat med porslinet. Var fick han sådana idéer ifrån? Hållhakar och utpressning. Hon måste fråga honom på allvar. Men det fick bli en annan gång när orken fanns. Och modet.

Det blev tyst. Bosse hade satt sig på stolen med sänkt huvud.

– Apropå fiske, vi ska lägga nät hos Lena ikväll, sa hon.

– Javisst, kanske fisk till middag i morgon? Det blir gott.

Han andades ut. Var hon på bra humör igen? Mat var alltid ett säkert och populärt samtalsämne. Nästa måltid och nästa var högprioriterade frågor när maten inte var någonting självklart. Allting var gott som fyllde magen. Särskilt fett hade han börjat uppskatta, för han blev så härligt mätt av fett. Mätt och stark. Han reste sig och gick med en vissling ut för att göra det sista på hönshuset inför hönornas ankomst. Jackan kändes trång. Lantlivet hade redan förändrat hans kropp, tyckte han, gjort honom starkare. Inte mager och blek utan stark och solbränd med friska vita tänder. Han bodde i sin kropp nu, den var hans. Han hade lämnat plugghästarna bakom sig, lämnat skrivbordet och datorn och alla databaserna. Professorerna, intrigerna och karriärspelet. Lämnat gymmet och skivstängerna. De behövdes inte längre. Nu var han som en man ska vara. Med sin egen kvinna. Han log mot solen, andades in den friska luften och tittade på sina händer, som snart skulle vara täckta av valkar.

– Hönshuset är strax klart. Jag väntar på Ove med gödsel. Åk du, ropade han in till Sonja. Inrikespasset hann de inte med idag. Det fick vänta. Bredbent och tillfreds gick han ut i solen medan han drog på sig de nya arbetshandskarna.

Sonja stod kvar vid diskbänken i det tomma köket. Hennes händer travade disk i stället. Vem var Bosse? Tyckte hon om honom? Kvällen och natten hade varit fin, de hade dansat, skrattat och älskat, intensivt och oupphörligen. Han var rolig, varm och sexig. Men var han också en översittare och intrigmakare? Som spanade och spionerade på sina grannar? Nej. Hon drog upp axlarna och skakade på huvudet som för att bli av med de tankarna. Visst var det något, men vad det än var skulle hon bortse från det och koncentrera sig på sådant som var bra, för att överleva. De var ett bra team. Hon klarade sig inte ensam i den nya världen. Hon behövde honom. Beslutsamt tog hon sin telefon och ringde Siv. Nu var det dags för hönsen att flytta in.

KAPITEL 26

Framåt åttatiden på kvällen cyklade Bosse och Sonja iväg för att lägga nät för första gången tillsammans med Lena. Och Farid. Bosse hade inventerat sin magra garderob och hittat några tröjor och skjortor, ett par jeans och en gammal fodrad jacka som han tänkte överlämna till Farid i gåva. Visserligen var plaggen slitna men nöden har ingen lag.

Skymningen smög sig långsamt ner under träden, det var vindstilla och dunkelt och skuggorna hade blivit långa. Bara ljudet från cyklarna mot gruset hördes. På eftermiddagen hade samlingsregeringen meddelat att privatpersoner inte fick äga bilar längre. I städerna ägde nästan ingen en bil, det hade blivit för dyrt. Där fanns de självstyrande bilarna som ägdes i pooler av föreningar. Men på landsbygden, i glesbygden, fanns det fortfarande privatägda bilar, som inte var självstyrande. Sonja och Bosse hade en, Lena hade en. Bilarna skulle nu organiseras i pooler i stället, i varje tätort och by, genom föreningarna som fanns där. Samma sak gällde för jordbruksmaskiner, gräsklippare och trädgårdsredskap som drevs med el och som privatpersoner ägde. Förändringen skulle träda i kraft om några månader och den infördes för att spara el, men också material. Den nya energin i form av vätefusion var under uppbyggnad. När den blev kommersiellt gångbar skulle energiproblemen försvinna all världens väg, men till dess var energi fortfarande en bristvara. Det skulle bli många protester, men förgäves, för alla visste ändå vad som gällde vid det här laget, vem som bestämde. Den som protesterade kunde råka illa ut.

Men han och Sonja behövde sin lilla bil! Det var orättvist! Han ville skrika rätt ut i luften. Orättvist, orättvist! Ilskan pumpade i honom. Hans föräldrar, deras föräldrar, hur alla, alla hade levt och slösat med alla resurser! Fast alla visste. Vältrat sig i konsumtion, resor, nya bilar och nya kök. Politikerna som hade varit för fega för att fatta obekväma beslut och ställa om systemet i tid. Nej, först måste det komma rejäla katastrofer. Miljoner döda i Europa och ännu fler i Asien och Afrika var vad som behövdes. All själviskhet, alla förnekanden, alla påtryckningar från oljebolagen. Tills kollapsen stod för dörren. Han kunde hela den solkiga, evighetslånga, fega, förfärande historien. Människosläktet briljant, men samtidigt i stånd till att åstadkomma denna kollaps, blind inför sin egen undergång. Nu skulle han och alla andra betala notan.

Orättvist! Han kramade cykelhandtagen och trampade på, men kunde inte hålla tillbaka snyftningarna. Hela detta nya, tunga liv, denna sorg, ville ut genom näsan och ögonen i en flod av snor och tårar.

När den friska vinden svepte över hans ansikte torkade den bort tårarna och snoret. Som en vänlig hand, som brydde sig om honom. Som om skogen och träden var hans allierade nu, hans bundsförvanter. Han svepte med jackärmen över ansiktet och cyklade sammanbitet vidare. Nya tankar fick sakta tränga undan sorgen över en förlorad värld.

Samlingsregeringens beslut skulle innebära att han måste anmäla sig i någon pool när han ville köra en tur i ett ärende. Mycket organiserande, byråkrati och bråk skulle det bli om hur bilarna och maskinerna skulle ersättas och hur de skulle fördelas.

Nej, ingenting var självklart längre. Kanske inte ens Sonja som cyklade framför honom, tyst och ihärdigt. Hon var så avog ibland, och liksom bortvänd. Vad fanns under ytan? Vilka var hennes hemligheter? Skulle han någonsin får reda på dem? Hon hade ett övertag över honom, han tyckte inte om det, han blev sårbar.

Så var de framme. Tårarna hade torkat men han kände att hans ögon var svullna och säkert röda. De ledde sina cyklar in på tomten. Det lyste i ett fönster och när de knackade på dörren kom Lena ut.

– Hej, vi går direkt ner till sjön. Farid följer med.

Farid kom ut och hälsade. Bosse räckte över byltet med kläderna.

– Du kanske behöver det här, sa han på engelska.

– Tack, det kommer väl till pass. Farid log tacksamt mot Bosse och lade kläderna på en stol i köket.

I boden hämtade de årorna och nätet, som nu fått lina och en fiskekula i form av en tom plastdunk. Lena hade undersökt hur nätfiske gick till och tyckte att hon visst hur man gjorde. Gädda, gös och abborre skulle de kanske få i nätet.

Ingen måne syntes när de gick genom den mörka skogen ner till sjön. Där drog de fram ekan och klev i, ordnade med nät och åror. Bosse sköt ifrån. Sakta gled ekan ut på det blankstilla vattnet. Det var en kylslagen kväll som doftade av vår. Farid ryste till och dog igen blixtlåset i sin skinnjacka. Nu skulle han alltså lära sig fiska! Ja, varför inte, det fanns många bäckar, åar och sjöar i detta land, som inte led brist på sötvatten. Tyst iakttog han de andra. Bosse tog årorna och rodde vant ut. Han sög i och tog rejäla årtag. Båten var tung och låg djupt, men den gled ljudlöst framåt. Lena dirigerade honom till den plats hon trodde var lämplig en bit ut i det blankstilla vattnet. Hon ställde sig upp och började mata ut nätet, medan Bosse parerade med årorna.

Sonja och Farid satt stilla och tysta mitt emot varandra på toften. Hon iakttog hans ansikte. Det var avslappnat och lugnt nu, han tycktes försjunken i tankar. Men så vände han blicken mot henne, böjde sig fram och viskade något. Hon log, nickade och sa något tillbaka. Deras huvuden stötte nästan ihop i det ivriga, viskande samtalet.

– Men va fan, sitt inte där och kuttra. Ni måste följa med här så ni kan göra jobbet sedan, väste Bosse.

Han gillade inte det han såg, deras knän ihop, deras ansikten så nära varandra, förtroligheten mellan dem, hur de såg in i varandras ögon. Han kunde inte höra vad de pratade om. Båten gungade till när han tog ett irriterat årtag.

– Koncentrera dig, jag vill inte plurra, vattnet är bara några grader varmt.

Lena stirrade irriterat på Bosse. Hon lyckades nätt och jämnt hålla balansen där hon stod på durken.

Surmulet rodde han båten till stranden när det sista av nätet var utlagt. Farid och Sonja hade tystnat och tittade ut över vattnet åt varsitt håll som för att markera avstånd.

De drog upp ekan och lade årorna under den och återvände till stugan i tystnad.

– Nu måste vi vänta till gryningen. Det är bra om vi kan vittja nätet när solen gått upp, vid sextiden, viskade Lena, trots att ingen fanns i närheten.

– Jag föreslår att Bosse och jag tar upp nätet. Ni behöver inte vara med, man kan ju bara göra det på ett sätt egentligen. Och vi var för många i båten nu när vi var fyra. Kan du komma tillbaka då, frågade hon.

– Javisst, men det vore bra om alla lärde sig ro. Om vi ska fortsätta fiska och det ska vi väl. Det är bra mat, sa Bosse kort och irriterat. Han stirrade ner i marken, besviken över sitt eget beteende.

– Det ska finnas gott om fisk i sjön. Vi delar lika på fångsten och på jobbet. Överskottet går till byn så klart. Vill ni ha te förresten?

– Nej tack vi åker hem. Jag ska ju snart upp igen. Ses vid sex-snåret då. Bosse vände sig tvärt om och gick mot cyklarna.

Sonja kramade tigande om Lena och gav Farid en nick innan hon gick mot cyklarna och Bosse.

KAPITEL 27

Lena låste dörren bakom sig.

– Vill du ha te, frågade hon och satte på vattenkokaren.

– Ja tack, gärna.

Farid tog fram muggar och tekulor. Hemvant gick de om varandra på köksgolvet innan de slog sig ner.

– Berätta nu om dig, din flykt. Jag vill veta, sa Lena uppfordrande.

Farid såg upp och in i Lenas ansikte. Han tyckte om det han såg, hennes öppna ansikte, den generösa munnen, kindernas färg och flätan som låg över axeln. Det var som om han redan kände henne väl och ville räcka ut handen för att röra vid henne kind. Men han visste att det var förbjudet. Han skulle överträda en gräns, hon skulle rygga tillbaka.

– Var ska jag börja? Vad vill du veta?

– Börja från början, om ditt liv.

Han log. Någon var intresserad av hans liv.

– Och jag vill veta om ditt. Hur ditt liv har sett ut.

– Senare, nu får du berätta.

Långsamt och tvekande började han berätta sin historia, från barndom och ungdom i Alger, flytten till Marseille, studier vid universitetet, äktenskapet, sammanbrottet, lägret, flykten. Alltihop. Det tog sin tid och han hängde tungt med armarna på bordet och med huvudet böjt, när han tystnade. Teet var sedan länge uppdrucket. Lena kände igen kaoset, förfallet, inskränk-

ningarna i livet, men graden i det hela, intensiteten och snabb-
heten, det hade hon inte stött på tidigare.

– Det har gått så fort för oss alla. Vi har också blivit flyktingar.
Vi lever alla i exil och längtar till och drömmer om den gamla
världen, den som försvann.

Hon stirrade ner i sin temugg med ett övergivet uttryck i
ansiktet.

– Man får inte bli bitter eller nostalgisk. Vi måste leva här och
nu, för dagen idag och för morgondagen. Överleva och se framåt.

Hon såg beslutsamt på Farid. En insikt tog form och den
avspeglades i hennes ansikte. Den här mannen hade öppnat sitt
hjärta, hon var attraherad och kände sympati, han var ensam
som hon, övergiven, utsatt. För en stund hade de varandra, ingen
visste hur länge. Hon sträckte ut sin hand och lade den på hans.
Han tittade förvirrat upp.

– Kom, sa hon.

– Nej, vad menar du?

– Låt oss värma varandra i natt.

– Va?

Han skrattade till, både generad och smickrad. Tankarna tum-
lade runt. Nej, nej, det var en risk, det var farligt. Han var redan
så beroende av henne. Och sex, och kanske kärlek, det kunde bli
svårt. Han ville vidare upp i norra Sverige, bli nybyggare.

Han drog till sig sin hand, reste sig hastigt och gick, bort från
bordet och från henne. Gick så långt bort han kunde i det lilla
köket, mot ytterdörren.

– Värma varandra i natt. Javisst, underbart, men sedan, vad
händer sedan? Nej, förlåt men jag är redan så beroende av dig, du
har räddat mitt skinn. Jag vill inte bli förälskad i dig.

Förbluffad lutade sig Lena bakåt. Ansiktet hade börjat glöda
och hon gned sina kinder som för att torka bort värmen och
färgen.

– Förlåt mig, det var dumt. Du har rätt, vi ska inte skapa sådana band. Jag tänkte inte, bara kände. Förlåt.

Det blev tyst. Utanför skulle fåglarna snart börja sjunga. Gryningstimmen skulle komma och solen sakta gå upp till en ny dag. Då skulle Bosse komma, och sedan Ove med sin plog och sin gödsel.

– Jag åtrår dig men jag är också rädd för dig, sa Farid efter en stund.

Han gick fram till henne och lade händerna på hennes axlar, som om han inte kunde avhålla sig från att röra vid henne.

– Du och dina vänner har mitt liv i sina händer.

Lena reste sig upp och lade händerna runt hans ansikte, som om han var ett barn hon skulle trösta.

– Du ska inte vara rädd. Vi har den här tiden.

Vad visste hon om hans utsatthet, hans ensamhet och sorger? Hon var inte den som kunde bli jagad genom skogen av hundar, som kunde bli skjuten eller deporterad till ett tröstlöst läger där människor långsamt förtvinade. Som inte ägde något annat än sitt hopp. Han var egentligen bara en trasa, hela hans liv var en trasa. Han tvekade, så drog han henne till sig och kysste henne.

Lena sov men Farid låg vaken och kände värmen från hennes kropp när han kurade ihop sig intill henne. Ville han detta? Hennes fuktiga nacke med de lockiga hårstråna, pannans svettpärlor, munnen som stod halvöppen, de långa, långsamma andetagen. Natten hade varit kort, alltför kort. Morgonen var här, men han ville försjunka i natten igen. Han lade handen på hennes höft. Han ville inte väcka henne, hon behövde sin sömn.

I stället lade han sig på rygg och lät tankarna gå till de andra, de som följt honom upp genom Sverige, hans medflyktingar. Costas från Grekland, Matteo, Vladimir, Leonardo och hans fru. Vart hade de tagit vägen? Kanske fanns någon av dem i byn, undanstoppad på en vind? Andra hade fortsatt norrut, någon hade blivit tagen av polisen. Så brukade det se ut. Själv hörde han till de lyckligt lottade, som hade hittat vänligt inställda människor. Och Lena! Hon sov fortfarande lugnt. Bosse var avog och misstänksamt, men han brydde sig inte. Sonja var sympatisk, han tyckte om henne. Också. Han smålog för sig själv. I vedboden hade han gömt sitt vapen, en Colt 45:a med ammunition. Det var ett säkert ställe trodde han, men han skulle kolla under dagen att det låg kvar där i sitt gömsle. Colt 45 var ett tungt och effektivt vapen och han var en bra skytt. Han hade använt det flera gånger, inte för att döda utan för att hota. De flesta gav med sig när de fick ett vapen uppstucket i ansiktet. Vapnet var hans livförsäkring, en garanti för en framgångsrik flykt.

Han vände sig på sidan och började försiktigt smeka Lenas höft och lät handen smyga ner mot magen. Hon suckade, men vaknade inte. Ett dunkande på ytterdörren avbröt honom. Det väckte Lena och hon satte sig förskräckt upp. Klockan var nästan sex. Förvirrad stirrade hon på Farid, som om hon inte mindes vem han var, att han låg i hennes säng, inte mindes vad som hade hänt under natten. Så kom hon ihåg. Han såg det i hennes ansikte där minnena gled förbi som i en öppen bok. Hon satte sig på sängkanten.

– Det är Bosse viskade hon.

– Jag kommer, skrek hon mot dörren. Efter några minuter hade hon fått på sig kläderna, ordnat håret och druckit några skopor vatten. Hon slängde ett snabbt och granskande ögonkast mot Farid, gick fram till ytterdörren och steg ut.

Han låg kvar och njöt av värmen i bädden, av dofterna som steg upp ur lakanen, av känslan av trygghet. Till slut somnade han.

KAPITEL 28

Fisket hade gått förvånansvärt bra. De fick ett överskott som Bosse beslöt att dela ut till grannarna på vägen hem. Han knackade på och överlämnade fisken som en gåva. Delade rättvist, alla fick någonting. Det skapade bra kontakt och goodwill. Själv behöll han två gösar och en gädda. Det skulle bli en god fiskgryta, kanske med potatis och en burk tomater. Fänkål förstås. Det fanns ingen färsk fänkål men fänkålsfrön fanns. Och saffran, det skulle vara gott, men det kunde han bara drömma om. Aioli kanske han kunde få till. Om de hade nog med olja. Grytan skulle räcka i flera dagar. Magen knorrade redan, han längtade till middagen. Hönsen hade flyttat in, åtta stycken och en tupp. Höns var tacksamma djur, de åt vad som blev över och sprätte själva upp mask. Och sedan blev det ägg. När han hade satt in cykeln i skjulet gick han till hönshuset för att se till dem. De tycktes trivas bra, kacklade och sprätte runt på sitt vimsiga sätt. På natten och när det kom oväder hade de sitt lilla hus att gå in i. Varje kväll skulle de stängas in i sitt hus för att inte bli byte för en räv eller mård, och varje morgon släppas ut.

Ett av dessa återkommande oväder var nu på ingång. Det hade radion meddelat tidigt på morgonen. Det skulle dra in över Småland under kvällen och intensifieras under natten. Risk fanns för översvämningar, nedblåsta träd och förstörda grödor.

Han såg ut över sin mark och sitt hus. De var trygga här på småländska höglandet. Huset var stabilt med relativt nytt taktegel, det skulle inte blåsa av i första taget. Träden runt huset var

116

gamla lövträd. Han gick runt och inspekterade fönstren. På sikt skulle de kanske behöva fönsterluckor, om ovädren tilltog. Nåja. De fick kura ihop sig när vinden tog i, helst i sängen, tänkte han belåtet.

Nu skulle dyngan sprättas ut och myllas ner och sen var det dags för sådd av vall. De kunde kanske hinna med allt idag om de jobbade på hårt. Egentligen var han redan trött efter morgonens arbete. Upp tidigt, cykla till Lena, ro en timmes tid och sen hem igen. Han behövde vila sig en stund för att kunna jobba. Fundersamt gick han in i huset.

Lena hade varit så skärrad på morgonen, röd i ansiktet och glansig i ögonen. Munnen svullen. Han kände igen tecknen. Så de hade fått ihop det, hon och Farid. Bra, då fick han ha Sonja för sig själv. Han log mot Sonja när hon kom emot honom i hallen.

– Hallå min skatt, i kväll kan vi äta fiskgryta, sa han och lade ner sin fångst i vasken. Fiskarna glänste och luktade ännu friskt från sjön.

– Underbart, det ska bli gott. Vi filear dem och gör vår fiskgryta. Kanske kan hönsen äta avfallet? Sonja böjde sig över fisken och söp in doften.

Bosse kramade om henne och kysste hennes hals. Med ett ryck lösgjorde hon sig.

– Ta något att äta, det finns en hel del. Du är väl hungrig? Jag går ut och börjar med att förbereda för sådd så länge.

Hon drog på sig jackan och stövlarna. Bosse stod kvar i hallen med tomma armar och såg långt efter henne. "Som ett barn som har tappat sin finaste nallebjörn", tänkte Sonja när hon gick ut. Sådan var han. Händerna var alltid på jakt efter henne, hennes kropp. Ibland kändes det som om han ville besitta henne, helt och fullt.

Hon satte i räfsan och började förbereda så gott det gick. Det luktade och rykte i solen. Medan hon systematiskt arbetade sig framåt tänkte hon på Farid. Den mannen påminde henne om André, en ung fransman hon träffat i Stockholm i tonåren. Samma lockiga hår och havsgröna ögon, samma dämpade röst och varma sätt. Han hade varit på besök med sina föräldrar och hon hade hunnit bli allvarligt förälskad under den korta tiden. Han hade rest hem och försvunnit för henne i den stora oredan. Farid var som en äldre, mognare André med sin vackra franska som hon inte förstod mycket av. Han var grövre i kroppen med fler och starkare muskler. Sliten och erfaren. Hon kände attraktionens varma glöd inom sig. Men den måste hon mota bort. Bosse var hennes man. Hon tog ett rejält tag med räfsan och såg Bosse komma ut på trappan och vinka till henne.

– Jag tar över det tunga jobbet nu.

Tacksamt lämnade hon över räfsan och gick in. Bosse tittade efter henne innan han beslutsamt satte igång.

Efter några timmar var allt klart. Nu var deras gamla gräsmatta förvandlad till en åker, som omgav huset. Det var en helt ny syn, svart åker i stället för grön gräsmatta. I kanten av åkern skulle de så blommor, solrosor och ringblommor. Vackert skulle det bli, men också för nyttans skull. Solrosornas frö kunde bli olja eller mat till fåglarna, och ringblommorna kunde användas till läkande salvor. Eller så skulle de plantera andra blommor. Det berodde en hel del på vilka fröer de kunde få tag i.

Sonja hade kommit ut och hjälpt till, men nu övermannade trötheten henne och hon lutade sig mot Bosse, som lade armen om henne. De stod tysta en stund. De nya livsvillkoren skulle förändra dem. Vilka skulle de bli? Vem skulle hon bli? Hon ville inte bli någon annan.

– Jag orkar nog inte mer idag.

– Gå in och vila dig. Jag ska se över huset och tomten inför stormen som kommer.

Sonja log mot Bosse och överlämnade redskapen till honom. Med trötta steg gick hon in och stängde dörren. Hon drog av sig stövlarna på hallens trasmatta. Den gamla mattan var smutsig redan. Hennes tröja var våt av svett så hon drog av den och gick upp till övervåningen för att lägga den i smutskorgen. Fanns det el kunde hon fylla en tvättmaskin.

Hon satte sig på sängen en stund som för att hämta andan innan hon gick fram till garderoben för att leta fram en ren tröja, men hon orkade inte ta den på sig utan blev sittande med den i famnen. Vårvinterns bleka ljus började mattas av. Hon hörde koltrastens flöjt i boken utanför. Allt var lugnt men snart skulle stormen vara över dem. Hon kände ingen ängslan, bara en sorgsen resignation inför livet som det hade blivit. En del gjorde uppror och rasade, andra resignerade, hon hörde till den senare kategorin. Ändå fanns det stråk av lycka i hennes liv. Hon hade huset, gemenskapen med Bosse, hoppet att det skulle gå att överleva här. Farid hade inte mycket hopp, trodde hon. Tankarna återvände till honom, gång på gång, trots att hon försökte skjuta undan dem. Han hade väckt ett minne hos henne, av en annan tid och av en känsla som hon begravt med det gamla livet.

Hon hörde Bosse komma in och låsa dörren efter sig. Bullrande drog han av sig stövlarna och ytterkläderna. Han gick på toaletten. Det blev tyst en stund, han kom ut och gick in i köket. Hon hörde honom rumstera. Han var hennes man.

– Sonja, var är du?

Ropet ekade upp till övervåningen.

– Här, jag kommer.

Hon drog på sig tröjan och gick ner. De nötta trappstegen var välbekanta, doften i huset, ljuset genom fönsterna. Bosse, som var i färd med att fjälla fisken. Hemtamt och välkänt. Hon gick fram till Bosse och omfamnade honom med kinden mot hans rygg.

– Det blir gott med fiskgryta.

– Ja, det blir min specialare.

Bosse ville vända sig om men hon släppte honom snabbt.

– Jag lägger mig på soffan en stund.

– Gör det, jag fixar middagen. Om en halvtimme är maten klar.

– Tack, härligt.

Fisken var färdig att läggas i grytan. Bosse kände sig trött men också förväntansfull. Inför ovädret, inför kvällen och natten. Utmaningar triggade honom, det visste han. De var hans rätta element. Trots tröttheten kände han sig alert. Småvisslande vispade han ihop aiolin.

– Sonja, middagen är klart, ropade han och ställde grytan på bordet.

Hon hade somnat på den blå manchestersoffan. Hon låg på rygg, munnen var sluten och andetagen tunga. En arm hade glidit ner på golvet. Han böjde sig ner och smekte hennes läppar med tummen, sedan lade han handen mot hennes kind, som blossade. Han lät den glida ner till halsen.

– Sonja, viskade han.

Hon vaknade, sköt undan hans hand och satte sig upp i en rörelse.

– Jag kommer. Låt mig bara gå på toa.

Utanför hade vinden friskat i och träden spändes och böjdes. Molnen jagade snabbt över himlen. Han hade tänt lampan ovanför matbordet. Allt var framdukat.

KAPITEL 29

När Farid vaknade några timmar senare stod Lena i dörröppningen och tittade på honom med allvarlig blick. Hon hade stått där en god stund. Han låg på rygg med armarna över huvudet. Händerna med de långa fingrarna låg halvslutna. Han var vacker, med sitt rofyllde, solbrända ansikte, den halvöppna munnen och det tjocka, lockiga håret. Bröstet var olivfärgat och hårlöst och skimrade svagt av fuktighet. Han snarkade lätt. När han slog upp ögonen gick hon fram till honom och satte sig på sängkanten. Känslan av att vilja kyssa de där läpparna överraskade henne. I stället lät hon sin hand smeka hans kind. Han fäste sina ögon i hennes, tog tag om hennes hand och ville dra ner henne mot sig, men hon gjorde sig fri.

– Ove kan vara här när som helst med plogen. Du måste smyga upp på vinden och stanna där tills han gett sig iväg. Jag ordnar upp här nere så länge. Ta med dig något att äta och dricka. Och kläderna, lade hon till.

Han klev upp ur sängen och stod naken framför henne, men hon steg undan och gick ut ur sovrummet.

– Vi får prata senare, sa hon över axeln.

Tyst gick han över golvet och drack girigt några glas vatten och tog med sig en bit bröd och ett äpple. Kläderna höll han i handen. Så gick han uppför trappan.

– Ta med den här romanen, har du läst den, ropade hon efter honom och sträckte fram en bok hon plockade ur bokhyllan.

– Ja, men jag kan läsa om den. Han kom ner igen och tog boken hon höll fram.

De såg på varandra ett ögonblick, avvaktande, ordlöst. Så vände han sig om och gick upp på vinden. Hon lät blicken följa honom, hon kände att hon ville gå med honom upp, vara där hos honom, i hans famn.

Hon tog av sig på överkroppen och började tvätta sig i kallt vatten. Tvållöddret gled ner mellan brösten mot magen och hennes händer gled runt i det hala och blev till cirklande smekningar. Nattens timmar och minuter kom till henne igen i snabba bilder. Ljudet av Oves traktor på skogsvägen avbröt tankarna, hon stängde dörren till sovrummet och drog på sig skjortan. Inget i köket avslöjade att de var två i huset. Hennes kropp var genomtrött, men huden glödde och en lågt vibrerande energi höll henne uppe. Hon gick ut.

– Välkommen Ove, tack för att du hjälper mig.

– Jag hjälper alla små kvinnor. Han klev av traktorn och gick fram till henne.

– Du ser yrvaken ut. Nå, var ska jag börja

Hon visade hur hon markerat. Det var ingen stor yta, men det kunde bli en hel del potatis ändå så småningom. Dessutom skulle han plöja upp hennes blivande grönsaksland.

– Jag har med utsäde för vall och gödsel som jag myllar ner. Du får själv så och räfsa över. Det klarar du väl? Är du stark?

Ove ställde sig framför henne och kände på båda hennes överarmar efter muskler. Det var en intim, närgående gest, som överraskade henne. Innan hon hunnit reagera släppte han henne, skakade låtsasbekymrat på huvudet och gick bort mot traktorn.

– Nu klarar jag mig, jag är färdig om ett par timmar.

Hans blick for värderande över henne innan han långsamt klättrade in i traktorn, som en revirmarkering, tänkte hon. Som en stämpling. Alla i byn tillhörde honom nu, kvinnor och män, folk och fä. Han var kungen, de var underlydande, beroende av hans kunskaper och maskiner för sin överlevnad.

Hon gick in i huset och tog de tomma vattenhinkarna, fyllde dem vid brunnen och tog in dem. De var tunga och skvalpade över. I köket värmde hon vatten, hon ville tvätta sig ordentligt. Hon skalade av sig kläderna och lämnade dem i en hög på golvet, ställde sig i baljan och började skopa vatten över sig. Hon tvättade sig snabbt och noggrant, överallt, under armarna, mellan benen. Häpen kände hon hur kroppen hade vaknat. Hennes trötta, gamla kropp. Den glödde. Värmen, den underbara mattheten, närheten till honom hade väckt den. Men ville hon älska Farid, ville hon bli kär i honom? Det var farligt. På övervåningen var det tyst. Sov han? Vad skulle nu hända mellan dem? Hon torkade sig långsamt och letade fram rena kläder. Radion berättade om ett kommande oväder under kvällen och natten. Storm och regn igen, bäst att få sådden avklarad.

Hon städade upp efter sig och gick ut. Ove var nästan klar med sitt jobb. Allt såg annorlunda ut, marken låg där svart och bördig och väntade på sådd. Vad var det Farid hade sagt, ett småbruk skulle det bli. Ove stängde av traktorn och släntrade fram till henne, senig och stark.

– Det är bra jord. Här är din egen köksträdgård. Och här är odlingen. Han visade med sin grova hand, som var brun och sliten.

Hon nickade.

– Tusen tack, hur ska jag betala dig.

– Det går bra med pengar, skrockade han menande. Eller dagsverken. Du kan hjälpa Siv med hennes göromål. Ring henne om det så får ni göra upp. Säg att du betalar med två dagsverken. Hon har mycket att stå i med djuren och trädgården.

– Jag ska ringa henne. Fint att vi kan göra upp på det sätter. Vill du komma in på frukost? Jag har inte hunnit få i mig något.

– Tackar som bjuder. Gärna det. Men jag har min egen mat med mig.

Han gick tillbaka till traktorn och hämtade en matlåda i metall. Tillsammans gick de in. Ove slog sig vant ned vid köksbordet och Lena satte på kaffevatten. Hon plockade fram ägg, smör, ost och det bröd som fanns kvar. Samtalet kom långsamt och trevande igång. De diskuterade fisket, hur fångsten skulle fördelas i byn. Lena ville tillgodoräkna sig fångsten i räkenskaperna. Det var ju ändå hennes fiskevatten. Ove nickade och sa jovisst, det fick de ordna till nästa byråd. Liksom de nya bestämmelserna om bilar och redskap. De måste inventera vad de hade, länsstyrelsen skulle göra en fördelning efter antalet invånare. Kanske skulle byn bli tvungen att lämna ifrån sig någon bil eller redskap till andra som hade större behov än de. Lena skulle sakna sin bil, den var en livlina. Men hon hade den pålitliga cykeln och bil skulle hon få boka när hon behövde. Hur det nu skulle gå till.

– Ständigt nya inskränkningar, nya påhitt. Vi har fått planhushållning. Åt var och en efter behov, av var och en efter förmåga. Var det inte gamle Karl Marx som skrev det en gång i tiden?

Ove tittade frågande på henne med ett försiktigt skratt. Hon kanske inte visste vem Karl Marx var.

– Du känner väl till marxismen, lade han till.

– Jodå, vi har blivit beroende av varandra på ett nytt sätt. Det är inte helt och hållet illa, tycker jag. I alla fall inte för oss som har turen att bo i vår lilla by. Och i vårt land, som har klarat sig förhållandevis bra. Men att det är ont om mat och alla dessa ransoneringar, usch det är jobbigt tycker jag, att vara hungrig.

– Jag drömmer ibland att jag äter fett fläsk, lade hon till och tystnade snabbt, förvånad över sin frispråkighet.

– Skaffa en gris och ha den i en stia så får du fett fläsk till jul. Det finns snart kultingar att köpa. Jag kan förmedla kontakt.

Han log mot henne.

– Åh kanske det. Vilken idé. Men kultingen måste ju också ha mat.

Innan Ove hann svara knarrade det till i taket. Någon gick däruppe, stegen över vinden var tydliga men knappt hörbara. Både tittade upp mot det vitmålade brädtaket och sedan på varandra. Hon var avslöjad, Ove visste nu! Vad skulle det innebära? Tystnaden lade sig som ett lock mellan dem tills Ove sköt tillbaka stolen och tungt reste sig.

– Nej, dags att ge sig av.

Lena gick mot dörren för att öppna den. Han strök tätt intill henne när han gick förbi utan att säga något. Hon kände hans andedräkt i ansiktet och hans doft av svett och jord. Den var inte oangenäm. Hon lät honom passera med nedslagen blick, hon ville inte utmana honom genom att se in i hans ögon. Han fick tro vad han ville om ljuden från vinden.

– Hej så länge.

Så var han ute och hon kunde stänga dörren och låste den.

Oron och tröttheten vällde upp så fort hon slappnade av på köksstolen. Hon stirrade framför sig, med händerna i knäet, hopsjunken som en åldring. Var de avslöjade nu? Skulle Ove rapportera till myndigheterna? Skulle militärpolisen komma och hämta Farid? Nej, hon ville inte tänka på det, det fanns redan så mycket att oroa sig för i det nya livet.

Hon hade blivit en småbonde och därute fanns en upplöjd åker, som hon skulle ta hand om och leva av. En främling hade flyttat in i hennes hus och i hennes säng. Hur osannolikt var inte allt detta? Hela livet, tyckte hon, bestod av en rad osannolikheter. Kanske ovissheten var det enda trygga? Någon annan trygghet fanns i alla fall inte längre. Hon lät blicken följa de slitna trappstegen upp till vinden.

Under kvällen och natten drog ovädret in över Småland. Huset pep och knarrade. Taket jämrade sig under den starka vinden, regnet dånade mot fönsterna. Farid låg vaken i sin säng på vinden. Ljuden väckte en rad minnen till liv, sådant han helst ville glömma. En mörk kall natt i en båt på väg mot Sverige. Den kalla skogen. Vinternätter i Alger och i Marseille med mörker och regn, fukt och kyla.

Vart hade de tysta, ljumma regnen tagit vägen? Sådana regn fanns inte mer. Bara naturens vrede över människornas dårskap och girighet. Det var den vreden som slog och mullrade nu. Han vände sig på sidan och stack händerna mellan låren, så som han brukade ligga för att somna. Därnere sov Lena. Hon hade avvisat honom när han närmat sig henne. Han hade ändå tagit över sådden och gjort ett tungt jobbet med räfsan, så att hon fått vila under eftermiddagen. Han hade slitit i flera timmar med den där sådden. Allt var i jorden nu och ordentligt nergrävt. De hade ätit kvällsmat, grönsakssoppa, utan att prata så mycket. Hon hade inte förebrått honom att han smugit över golvet när Ove satt i köket. Hon var bekymrad, det kunde han se i hennes ansikte. Så fort skymningen kom hade hon slocknat. Han ville omfamna henne men hon hade dragit sig undan. Gått in i sovrummet och stängt dörren. Han stod handfallen kvar i köket. Skulle hon köra ut honom nu, ut på vägarna, ut i skogen igen? Han förbannade sin nyfikenhet och sin ensamhet, han förbannade sitt liv och sin längtan. Till slut somnade han, medan ovädret fortsatte att ryta utanför. Han sov utan drömmar.

KAPITEL 30

Ove körde direkt från skogstorpet till sina egna tegar. Under arbetet, som krävde hans fulla koncentration, glömde han näsan bort vad som hade hänt på torpet, men när han körde hemåt mindes han. Det såg alltså ut som om det fanns en rymling hos Lena i skogstorpet, någon som bodde på hennes vind. Hennes reaktion på det knarrande taket hade avslöjat henne, men han hade hållit käft och låtsat som om det regnade. Bäst så. För alla hade de var och en sina hemligheter, det visste han. Och Siv hade sin, fast han hade sagt nej, nej och åter nej. Han ville inte ha med det där att göra. De blev sårbara och det kunde bli dyrt om de blev avslöjade, så hon fick sköta det bäst hon ville. Han ville inte veta av några rymlingar. Men han hette Costas Galanis och kom visst från Grekland. Pratade bra engelska, en trevlig och belevad man, enligt Siv. Frun hade omkommit under flykten. Alla dessa katastrofer och sorger, han orkade inte med dem längre. Och allt ansvar han hade fått som ordförande i byrådet. Det var bara för mycket.

Ove drog suckande av sig stövlarna i förstugan. Ryggen värkte och han var ordentligt trött, det skulle bli gott med mat. Siv hade varit i skolan idag men lovat att laga middag. Han hade fått tag i fläsklägg, så det skulle bli rotmos med fläsk. Han tänkte på Lena, som drömde om fett fläskkött och log för sig själv. Det skulle han bjuda henne på. Se henne äta sig mätt på fläsk och ta henne i famnen och kyssa henne med läpparna och tungan feta av fläsk. Tanken piggade upp honom och han var på bättre humör när han klev in i köket. Bordet var dukat under den tända lampan med en rödrutig duk och småblommigt porslin. Costas stod vid spisen och gjorde rotmos. Sonen Alf hängde över sina skolböcker vid bordsändan. Hunden Lennart låg i sin korg och sov. Det såg ut som en helt vanlig kväll i en helt vanlig tid, då när alla levde sina vanliga liv.

– Good evening, sir, sa Costas och satte fram rotmoset på bordet.

Ove tänkte att Costas var det enda onormala i köket, hans gestalt bröt mot allt som var vanligt i hans hus, denna tystlåtne, mörka man, en inkräktare. Siv och Costas tycktes på kort tid ha blivit såta vänner. Han hade hört hur de talat lågt med varandra, skrattat och flamsat. Nej, Costas hörde inte hemma här.

– Hej på dej. Ove rufsade om Alfs hår och nickade åt Costas. Var är mamma?

– I tvättstugan. Maten är klar.

– Yes food is ready.

Costas stod böjd och mager vid bordet och höll i en stol, som om han tvekade om han fick sätta sig. Hans mörka hår föll ner i pannan, blicken var fäst vid tallriken framför honom. Han var klädd i Oves avlagda skjorta och ett par lappade byxor.

– Sätt dig du, sa Ove med en gest. Han gick fram till vasken för att tvätta händerna i baljan som stod där. Eftersom färskt vatten var en bristvara undvek han att låta vattnet rinna ur kranen.

Siv kom in med tvättkorgen, gav Ove en hastig kyss på kinden och de satte sig till bords. Han började skära upp det kokta, ljusrosa fläsket i lagom stora bitar. De följde hans kniv med ögonen. När köttet var rättvist fördelat gick kastrullen med rotmos runt. De åt koncentrerat tills faten var tomma. Alla hade blivit mätta. En känsla av ro och stillhet smög sig in i köket, trots att stormen ven om knuten därute och regnet hade börjat strila mot rutorna. Tysta och dästa satt var och en i sina egna tankar. Nu väntade en välbehövlig nattvila och i morgon var en ny dag, med tungt arbete och samma oro.

– Vi fick fisk idag från Bosse. Han hade fiskat i sjön hos Lena. Så det blir fisk till middag i morgon.

– Fish for dinner tomorrow, förklarade Siv för Costas.

– Jag hjälpte henne med plöjningen så hon är skyldig två dagsverken. Dem får du utkräva, så får du hjälp här på gården med djuren och annat.

– Fint, hon är trevlig, jag ringer henne endera dagen.

Costas reste sig och samlade ihop tallrikarna. Han hade fått rollen som hjälpreda inomhus, eftersom han inte kunde arbeta utomhus på dagarna. Gården låg centralt i byn och många passerade förbi. Nu ställde han sig vid diskbaljan och blandade det varma vattnet med kallt från kranen.

– Jag fixar köket, sa han till Siv.

– Tack Costas.

Siv försvann ut med tvättkorgen. Ove gäspade och sträckte ut sig i fåtöljen i vardagsrummet. Alf tog sina läxböcker och gick upp till sitt rum

Det blev tyst. För Costas var det här den bästa tiden på dagen. Ensam i köket, med disken och annat hushållsarbete. Medan händerna långsamt rörde sig i det varma diskvattnet kunde han låta tankarna fara hit och dit. Här var han nu. Ensam, utan sin käresta, sin Diana. Det hade blivit så tomt i hans liv. Den långa flykten genom Europa hade blivit för tung för henne. Nattliga marscher, korta timmar av sömn, regn och kyla. Hon hade dukat under i en lunginflammation som också berodde på undernäring, trodde han. Hon hade blivit omhändertagen på en hemlig klinik i Tyskland, men febern hade stigit och hon hade glidit bort i sömnen.

Adapt or die. Anpassa dig eller dö, det gällde nu. Anpassning var lika viktigt som motståndskraft. Han var seg, beslutsam, uthållig, uppfinningsrik, stark. Det skulle gå. Det måste gå. Han kunde anpassa sig och bygga sig ett nytt liv däruppe i norr där det var glest mellan människorna. Visst var han rädd, men han skulle överleva och fortsätta sitt liv någon annanstans.

Disken var klar. Han torkade av händerna och tog sopkvasten från städskåpet för att sopa och våttorka golvet. Hur länge kunde han stanna här? Ytterligare en tid, trodde han. Mannen gillade honom inte, men pojken var bra, han ville träna engelska med honom, han skulle gå upp till honom när han var klar i köket. Kvinnan, Siv, var rar, han tyckte om henne. Snart skulle han gå in på sitt rum och sova i en varm säng medan stormen for fram därute. Svabben for fram över golvet, fram och tillbaka. Den slitna linoleummattan var inte smutsig, men han ville göra rätt för sig.

Efter år av konflikter och krig såg det ut som om ett slags jämviktsläge nåtts, ett status-quo. Kanske hade världen nu passerat stadiet med de uppblossande krigen och motsättningarna om herravälde och land, kanske var de på väg mot ett annat tillstånd? Hur många miljoner människor hade dött, av matbrist, torka och krig, för att den insikten skulle få fotfäste? Hade de nått en ny nivå, där det gammaldags slitet blandades med hypermodern teknologi, där kroppsarbete var vanligt i väntan på den nya, bekymmerslösa energin, som skulle lyfta upp dem alla?

Tankarna tumlade runt i huvudet medan Ove tyst klädde av sig. Han hade alltid försökt leva ett ärligt liv. Ärlig mot överheten, mot Siv och mot sig själv. Redan som barn hade han haft svårt för att ljuga, han tittade bort och rodnade när han ljög, inför sin lärare eller inför föräldrarna. Men nu var det svårt att leva ärligt. Det fanns så många orättvisor. För att hålla sig under radarn måste man fiffla. Överheten hade koll på dem, allt registrerades, vad de konsumerade i sina ransoneringsappar, hur de rörde sig via program i mobiltelefonerna, vad de yttrade och nästan vad de tänkte, från första sucken till den sista.

Övervakningen och alla obekväma, men nödvändiga, beslut,

hade inte passat ihop med den gamla demokratin, så det blev samlingsregering. Visst fanns det yttrandefrihet och tryckfrihet och alla andra fina gamla friheter, på pappret, men de var nedbantade och kringskurna numera. Snålt kringskurna. Regeringen fattade beslut i slutna rum, utan insyn. Riksdagens arbete var mest ett spel för gallerierna. Säkerhetstjänstens informanter fanns i varje by. De rapporterade avvikelser, otillåtna handlingar och misstänkte synpunkter. Även i deras lilla by fanns de. Det var han övertygad om.

Så vad skulle de göra med Costas, den förbjudne Costas? Och med Lenas "gäst", vem det nu var. Det fanns säkert fler flyktingar i byn. Ansvaret vilade tungt på honom, han kände det i sina axlar och sin rygg. Trött och kuvad kröp han ner i sängen hos Siv, som redan sov tungt. Han lade sig på rygg. Hon var fin Lena, den där nya i skogen. Mörk och slank som en björkstam, med starka händer och armar. Han hade ju känt på dem! Hon hade inte gillat att han kramat om henne, men hon fick vänja sig. Något ville han ha för sin hjälpsamhet och sin tystnad. Den var inte gratis. Han smålog belåtet, vände sig på sidan och kröp närmare Siv.

Efter några timmars sömn vaknade Costas av stormen. Den slog och bråkade med fönster och tak. När han vaknade på natten kom de svarta tankarna smygande, de som han sköt bort under dagen. Om allt han förlorat, om Diana, som tynat bort. Om solen som lyste över Grekland, som blivit allt varmare tills det nästan inte gick att leva i dess obarmhärtiga strålar. Ändå kunde han längta efter solen. Vintern var så mörk här. För att undkomma tankarna brukade han klä på sig och gå ut i skogen, på natten var han osynlig för nyfikna blickar. Natten hade blivit hans egen tid, då han var sig själv. Trots regnet ville han gå ut i natt. Mödosamt steg han upp och klädde på sig. Han smög ner i hallen och drog på sig jackan, som var bra mot regnet. I natt fick det bli en kort tur.

KAPITEL 31

På söndagsförmiddagen hördes kyrkklockornas klang över byn. Många ville gå i kyrkan, sjunga de gamla psalmerna och lyssna på prästens predikan om lugn, besinning och resignation. Lägga sina själar och kroppar i guds händer. Någonstans i detta evinnerliga, enorma universum måste ändå någon gud finnas, eller något annat, som ville dem väl? En förtröstan, på det gamla sättet, på oändligheten och evigheten. Människan hade försuttit sina chanser, förstört och förbrukat. De gamla synderna skulle fortsätta att förstöra jorden många år till. Många insekter och djur hade försvunnit, liksom mångfalden i skog och äng. Matbristen fick de leva med och hoten från torka och bränder. Allt detta elände är mitt fel, vårt fel, så förlåt mig, förlåt oss. Nåden som kanske fanns och förlåtelsen.

Militärpolisen kom körande i låg fart i sin jeep genom byn, trots att det var söndag. Klockklangen strömmade in till föraren och hans medpassagerare i framsätet. De stirrade beslutsamt framför sig. För dem var söndagslugnet bedrägligt, idyllen var full av lögnare och smitare, illegala flyktingar och svartabörshajar. Idag var de ute på patrullering. Med den nya informationen de fått hade befälet bestämt att de skulle passera genom byarna minst en gång om dagen, i sakta mak, de skulle synas. Folk skulle veta att de var bevakade.

En av poliserna sköt upp solglasögonen i pannan och drog ner sidorutan.

– Stanna, vi ska kolla detta.

De parkerade bilen och hoppade ner på vägen utanför ett av husen. Det var något som var fel. För mycket folk i trädgården, för många män och kvinnor i slitna kläder som satt runt ett trädgårdsbord. Och några barn.

– Hallå där, god morgon, sa en av poliserna och klev in genom grinden.

Den andre följde efter. De var unga män, vältränade och slanka. Långsamt släntrade de fram till bordet, medan de fingrade på sina vapen, som hängde på höften.

Kaffedrickarna vände sig om, bestörta när de båda poliserna närmade sig.

– Får vi se era inrikespass. Har ni några? Annars vill vi se en legitimation.

Ännu hade inte tvånget om inrikespass trätt i kraft. De hade en månad på sig att skaffa ett, sedan var det kört. Då skulle det bli enkelt att gripa alla som inte hörde hemma här.

– Är det domsöndagen idag, försökte en av kaffedrickarna. Ska vi inför tinget eller vad är det frågan om? Har vi förbrutit oss?

Polisen kastade en föraktfull blick på talaren.

– Sitt ner och ta det lugnt. Ni har inget att vara rädda för om allt är i sin ordning.

Han började gå runt kaffebordet och undersöka pass och legitimationer. Pratet hade tystnat nu och tystnaden darrade av ängslan. Men allt verkade stämma. De magra männen i slitna kläder verkade höra hemma här, liksom kvinnorna i jeans och tröja. Nåja, nu för tiden var alla magra och hade slitna kläder. Det gjorde polisens arbete svårare. Blonda män som hade svarta hårrötter var annars ett gott tecken, men sådana fanns inte här. Bara vanliga inrikesflyktingar från storstaden förmodligen, helt vanliga Svenssons. Som hade blivit bönder. "Ja, ja lycka till med det", tänkte han.

– Tack för mig, vi drar vidare.

De båda poliserna återvände till bilen och körde bort i ett

133

moln av damm på den torra vägen. Sällskapet runt trädgårdsbordet återvände förödmjukade till sina kaffekoppar. Stämningen var förstörd, vårglädjen borta.

Sonja och Bosse utbytte en blick. De hade för några dagar sedan varit och hämtat sina pass på polisstationen i stan. Det hade gått förvånansvärt enkelt. Visst hade det varit långa köer och fullt med folk, trängsel och oreda, men de hade slunkit igenom snabbt och lätt. Sonja tyckte nästan att det hade gått för lätt. De hade trängt sig fram till disken och så fort Bosse och hon visat sina legitimationer och poliserna hade slagit i datorerna fick de gå vidare till boxen där deras biometriska data registrerades, vänta en stund och sedan var allt klart. De fick sina pass i handen och i telefonen samtidigt.

När de väl stod utanför hade hon velat fråga Bosse om han inte tyckte det var konstigt, de hade ju liksom bara flutit igenom. Men hon hade avstått. Hon ville inte visa sina misstankar, men det var något hos honom som hon inte begrep sig på. Hade han en dold agenda? Var han informant åt Säkerhetstjänsten? Det fanns gott om sådana, det visste hon. Eller var han på väg bort från henne? Men vart i så fall, det fanns ingenstans att ta vägen?

Hon iakttog honom. Han såg fundersam ut, de hade gått tillbaka till bilen och väntat på de andra som kom från byn. Nu när de inte längre hade egen bil var det samåkning som gällde. Ove, Siv och Lena var också med på turen för att skaffa pass. Det hade tagit betydligt längre tid för dem. Bosse blev rastlös, han ville bara komma därifrån, såg hon när hon sneglade på honom. Otålig som vanligt, han var alltid på väg någonstans. Händerna i byxfickorna, blicken i gruset, tankarna långt borta. Solen låg på, men han tycktes inte märka det.

– Vad tänker du på, frågade hon efter en stund. Hon lade armen om hans midja, de såg på varandra. Hans ögon visade ingenting. Han kysste henne lätt på munnen, lade armen om henne och höjde blicken.

– På allt arbete som återstår med huset och odlingen, på peng-arna. De rinner iväg tycker jag. Hur mycket har vi kvar egent-ligen? Vad ska vi leva av sedan? Vi har ju inga betalda jobb längre, ingen lön som kommer in varje månad.

Han tittade på henne med bekymrad min och lade handen om hennes nacke. Hon böjde på huvudet. Handen kändes tung och märkligt sval. Hon tryckte sig mot honom, som för att söka tröst, för sig och för honom.

Det han sa var sant. Efter de första veckornas omtumlande nyordning och etablering i huset började det nya livet ta form. Vanor, dagsscheman, förpliktelser. Deras gamla rutiner var borta, det var ett annat liv, ett tyngre liv med kroppsarbete. De hade fått makt över sin tid och de kunde förverkliga sina drömmar, om de nu hade några. Leva av jorden, skaffa djur. Men det gav ännu ingenting, det kom inte in några pengar, de flöt bort från kontot i stället. De behövde pengar, även om de levde sparsamt och snålt. Det var så mycket som skulle investeras och det fanns ingenting att skörda förrän längre fram i sommar. Huset de bodde i kostade i och för sig inte mycket. Elen var dyr, men snart skulle det nya, samägda elverket vara igång. Hemförsäkring hade de ingen, de hade blivit fruktansvärt dyra att teckna, om de ens fanns, hela försäkringssystemet höll på att falla ihop. Maten kostade pengar och allt material de behövde för att rusta huset. Renhållningen kostade, trots att det knappast fanns något att hämta längre när allt togs tillvara. Bredband betalade de också. Och bilen, när de hyrde den.

Bosse drog sin hand från hennes nacke ner över ryggen och lät den vila i korsryggen. Hans ögon väntade på ett svar.

– Arbete, sa hon, vi måste hitta betalt arbete.

– Hur mycket har vi kvar?

– Det räcker till årsskiftet tror jag. Sen har vi ju föräldrarna, de kan kanske låna oss tills vi kommer igång med något?

Han lät handen vandra nedåt, in under hennes byxlinning.

135

Den satt löst, hon hade gått ner i vikt, precis som han. Magrat och fått muskler. Han kände skinkornas varma rundning och klyftan mellan dem. Hans händer var inte mjuka längre, de hade fått valkar, men han tyckte om sin nya kropp, och hennes. De passade ihop, de passade så innerligt väl ihop. Han ville kyssa henne, men hon drog sig från honom så att hans hand flög upp ur byxlinningen.

– Allvarligt Bosse, vi har ett problem här, sa hon irriterat.

Ständigt var hans händer där och famlade efter henne, hans sökande mun på jakt. Som ett spädbarn som söker bröstet. Till och med här på den offentliga parkeringsplatsen. Hon ställde sig mitt emot honom med händerna i sidorna.

– Hur ska vi få in pengar, hur ska vi få tag i arbete?

Hon såg sammanbitet på honom, sedan förbi honom, fäste blicken någonstans långt borta. Hon var bekymrad.

– Vi får snacka med Ove och de andra i byn. Jag kanske kan börja som snickare tillsammans med den där byggnadssnickaren, vad han nu heter? Eller bli grovarbetare.

Han skrattade. Filosofidoktoranden som snickare! Men det passade hans bild av hur en man skulle vara, sådan som han var nu. Stark och trygg och kapabel, sexig och snygg.

Sonja lät blicken vandra tillbaka till hans ansikte. Han stod och flinade när hela livet var kaos och slit och de inte hade några pengar!

De stora bekymren hade vältrat in och översköljt dem. Politikerna som stod handfallna, fast de hade vetat. Forskarna som hade trott att när de presenterade sina rön skulle de räcka till för att politikerna skulle fatta kloka beslut. De hade visat sina kurvor och grafer, gör något! Besluta! Men politikerna vågade inte kräva uppoffringar så länge deras väljare inte hade problemen inpå bara kroppen, kände dem både i plånboken och i nervbanorna. Det räckte inte med att berätta om abstrakta konsekvenser, som att polarisen smälte, eller att havshöjningarna skulle komma om 50 år.

Det behövdes en rejäl kollaps och den kollapsen hade till slut kommit. Översvämningar, miljoner döda i områden som blivit obeboeliga, flyktingströmmarna, ransoneringarna. Sorglösheten hade ingen plats här, så kände hon. Men Bosse, han var bekymmerslös. Hon iakttog honom där han stod och log för sig själv.

Nu hade fler och fler kommit för att få sina pass. Kön ledde ut på gatan och ett lågt sorl fyllde luften. Det fanns ingen de kände i människohopen, ingen var från deras by.

Till slut kom Siv, Ove och Lena ut.

– Det tog tid, sa Sonja.

– Ja, hur kunde ni slippa igenom så lätt och galant, muttrade Ove när han klev in i bilen. Nu åker vi, vi ska hem och jobba, gott folk.

KAPITEL 32

Ove körde. De mötte få bilar på hemvägen. Allt var lugnt och fridfullt, som en lantlig idyll från förra århundradet.

– Ove, finns det något betalt jobb för oss någonstans, tror du, frågade Sonja efter en stund. Jag och Bosse behöver jobb för att få in pengar. Vi har lämnat våra vanliga jobb och sparpengarna räcker inte i evighet, lade hon till, med ett nervöst skratt.

Utanför bilfönstret gungade grönskan. Våren hade kommit långt på väg.

– Vet inte, jag kan undersöka det. Det kan nog gå att ordna, svarade Ove och gav Sonja en flörtig blinkning i backspegeln.

Med avsmak vände hon bort blicken.

– Jag kan snickra, jobba i lantbruket, ta hand om djur, eller om det finns andra jobb, sa Bosse med entusiasm. Allt är möjligt.

– Bra att veta. Nu i sommar behövs många armar när elen är en bristvara och vi måste hyra in maskiner till byn. Det blir en hel del återgång till kroppsarbete i jordbruket.

I Sonjas huvud dök det upp bilder från gamla, svart-vita filmer med skördearbete ute på åkrarna, karlarna slog med lie, kvinnorna gick efter dem och räfsade. Nej, det var ändå omöjligt att det skulle bli så. Vilken skräck i så fall, vilka skitjobb.

– Ja vi tar vad som helst, sa Bosse. Helst så fort som möjligt.

De tystnade. Det var slut på samtalsämnen.

– Vi ses på byrådet på torsdag, sa Ove när han lämnade av passagerarna utanför Bosses och Sonjas hus. Lena klev också ut. De såg på när Ove körde iväg.

– Ove har också en flykting på vinden, sa Lena plötsligt. Hon hade redan klivit på cykeln och skulle iväg när det slank ur henne. De såg förbluffade på henne. Hon steg av cykeln och gick in genom grinden.

– Vad fan säger du? En flykting? Han?

– Ja det är Siv förstås, skulle jag tro. Hon är så snäll.

– Bra att veta, det blir ett säkert kort att hala fram när det behövs litet påtryckningar. Ja, jag har misstänkt det, men inte fått något ur varken honom eller Siv. Vi du ha något att dricka förresten? Vi går in.

De satte sig runt köksbordet med sina vattenglas för att smälta informationen.

– Farid har träffat på honom nere vid sjön. Han heter Costas Galanis och är ute och går om nätterna. På dagarna måste han stanna inne. Gården ligger ju centralt, alla kan se när han är ute där.

Hon tystnade.

– Förresten vet Ove om Farid också. Eller han misstänker det. Han var hemma hos mig och hörde när Farid gick över vindsgolvet. Så vi sitter i samma båt.

Nu hade hon fått ur sig allt. Men oron, som bleknat bort, kom smygande igen. Hon fingrade på vattenglaset, som var tomt.

– Vill du ha mer? Sonja hällde i utan att Lena tittade upp.

Hon satt tyst. Hon hade klarat sig bra en tid. Den tärande oron teg, eller viskade bara ibland, men nu när hon delade hemligheten och pratade om den, kom oron tillbaka. Den blandade sig med en motsägelsefull, porlande, känsla av glädje. Glädje, en ovanlig känsla, en efterlängtad känsla, som värmde hennes kropp, men som hon också ville trycka tillbaka. Inte kär i Farid, inte den komplikationen. Bäst att inte ge efter för någon känsla, varken kärlek eller oro. Känslolös. Det borde vara enklare att leva så. Hon såg upp.

– Så nu vet ni också. Det är ju bra, sa hon istället och försökte hålla rösten glad.

– Farid och Costas har börjat träffas på nätterna, jag vet inte exakt när eller var. Inte vad de pratar om heller. De känner tydligen varandra sedan tidigare. De träffades under flykten, sa Lena.

– Så då har de gemensamma erfarenheter att prata om. Och kanske planer för framtiden, sa Sonja nonchalant.

Bilden av Farid, leende mitt emot henne på toften i båten, i den stilla natten, och bilden av André som såg på henne med sina gröna ögon, dök med ens upp i hennes huvud och flöt ihop till en bild, som mest liknade Farid.

– Kan vi inte få träffa Farid och Costas hemma hos dig någon kväll? Då kanske vi kan få reda på mer om deras planer, föreslog hon.

Bosse avbröt henne.

– Förresten, vad känner du för Farid, frågade han Lena. Vad tror du om honom? Ni har väl kommit varandra närmare nu efter de här veckorna ensamma i torpet, lade han till.

Han tänkte på de svullna läpparna, det rödblommiga ansiktet han sett morgonen vid det första fiskafänget.

– Vad är han för en kille egentligen?

Han fick svar direkt i Lenas ansikte. Hon log omedvetet, ett milt småleende spred sig i hennes ansikte.

Lena undvek Bosses fråga.

– Javisst kan vi ses alla hos mig. Jag ska prata med Farid. Vi säger så. Nu måste jag dra.

Hon reste sig, medveten om att någonting hänt mellan dem, en förändring. Hon hade avslöjat sig. Hon tumlade ut genom dörren och sprang nerför trapporna, greppade sin cykel och trampade iväg, lättad över att slippa ifrån deras frågor. Det hade inte gått att dölja leendet och lyckokänslan som bubblat upp. Inom sig brann hon att få berätta om Farid för vem som helst hon stötte på, men hon hade lyckats hålla emot.

KAPITEL 33

När Farid hade vittjat nätet i gryningen några dagar tidigare hade han skymtat en gestalt på stranden, när han rodde in med båten. Månen gömde sig bakom molnen så han såg inte tydligt. Han försökte ro ljudlöst men tyckte att plasket av årtagen dånade över sjön. Gestalten försvann in i skogen, när han drog upp båten var han ensam. Tystnaden var tryckande, inte en fläkt i trädkronorna, som om de, liksom han, väntade avvaktande på att någon skulle ge ett tecken ifrån sig och kliva fram ur skuggorna. Mödosamt drog han båten över sanden och började plocka över fångsten i hinkarna han hade med sig. Han hukade sig och arbetade så tyst och snabbt han kunde. Kanske var han avslöjad.

Han hörde ett frasande ljud, steg som närmade sig över sanden och kastade ifrån sig hinkarna för att fly.

– Är det du Farid?

Ur skuggorna klev gestalten fram. Ett bekant ansikte skymtade i det svaga ljuset. Costas, från flykten. De stirrade på varandra, överraskade och lättade, och slog skrattande armarna om varandra. De dansade runt i omfamningen och skrattet blev till tårar innan de stannade upp och såg på varandra igen.

– Costas, Costas, flämtade Farid. Costas var har du varit?

Han var sig lik. Farid mindes flykten och hur Costas sörjt sin fru som nyligen dött. De kalla nätterna, hundarna, hunger och törst. Nu var de här, i gryningen, på en strand i den kyliga morgonen som snart skulle bli varm dag. Säkra, så här långt.

De slog sig ner på stranden, tätt intill varandra och började ett ivrigt, lågmält samtal. Efter en stund reste de sig och tog avsked. Ljuset hade börjat komma tillbaka och de hade bestämt tid och plats för nästa möte. De såg långt efter varandra när de skildes. Dröjande gick Farid hemåt med fiskhinkarna, tankarna tumlade runt. Nu hade han någon att planera sin flykt med, någon som ville vidare, som skulle pressa honom att bryta sig loss och ge sig iväg. Han ställde hinkarna på förstubron. Lena fick ta hand om fisken om någon timma när hon vaknade. Det var för riskabelt för honom att cykla till byn.

Han öppnade dörren och gick in. Köket var varmt och luktade ved och aska. Lenas dörr var obönhörligt stängd. Han visste att när sovrumsdörren var stängd betydde det att han inte fick dela natten med henne. När den var öppen var han välkommen. Ett outtalat budskap.

Den stängda dörren var som ett slag i ansiktet, ett slag som kunde golva honom. Han hatade den stängda dörren, han hatade hennes makt över honom. Han ville bulta på dörren, bulta och gå in och lägga sig hos henne. Han stirrade på dörren ett par minuter, så besinnade han sig, tvättade av sig och smög uppför trappan.

Senare, en natt när dörren hade varit öppen, berättade han om Costas. Det gick inte att förtiga den enorma nyheten, som fyllde varje vaken minut. Hon hade varit glad för hans skull och också nöjd med att de visste något om Ove, en hemlighet de skulle kunna använda. Hon drog honom intill sig och kysste hans ansikte.

Inom henne gnagde frågorna hon inte ville uttala: "Men oss", ville hon fråga, "men oss två, vad blir det av oss"?

– Vad ska du göra nu, frågade hon i stället med lugn röst.

– Vi ska snart träffas igen, vi får se. Vi ger oss iväg, vi stannar, jag vet inte.

Han var nöjd med den kommentaren. Nu kunde hon inte längre ta honom för given. Han kunde kanske rentav gå in till henne en natt, trots att dörren var stängd! Men nej, det ville han aldrig. Inte tigga. Bättre då att låta bli, att låta bli att gå in en natt när dörren väl var öppen. Men varför, när hennes famn väntade? Sådant maktspel avskydde han. Nej, de måste bli ärliga mot varandra, den innerliga ärligheten som bottnade i dem själva, i deras innersta. De måste öppna sig för varandra skyddslöst och bekänna sina förväntningar och känslor. Han längtade efter den stunden. Då skulle de tala sanning. Alla beslut måste tas med öppna ögon. Han skulle träffa Costas och prata med honom och efter det skulle han prata med Lena. Han skulle berätta allt, hur han såg på dem, på sin situation. Och hon skulle berätta allt. Hur hon såg på dem. Prövande tittade han på hennes ansikte där hon låg vid hans sida. Hon hade somnat med pannan mot hans axel. Han smekta hennes kind och det fuktiga håret vid örat utan att hon vaknade.

KAPITEL 34

Nu hade de väl mycket att prata om därinne, Bosse och Sonja, tänkte Lena medan hon trampade iväg hem till torpet. Farid skulle vara där när hon kom fram. De hade sina sysslor att sköta, var och en. Hon hade sina översättningar, han arbetade mest utomhus med det som skulle bli en köksträdgård. Han hade grävt och ordnat med upphöjda sängar där de skulle odla grönsakerna. I byn hade hon fått sticklingar och frön, en del hade hon kunnat köpa i handelsboden. Han hade studerat vad de hade och planerat trädgården utifrån det. Det skulle bli potatis och lök, purjo och mangold, rödbetor, tomater, gurka, sallad, morötter, kål och bönor. Han gjorde en skiss och arbetade noggrant och omsorgsfullt. Ansvaret för vattningen åtog han sig så att han var säker på att grönsakerna skulle klara den torra sommaren. Han använde i första hand regnvatten eller vatten från brunnen, men trodde att de längre fram skulle behöva hämta vatten i sjön för vattningen. Då skulle de behöva en kärra av något slag. Tillsammans renoverade de torpet i små steg. De hade börjat skrapa och kitta fönsterna och härnäst skulle de målas. De hade gjort upp planer och idéer. Torpet hade blommat upp, de var duktiga tillsammans.

Det stora problemet var matbristen. När hennes ranson delades på två blev det små, små portioner. De hade fisken från sjön, och den mat som inte var ransonerad, som vissa rotsaker, potatis, socker, mjöl, margarin och ibland olja. Det gick nästan att äta sig mätt, men det var svårt att variera och inte alltid så gott. Hon märkte att hon magrade, medan Farid verkade gå upp i vikt. Han hade varit så mager i början Hon kände hans kropp nu.

När han besökte henne i sovrummet talade de aldrig om den stängda dörren, men hon förstod att han inte tyckte om den. De talade i stället om det nära, barndom, upplevelser, känslor. Ja, ibland talade de om känslor fast hon trodde att han inte ville, inte om deras känslor för varandra.

Utanför sovrummet var de kamrater och rörde inte vid varandra, utom som av en slump. Pratade om praktiska ting. Hon trodde det var bra. De avslöjade sig i varje fall inte, om någon nu lyssnade eller spionerade på dem. Inne i sovrummet lyssnade väl ingen?

Hon visste inte varför det blivit så. Men hon behövde honom. Han var en källa som hon öste ur om nätterna för närhet, värme och kärlek. Farid gav. Hon hoppades att hon gav till honom, något som han behövde, men han ville inte tala om det, vad hon betydde för honom. Hon ville inte utnyttja honom. Men det var kanske just det hon gjorde? Det bekymrade henne. Det var som om de aldrig var riktigt ärliga mot varandra. Men kan man någonsin vara det, med någon? Deras förhållande var ojämlikt. Han var beroende av henne, det var på liv och död för honom. Men vad kunde hon göra åt det?

Farid hade gått in när han hörde en cykel närma sig, men kom ut igen när han såg att det var hon. Han stod på trappan, med handen ovanför ögonen för att skärma av solen. Asken rasslade svagt i brisen och trasten under takpannan flög ut med ett skränande som hon tolkade som ett välkomnande.

– Hej, här är du, sa han på svenska och log sitt leende.

Han var genomsvettig efter tungt arbete i köksträdgården och såg fram emot en paus. Han såg henne hoppa av cykeln och varsamt ställa den ifrån sig mot vedboden. Så gick hon fram emot honom, med långa steg i det blixtrande ljuset. Hennes mörka hår skimrade och hennes ansikte öppnade sig i ett leende. Han såg på henne, deras ögon möttes. När hon passerade drog han in hennes doft, men tyst, utan att hon märkte det.

– Vi fixar lunch, jag ska berätta. Tack för allt jobb du gör, lade hon till när hon såg att svettdroppande porlade på hans panna.

Han visste mer om henne nu. Han hade noga undersökt innehållet i lådorna i garderoben när hon var borta. Det var mest gamla pappersfoton, av leende familjer, av hennes föräldrar, trodde han, barn som lekte och hoppade i vattnet från bryggor, kaffekalas i trädgårdar. Det fanns även foton av män, och brev från män. Han förstod orden "kärlek" och "älska", de orden förekom i brev från någon som hette Peter. Var fanns denna Peter nu? Kvar i staden? Han kunde ju inte fråga, det var frustrerande och han kände svartsjukan greppa tag. Eller var denna Peter död? Det fanns en utklippt dödsannons med det namnet som var inklistrad i en fullskriven och tummad dagbok. När han lärt sig bättre svenska skulle han läsa alla hennes dagböcker.

Hon passerade och han fick inte omfamna henne. Inte nu och här. Så såg deras outtalade avtal ut. Han var förresten inte kär i henne, intalade hans sig. Han skulle vidare, skapa ett eget liv, som till slut skulle bli helt legalt. Han skulle jobba hårt för att nå det målet. När det var nått kunde han kanske komma tillbaka till henne, det ville han försöka. Men de tankarna höll han för sig själv. Inte avslöja mer än han redan gjort, under de ljusa vårnätterna, därinne i sovrummet, i hennes famn. Det där med ärlighet fick vänta ett tag.

Tillsammans gick de in och stängde dörren.

KAPITEL 35

Ove hade förmedlat kontakten och en dag i veckan, ibland två, hade Bosse fått jobb med att hjälpa byggnadssnickaren Ulf Apelgren med grovarbetet. När det fanns jobb. Han var hantlangare, han rev, körde bort avfall till återvinning, hämtade bräder och spik. Ulf pratade med uppdragsgivaren, mätte och beräknade, skissade och tänkte. Och byggde, tillsammans med Bosse. Det gick bra. Ulf var nöjd och betalade överenskommen lön, Bosse jobbade på, var seg och ihärdig. De jobbade tysta tillsammans, utväxlade enstaka kommentarer om arbetet. De hade inte kommit varandra nära och var inte intresserade av varandras liv. Som hantverkare hade Ulf en bil stående i poolen, en av de små lastbilarna, Bosse lärde känna de små byarna runt omkring och andra utflyttade som var i samma belägenhet som de själva. De kunde utbyta erfarenheter och lärdomar som var värdefulla i nybyggarlivet. En dag i veckan arbetade han på återvinningen. Det var frivilligarbete och obetalt. Alla hade sådana arbetsdagar. Arbetet där var mindre tungt och han fick utrymme för att fundera ut kreativa lösningar för hur de skulle använda material som kom in. En del gick att reparera, annat skulle få nya funktioner. Material som de inte lyckades reparera eller använda till något skickades vidare till den centrala återvinningen i stan.

Sonja hjälpte Siv med djuren två dagar i veckan när Siv var i skolan. Det blev tidiga morgnar men hon tyckte om det. Värmen från korna, deras blanka ögon och mjuka juver, deras förnöjsamhet och stillhet, lugnet och tystnaden i lagården, svalorna som flög ut och in, kaffepausen efter slitet. Hon hade lärt sig mjölka, att leda ut korna till deras beten och att vakta dem när de betade i skogen, att ta han om de bångstyriga fåren tillsammans med vallhunden Lennart, fåren som gärna ville ge sig ut på rymmen från beteshagen. Hon hade blivit piga, lagårdspiga med klut om huvudet och gummistövlar på fötterna i alla väder. Hon brukade klä om i ett hörn av ladan, snabbt och förstulet, hon var rädd att Ove skulle komma in oväntat. Han for ofta förbi när han arbetade, vinkade och blinkade flörtigt, men hon brydde sig inte längre. Det var väl hans enda nöje här på vischan, så varsågod. Hon kunde till och med vinka tillbaka, då log han över hela ansiktet. När Siv kom hem framåt eftermiddagen pratade de om vad som hänt under dagen och planerade nästa. De diskuterade djurhållningen i byn, som de hade ansvar för. Siv var kunnig och engagerad, och en duktig barfotaveterinär. Antalet djur de fick ha var bestämt centralt. När något djur dog eller skickades till slakt, fick de tillstånd att skaffa ett nytt. Siv delade ofta med sig av matbitar, som ett stycke kött, eller en klick smör i ett smörgåspapper, som hon kom över på olika vägar.

Pengarna om Sonja och Bosse tjänade använde de till att köpa mat, både ransonerad och oransonerad. De behövde bra mat nu när de arbetade hårt. De ville unna sig, det fick kosta. Trots det var de ändå hungriga framåt kvällen. En kopp varmt te hjälpte ganska bra. De sov djupt och drömlöst efter hårda arbetsdagar. Andra dagar i veckan kunde de ta det lugnare, vara lättsinniga, åka och bada i sjön, ligga i gräset, älska i gryningen, när fåglarna började ropa till varandra.

Livet hade rullat in i ett nytt spår, som var enklare än det gamla. Sonja kände sig närmare Bosse nu. De delade det tunga och det lätta. Det var som om de var jämbördiga. Hans malliga manlighet hade slipats ner i takt med att kroppsarbete blev vardag. Han hade funnit sin roll och behövde inte visa upp sig längre. Sonja kände att han släppte på sin fixering vid henne. Hans händer var inte ständigt på jakt efter hennes kropp, de hängde i stället trötta utmed sidorna eller stöttade hans tunga huvud vid köksbordet, över tallriken med soppa. För att muntra upp honom satte hon sig ibland i hans knä och kysste honom. Ingen av dem orkade tänka framåt, på hösten och vintern och de nya utmaningar som väntade. Oron och sorgen hade vaggats till ro av det dagliga slitet. Värmen var redan tryckande och de fruktade båda den kommande torkan och skogsbränderna, som obevekligen skulle följa i dess spår. Men det var inget de pratade om.

Fisket hade också blivit en vana och en plikt, bland alla andra. De fyra hade lärt sig hur det gick till. Det var ett jobb som de klarade av ensamma nu och det gjorde att uppgiften inte blev betungande, eftersom den kom sällan. De turades om att lägga ut nät en gång i veckan, på kvällen, och vittja framåt gryningen. De nätterna sov de bara några timmar. Fångsten skulle delas upp, och det som de inte behöll själva lämnade de på Oves farstubro. Där kunde byborna under morgonen komma och hämta fisk, om de ville. Den tog för det mest slut, annars tog Siv hand om det sista. Alla köp registrerades i en bok som fanns utlagd på trappan, så småningom skulle alla plus och minus läggas ihop i slutet av månaden i räkenskaperna för hela byn. Ingen skulle vara skyldig någon något, var det tänkt, men det lyckades inte alltid. Alla var trots det ändå nöjda med systemet, som de beslutat om på byrådet.

När Sonja och Bosse cyklade till eller från sjön, hände det att de stötte på Farid eller Lena ute i trädgården. De kunde stanna till med cyklarna och ta ett glas vatten under den skuggande asken. Sonja brukade iaktta Farid i smyg, han märkte det och log mot henne. Ett leende hon besvarade. Men det var tydligt att de nu var ett par, Lena och Farid. Det märktes genom små gester och blickar. Så klart, det var oundvikligt! Ändå attraherade han henne och väckte minnen till liv, minnen av André och det bekymmerslösa livet. De minnena stoppade hon undan och plockade fram vid enstaka tillfällen, som tröst bara. Bosse var inte avog längre mot Farid utan deltog i de skämtsamma försöken att undervisa honom i svenska och härmade honom villigt i hans försök att i sin tur lära ut franska. Men han observerade noga vad som hände vid trädgårdsbordet. På kvällarna, efter sådana möten, växte hans längtan efter Sonja starkare.

Under ett trädgårdsmöte hade de avtalat om att träffa Costas. Han litade på Farid, hade sagt ja till att komma och träffa dem, men det måste ske på natten, hemma hos Lena.

KAPITEL 36

Bosses och Sonjas köksträdgård artade sig men det hade varit mycket arbete med den. Tack vare att de gödslat ordentligt, rensat ogräs och vattnat systematiskt såg det ut som om de skulle få en stor skörd av allt de sått, kål av olika slag, morötter, lök och purjolök, potatis och rödbetor. Hallon och vinbär fanns det gott om, liksom äpple och päron. Lövkojorna, ringblommorna, solrosorna, alla blommor hade vuxit sig höga och vackra och särskilt lövkojorna doftade starkt om natten.

Doften omslöt Bosse och Sonja när de tog fram sina cyklar och trampade genom skogen. De kände väl till vägen vid det här laget. Juni hade just blivit juli, sommaren var på väg mot sin höjdpunkt. Värmen var tryckande på dagen, men mildrades under natten. Längre norrut hade några skogsbränder brutit ut och torkan var besvärande, i år igen. Skogsbränderna var ett återkommande ämne på byrådets möten, skogsbränder var något de alla hukade inför, hoten om branden som skulle komma, någon gång, natt eller dag, även till dem. De skulle tvingas ut för att släcka den, brandmännen räckte inte till, varken de frivilliga eller de som var anställda i kommunen, när skogsbränderna for fram och slukade allt i sin väg, marken, träden, djuren, människorna, med hjälp av vinden och de torra markerna. Allt den lämnade efter sig var förödelse. De tränade på kvällarna inför den kommande branden, som om det skulle kunna dämpa deras ångest. I stället hamnade skogsbränderna i drömmarna. Sonja drömde ofta om att det brann i huset, i skogen utanför, och vaknade med ett ryck, ångestsvettig och rädd.

När de kom fram låg stugan tyst och mörk, som om ingen bodde där. Lena hade skaffat mörkläggningsgardiner, hon ville känna sig säker, inte vara rädd att någon försökte kika in genom fönsterna på kvällarna när ljuset var tänt därinne.

Staren under takpannorna hade för länge sedan lämnat sitt bo och ungarna var utflugna. Nu kunde man se dem i formationer som mörka moln segla över himlen.

De knackade på och steg in. Värmen och ljuset välkomnade dem. Vid bordet satt Farid och en okänd man, som reste sig upp för att hälsa på dem. Han var lång och mager, inte så ung längre, klädd i slitna jeans och en grön olle som var lappad på armbågarna. Costas Galanis. De nickade medan de hängde av sina jackor, gick fram och skakade hand. Det var ett torrt och varmt handslag. Costas var slätrakad och med fåror i ansiktet som kom honom att se äldre ut. Han hade ett öppet leende som avslöjade att han hade tappat några tänder i överkäken. Håret var mörkt, ögonen avvaktande och allvarliga.

– Costas pratar bra engelska, så vi försöker prata engelska allihop i kväll sa Lena, som stod och bryggde te vid diskbänken.

De presenterade sig innan de slog sig ner runt köksbordet. Lena hällde upp det varma teet i muggarna. Bosse hade bakat en sockerkaka som han plockade fram ur en påse och lade på ett fat.

– Hur har du det hos Ove, frågade Bosse. Roligt att träffa dig förresten. Och att du ville träffa oss.

– Ja, detsamma. Tack. Ove och Siv är bra personer, men jag vet inte hur länge jag kan stanna. Ove verkar inte tycka om att jag är där.

– Berätta om ditt liv, så kan vi berätta om våra sedan, bad Sonja. Du kanske redan känner Lena och Farid och deras erfarenheter, lade hon till.

– Jag känner Farid sedan tidigare. Vi var kamrater på flykten.

Lena har jag inte träffat tidigare, men jag har hört mycket talas om henne, sa han och tittade menande på Farid, som rodnande vände blicken ner i bordet.

Costas erfarenheter liknade Farids. Det svåra livet i Grekland, fruns död under flykten i Tyskland. Inga barn. Föräldrarna kvar i det torra, hungerdrabbade landet. När han lyckats bygga upp något nytt i norra Sverige ville han hämta hit dem, om det gick. Han hade hört mycket om att livet var drägligt i norr, klimatet var bra och det gick att ta sig fram, att få ett liv och en försörjning av något slag, man var accepterad. Inga militärpoliser.

– Jag är ju lärare i engelska, Men jag kan jordbruk också. Vi har en liten gård i Grekland. Jag kan laga skor och är skicklig på hantverk av olika slag, lade han till.

Hans berättelse var som en jobbansökan tyckte Sonja, som skämdes över deras nyfikenhet. Han skulle inte behöva sitta här och intyga att han var en människa värd att satsa på, en tillgång för dem som kanske skulle vilja och kunna hjälpa honom.

– Tack Costas för din berättelse. Jag och Bosse är ett par men vi är inte gifta och har inga barn, började hon och berättade sedan om deras bakgrund, om flykten från storstaden och hit. Om livet som det hade blivit. Ingen av dem sa något om framtiden. Ingen sa något om hopp. De ville inte röra vid sådant som de inte kunde göra något åt, inte röra upp tankar om allt de förlorat, väcka upp sorg och längtan.

De åt den sista kakbiten när Costas berättade att han och Farid hade planer på att ge sig av norrut innan sommaren var slut. Gjorde de inte det måste han stanna här över vintern och han visste inte om Ove gick med på det; han hade en känsla av att Ove ville bli av med honom. Han ville inte känna att han var en börda utan ta sitt liv i egna händer. Så det var nog bäst att ge sig av så fort som möjligt. Och Farid skulle följa med. Det skulle bli de två, så hade de planerat.

Nyheten förändrade stämningen i köket. Så långt hade ingen

av dem tänkt. Förvånad och bestört stirrade Lena på Farid, men vände sedan bort blicken. Costas insåg att han hade låtit munnen gå om det som låg honom närmast om hjärtat. Det hade tydligen varit en hemlighet som Farid hållit tyst om för Lena. Förvirrat såg han urskuldande på Farid, som hade sträckt ut sin hand mot Lena. Men hon drog sig undan och tittade rakt fram med ett slutet, sorgset ansikte. Sonja bröt tystnaden.

– Ska du lämna oss Farid? Så sorgligt. Det visste vi ingenting om. Vem ska då hjälpa oss med fisket och odlingarna?

– Vi har planerat och pratat. Det måste ske snart om det ska ske före vintern. Det måste ske snart, sa Farid urskuldande.

Han var förvirrad. Nu när planerna lades fram på köksbordet blev de med ens verklighet, omöjliga att överge, eller att ens förändra. Ett uppbrott stod för dörren. Han kände att han tvekade. Ja, han hade planerat med Costas, kanske för att göra både honom och sig själv på gott humör, och för att få blicka framåt, mot en möjlig framtid. Men ville han innerst inne? Var det rätt?

Det blev tyst i rummet.

– Det är klart att vi hjälper er så långt vi kan, med kontakter och utrustning ni kan behöva. Det får vi ta en annan kväll. Nu är det dags att åka hem och sova, sa Bosse och reste sig upp.

– Tack för teet. Vi ses. Sonja sneglade på Lena. Beskedet verkade komma som en chock för henne. Hon sa ingenting utan blev sittande när de drog på sig jackorna och gick ut i natten.

– Costas, du kan ta min cykel så skjutsar jag Sonja på hennes. Så slipper du gå, sa Bosse i dörren.

– Tack det gör jag gärna.

Costas reste sig också och tog sin jacka. Farid följde honom ut. Med huvudena tätt samman avtalade de nästa möte i ett viskande samtal. Farid hämtade cykelpumpen ur vedboden och hjälpte Bosse att pumpa upp bakdäcket på Sonjas cykel, så att det skulle hålla för hennes tyngd. De tände sina pannlampor. Det var dunkelt nu när månen doldes av molnen.

Farid såg dem vingla iväg. Ljuskäglorna försvann och tystnaden slöt sig åter om huset, när knastret från deras däck tonade bort. Natten var stilla, bara en uggla hoade på avstånd. Han stirrade efter dem, så gick han in och stängde dörren. Som väntat fanns Lena inte i köket längre. Hon hade gått in i sovrummet och stängt sin dörr. Kopparna stod kvar på bordet, han plockade ihop dem och satte dem i diskbaljan, torkade av bordet och satte stolarna till rätta. Så stod han obeslutsam framför hennes dörr. Han lade örat mot den. Det var tyst därinne. Han knackade på. Inget svar. Till slut vred han om dörrhandtaget, gick in och stannade innanför den uppslagna dörren. I mörkret urskiljde han sängen och täcket, som hon dragit upp över axlarna. Hon låg på sidan med ryggen mot honom. Han visste att hon var vaken. Han gick fram till sängen, hon vände sig om på rygg, såg upp i taket, vände sedan blicken mot honom. Hon hade inget uttryck i ansiktet, blicken var skarp och ihärdig men tom.

Han tvekade, förbluffad inför hennes reaktion. Inga känslor, inga hårda ord, ingen gråt. Han fortsatte se in i hennes ögon medan han långsamt knäppte upp skjortan, fick av sig den och resten av kläderna och lade sig vant vid hennes sida. Han trevade efter hennes hand.

– Förlåt mig, viskade han.

Hon vände sig på sidan och tittade på honom. Så strök hon med handen över hans kind.

– Vi måste vara ärliga nu.

– Ja det vill jag, jag vill vara ärlig med dig, sa han. Jag har saknat ärligheten mellan oss. Om våra känslor, våra förväntningar.

– Jag vill att dörren alltid ska stå öppen, lade han till utan att tänka sig för. Alltid öppen för mig.

Hon lade sig återigen på rygg. Han skulle antagligen lämna henne. Hur skulle hon stå ut den långa, mörka vintern utan honom?

155

Hon visste ingenting om deras framtid. Den hade hon aldrig orkat tänka igenom och ännu mindre prata om. Men det var viktigt att de blev mer jämlika. Den öppna dörren var ett steg mot mer jämlikhet. Hon älskade ju honom, hon insåg det nu. Men han var illegal, beroende av henne för själva livhanken. Det kunde inte vara i all evighet, illegaliteten Så småningom skulle han komma att bli avslöjad och ivägskickad till något läger där han långsamt skulle gå under. Anmäld av någon avundsjuk granne, någon i byn. Om inte myndigheterna ändrade sig, gav amnesti eller mildrade straffen för de flyktingar som blev påkomna, så att de fick stanna. Det kunde man aldrig veta. De behövde helt enkelt mer tid i väntan på nya och bättre tider, nya och bättre besked.

Han hade sträckt ut armen och tänt sänglampan, som spred sitt rosa ljus över dem. Med huvudet i handen iakttog han henne. Bryskt drog han ner täcket och lade sin hand på hennes mage. Så stor hans hand var, den täckte nästan hela hennes mage. Hon var smal och bräcklig, men han visste att det fanns styrka därinne.

– Älskar du mig? frågade hon.

Han såg in i hennes ansikte. Det var öppet och oförställt, ögonen var klara och munnen sluten. Hon väntade på hans svar.

– Det är inte så enkelt, sa han och visste att det var fel svar. Hon väntade sig något annat. Han förde sin hand upp mot hennes hals.

– Ja, jag älskar dig med hela mitt hjärta och hela min kropp. Jag vill ha dig, vara nära dig.

Det var sant. Han älskade henne. Men det var också sant att det inte var så enkelt. Han böjde sig över hennes ansikte. Hon hade vänt sig ifrån honom nu, mot väggen, hon stirrade in i den med öppna, torra ögon. Kinderna hade fått en lätt färg, hårt flöt ut över kudden och doftade svagt. Han sökte med läpparna över hennes kind och drog hennes ansikte mot sig. Han ville inte prata mer i natt, inte om framtiden i alla fall. Det viktigaste var ändå sagt.

KAPITEL 37

Under cykelturen genom natten tänkte Bosse på Farid. Det var tungt att trampa och han flämtade med Sonjas armar om midjan. Hon gnolade svagt på någon gammal visa och hade lagt sin kind mot hans rygg. Skulle han rapportera om Farid och Costas? Han tyckte inte om Farids blickar på Sonja. Bra om han försvann. Men Farid verkade ju ha fullt upp med Lena, de två var heta, det ångade om dem. Kanske bättre att vänta tills Farid väl hade gett sig iväg, så behövde han inte blanda in Lena och Ove. Berätta om flyktvägen, så att militärpolisen satte upp ett bakhåll, en fälla. Ja, det var nog bäst. Han log belåtet vid tanken. Han skulle få pluspoäng och göra ett kliv uppåt i karriären. Hans funktion som informant och spion hade inte gått så lysande på sistone. Han hade bara kunnat rapportera om några smugglingstillfällen och om bönder som sålde svart ur sina magra förråd till hungriga flyktingar och andra som tiggde om litet mat. Han hade förresten själv lagt en del av sin lön i svarthandeln. Anmälningarna hade lett till att några åkte dit och fick böta. Med det här tipset skulle han få nya möjligheter. Kanske till och med en tjänst vid Säkerhetstjänsten? Alla visste förstås numera att det fanns en informant i byn, men ingen visste vem det var. Det hoppades han i alla fall. Folk hade kanske sina aningar, han for ju runt med Ulf i gårdarna och såg och hörde en hel del. Men ingen hade visat eller sagt något om att de misstänkte honom, så han gick fri.

De var framme vid byvägen och Costas hoppade av cykeln och lämnade över den till Sonja.

– Tack, det var snällt.

– Vi ses snart och hjälper er med flykten, sa Bosse lågt. Du och Farid får avtala tid med Lena.

De vinkade farväl och vände cyklarna hemåt. Costas gick försiktigt hukande vidare i dikeskanten. Han tyckte inte om att gå på vägen. Han syntes så tydligt och brukade för det mesta försöka ta sig fram på mer skyddade stråk.

Sommaren fortsatte att vara varm och torr. Åskvädren hade blivit fler och kraftigare och störtregnen kunde orsaka skada när de väl kom. Men vallen växte och blommorna de hade planterat lyste nu i mångfärgade fält. Köksträdgården frodades, tack vare hårt arbete med bevattningen. Sonja njöt av sin trädgård, hon vandrade runt i den innan hon gick till arbetet tidigt på morgonen. Hon släppte ut hönsen som kacklande hälsade på henne. De fick mat. Hela världen var tyst och stilla och nattens dagg dröjde sig kvar. Det var som ett underverk, tyckte hon, när dagen föddes på nytt och på nytt, som en gåva. När solen kom högre upp på himlen vid middagstid kunde den kännas som heta piskrapp. Då ville hon helst inte vara ute. I städerna blev värmen svår, där var nätterna andningspauser inför nästa dags hetta. Hon var glad att de bodde här nu och att de skapat ett nytt liv omkring sig, ett liv som var drägligt. Värmen kände de mindre av här, där den vidsträckte rymden och träden hjälpte till att skapa svalka. I huvudstaden bodde föräldrarna i hennes lägenhet och verkade klara sig bra trots hettan. De pratade då och då i telefon, skickade meddelanden, foton och berättelser om vardagen.

Smittan hade lagt sig under sommaren, men de fick ännu inte resa ut. Förnöjsamma som de var njöt de av att kunna skapa sig ett sommarland på balkongen, under en parasoll. De gick sällan ut, oron och otryggheten var stor på gatorna. Som pensionärer hade de sin trygghet i lägenheten och med grannarna. De fick hjälp med inköp ibland, annars klarade de sig själva. Sonja saknade dem och bästa väninnan, som också hade blivit kvar i staden med sin familj. Hon hade fött ett barn efter många försök på en klinik och hon och hennes man befann sig i en bubbla av lycka mitt i det hårda och mödosamma livet. Ett barn var högt skattat i samhället och barnfamiljer behövde inte lida brist på något.

Här, i sitt nya lantliga liv, hade hon Siv, som hon såg som en vän, och så Lena, i torpet i skogen. Bosse, ja han också. Hon kunde inte tänka sig livet utan honom nu, det skulle bli för tungt och ensamt. Han var trygghet och närhet. De hade det fint ihop. De kunde skoja och skratta, dansa och hångla. Han jobbade och slet. Men ibland visade han sidor som skrämde henne. Aggressiv och våldsam, hotfull och bitter för minsta småsak. Som om de tankar som gnagde i honom steg upp i huvudet och kom ut genom munnen. Hans förbittrade, förvridna ansikte. Visst var livet svårt, visst fanns det hot, men ändå. Det hjälpte att hon omfamnade honom, satte sig i hans knä, kysste honom. Han blev lugn och besvarade hennes kyssar, gömde ansiktet i hennes hår. Det var kanske någon skada han hade, något han upplevt? Hon frågade inte. De satt tysta så, med armarna om varandra på stolen i köket, var och en i sina tankar. Han hade glömt oförrätten, vad det nu var, trodde hon. I dessa tider var det en börda att vara långsint. Bättre att glömma och gå vidare, le och vara glad. Stoppa undan de tunga känslorna av sorg och orättvisor.

Hon hade märkt att när hon sjöng högt för sig själv blev hon på bättre humör. Sjöng rätt ut i luften utan att bekymra sig. Lediga morgnar kunde hon ligga i sängen och sjunga sig igenom en gammal sångbok, alla låtar hon kunde i den, medan Bosse sov, eller tyst lyssnade på henne. De hade inga musikinstrument, inte ens en blockflöjt i huset. Ove hade ett piano, det var väl det enda instrument som fanns i byn. Hon ville ta ut melodierna på de låtar hon ännu inte kunde på pianot någon dag och kanske bilda en kör i byn. Tankarna for iväg, hon glömde sin uppblossande känsla av ensamhet när hon sjöng högt för sig själv. Bosse kunde ligga på magen i sängen och snegla på henne. Han ville röra vid henne men avstod. Han ville minnas stunden, morgonljuset, hennes koncentrerade ansikte, den klara rösten när hon sjöng de gamla melodierna och barnvisorna, hennes ivriga och belåtna leende, försjunken i sig själv, som en katt, tänkte han, när hon lade ifrån sig boken, gäspade och spände och slappnade av kroppen med armarna ovanför huvudet, hur brösten förändrades i takt med rörelserna, hur hennes doft nådde honom när hon steg upp, dolde sin kropp i morgonrocken och gnolande försvann in i badrummet.

KAPITEL 38

Från omvärlden kom sorgliga rapporter om fattigdom, död och undergång. Dödsoffren räknades i miljoner men flyktingströmmarna hade sinat, i alla fall de mot Europa. I stället försökte de som överlevt att anpassa sig till ett nytt liv med helt nya villkor. Världens befolkning hade krympt avsevärt, en hel värld sörjde de döda, sorgen fanns överallt, bland dem som överlevt Men det fanns också goda nyheter. Ny teknik kunde erbjuda lösningar som var oväntade och innehöll löften om framtiden. Nya grödor som klarade torkan, artificiell tillverkning av livsmedel som var överkomliga i pris och som kunde skickas vidare till de mest behövande, den nya energin som låg i startgroparna och som skulle revolutionera all energianvändning. En långsam återhämtning var kanske möjlig inom ett hundraårsperspektiv? När krigen tog slut, krigen runt om i världen, där ingen tycktes vinna eller förlora.

Tillverkningen och exporten av vapen hade avtagit när det inte längre fanns någon som hade pengar att betala för dem. Pengar till vapen hade kommit från oljan och gasen, men de energislagen var värdelösa nu. Den energin gick inte att sälja längre, ingen ville eller kunde köpa. Det var förbjudet av världssamfundet, på sikt skulle vapentillverkningen och exporten avstanna helt.

Finanssystemen hade kollapsat med olje- och gasindustrin, aktier sjönk i värde till ingenting och det gick inte längre att investera svarta miljoner i något avlägset skatteparadis eller fly utomlands, för det var likadant överallt. Staten rekvirerade fastigheter och mark för att hysa och försörja de utblottade, med löfte om betalning någon gång i framtiden. Nödlagar, hette det. Alla hade blivit fattiglappar.

I byn var det nya elverket klart. Föreningen hade behövt ta lån av staten för att köpa solpaneler och batterier där de lagrade överskottsel. Elverket var inkopplat på det lokala nätet och gjorde att byn till och med producerade ett överskott av el soliga dagar, när batterierna var fulladdade. På så vis kom det in litet pengar. Men det bästa var att de, i alla fall under sommarhalvåret, inte behövde riskera att vara utan el. På vinterhalvåret räckte solenergin ofta inte till, men vindkraftverken gav en hel del i det blåsiga klimatet. Till nöds fick de elda med veden de samlat och torkat i stora stackar runt om i byn. Det kunde behövas enstaka vindstilla dagar på vintern, när batterierna var uttömda. Men så kom blåsten tillbaka och med den elen.

Det största bekymret var ändå hettan. Av hettan följde torkan, bränderna och matbristen, som var ett problem inte bara hos dem utan i resten av Sverige, Europa och världen. Skulle de få ett överskott att exportera eller skulle allt de producerade bara täcka till den egna befolkningen om ens det? Ingen visste i dagsläget. De levde i osäkerhet, ingenting var självklart, inte ens om det skulle finnas mat på bordet till vintern.

Byrådet hade satt upp en miljötavla i byn. Där fanns alla viktiga uppgifter om byn, antal invånare, elproduktion, elförbrukning, vattenförbrukning, odlingarnas resultat, hur mycket avfall de hade producerat och hur mycket av det de hade återanvänt och till vad.

Varje vecka brukade Ove justera siffrorna när han hade lagt ihop allt som folk hade lagt in i den gemensamma statistiken. Alla begrundade siffrorna inför byrådsmötet. Gick de upp eller ner? Var det bra eller dåligt. Tendensen och prognosen?

Bosse deltog alltid i mötena och hade blivit en stark röst i församlingen men Sonja stannade oftast hemma för att få några timmar för sig själv. Hon tyckte om att lyssna på någon podd eller ett radioprogram och sticka på en tröja helt ensam i huset. Gamla stickade kläder som var för slitna att ta tillvara i återvinningen, brukade Bosse ta hem, om ingen annan ville ha dem. Sonja repade upp garnet och stickade randiga, färgglada tröjor. Enkla modeller i raka stycken som var lätta att sy ihop och lätta att dra över huvudet. Nu stickade hon en till Farid, som han skulle ha med sig när han gav sig iväg. Det skulle bli snart. Farid hade börjat komma och besöka henne när Bosse och Lena var på byrådet och det var tomt i byn de timmar mötet varade. Hon hade inte berättat det för Bosse, hon visste att han var svartsjuk och irriterad på Farid. Sonja och Farid fick ett par timmar tillsammans, ett andrum. De kom varandra nära i halvmörkret under lampan och kunde vara öppenhjärtiga. Han berättade om Lena, som hade stora förväntningar på honom, som han älskade men skulle lämna. De hade det svårt nu, när både hon och han visste att han skulle ge sig iväg. Hon försökte övertala honom, betvinga honom med argument och kyssar. Tigga om mer tid, att han skulle vänta. Han hade försökt få henne att förstå; att han ville vara fri äntligen, bo någonstans utan att vara rädd för att bli fängslad och deporterad. Han trodde att han skulle lyckas i Norrland. Sedan kunde han komma tillbaka till henne. Han var medveten om hur osannolikt det lät. "Gå då", hade hon skrikit, "gå, ju förr desto bättre". Hon hade sjunkit ihop på köksgolvet, gråtande med ansiktet i händerna. Han försökte tala med henne och trösta, men hon stötte bort honom, så han hade gått ut och huggit ved.

Därför cyklade han gärna till Sonja för att prata med henne om hur han slets mellan önskningarna och besluten, mellan att stanna och ge sig iväg med Costas. Sonja upptäckte att Farid var varm och lyssnande, intresserad av hennes tankar och funderingar, de som Bosse kunde avfärda på sitt bryska sätt. Han lyssnade utan att avbryta henne och kommenterade det hon sagt på sin brutna engelska. De delade varandras hemligheter och brukade omfamna varandra när han skulle ge sig iväg i god tid innan mötet var slut.

Senast hade hon tryckt sig mot honom och dragit med handen genom hans hår. Hon var inte kär i honom, men hon var attraherad. Han hade dragit sig tillbaka och sett på henne, sedan hade han gripit om hennes huvud och de hade kysst varandra, inte som kamrater utan som älskande, omslingrade och koncentrerade. Så hade han gått utan ett ord. Det var ju bara en kyss, men hon visste att det var förbjudet och hon skämdes när Bosse kom hem. Då satt hon lugnt med sin stickning under lampan, medan hjärtat bubblade. Han hängde av sig jackan i hallen, sparkade av sig skorna och gick in till henne

– Hej. Han kysste hennes uppvända ansikte.

– Hur har du haft det? Har du haft besök, lade han till, när han såg att det stod två temuggar på soffbordet.

Sonja reste sig upp som för att dölja muggarna och lade armarna runt honom.

– Hur var mötet? Blev det några bra beslut?

– Ja du vet, det finns många åsikter, men vi kommer framåt. Varje grupp arbetar vidare med sitt och Ove håller i allt med fast hand.

Bosse sköt undan henne och slog sig ner i soffan. Han tittade inuti muggarna, de var båda använda.

– Vem har varit här?

– Farid tittade in en stund. Han brukar göra det när ni har möte, du och Lena. Då är det ju helt tomt i byn. Vi bara pratar litet. Det är roligt att prata med honom.

– Jaha, du.

– Ja vi längtar efter sällskap, båda två.

Bosse satt med benen brett isär och stirrade ner i mattan. Han knöt och öppnade händerna. Var han inte sällskap nog? Han tyckte inte om det, att Farid var här när han var borta.

– Du kunde ju ha berättat det.

– Absolut, han har kommit några gånger bara, jag vet inte när han kommer, han står bara i dörren.

– Och vad pratar ni om då? Vad pratar ni om? Svara.

Rösten hade blivit hög och bröts nästan. Sonja gav honom ett ögonkast, så fortsatte hon att sticka.

– Inget särskilt, om livet, hur det såg ut förr och hur det blivit nu ungefär.

Bosse iakttog henne. Hon fortsatte ihärdigt med stickningen. Han kände sig maktlös Han ville slå undan den där förbannade stickningen ur hennes händer och ställa henne till svars. Svartsjukan slet i honom, men innerst inne ville han inte visa den för Sonja, inte mer än hon redan förstod. Han måste svälja den här skymfen inför henne och inte prata mer om Farid. Han mindes Farids långa blickar på Sonja när de träffades, hans smil mot henne. Den mannen måste bort. Han skulle anmäla honom, anmäla flykten, han skulle bli fångad och deporterad och så var den sagan slut. Nu var beslutet oåterkalleligen fattat och han kände sig bättre till mods, de svarta känslorna sjönk långsamt undan. Han gick ut i köket för att lugna ner sig och dricka vatten. Han stod en stund framför köksfönstret och andades djupt, så gick han in i rummet och satte sig nära Sonja. Han lade armen om henne.

– Du, ska vi gå upp? Jag kan bära dig uppför trappan, det tycker du ju om.

Han vände hennes ansikte mot sig bort från stickningen och kysste henne försiktigt.

– Och klä av dig, det tycker du ju också om, lade han till.

Hon såg på honom. Hon förstod att han försökte dölja sin svartsjuka Det var bra, då blev det ingen scen.

– Ja det tycker jag om.

Sonja lade undan stickningen och sträckte armarna mot honom. Han lyfte upp henne från soffan, hon gömde ansiktet vid hans hals medan han försiktigt bar henne uppför trappan.

KAPITEL 39

Farid cyklade tillbaka till torpet på den extracykel Lena hade skaffat. Han ville vara hemma i god tid innan hon kom. Nätterna hade blivit mörkare nu, nattkylan svepte över hans heta ansikte när han trampade på, utan ljus, han ville inte väcka någon som helst uppmärksamhet. Ett leende drog över hans ansikte. Sonja, lilla Sonja, med det rara leendet och de starka fingrarna, fingrar som hade dragit i hans hår tills hans huvud tvingats bakåt. Han mindes hennes läppar och den långa kyssen. Vad ville hon honom? Han älskade Lena.

Ett möte var inplanerat med Costas, Bosse, Lena och Sonja hos dem i torpet nästa natt utan måne. De skulle gå vidare i sina planer. Costas och han behövde råd och hjälp från svenskarna. Han visste att Lena skulle vara tyst och gå undan under mötet, hon ville inte vara med men han skulle gottgöra henne, försöka få hennes förlåtelse. Han kände att hon inte hade förlåtit honom. Det han gjorde var ett svek, så upplevde hon det.

Nåväl, att kyssa Sonja och tänka på att älska med henne var också ett svek. Han visste det alltför väl. Men det var som om livet krävde det av honom. Han och Sonja hade pratat om det. Livet viskade att det snart skulle kunna vara till ända, hans enda, ömkliga liv som sjöd och brann inne i hans kropp. Han var inte ung längre och farorna var stora. Döden fanns där hela tiden som en följeslagare, han bar alltid döden med sig, liksom alla människor. Men den hade kommit nära, han hade utstått mycket, kämpat hårt, sett många dö. Flykten vidare var nödvändig. Han hade förklarat det för Sonja, hon hade förstått. Döden kom närmare genom flykten, men livet ville det av honom, och han tog allt han kunde få. Flykten till en frihet, möjligheten att skaffa ett liv som en fri, värdig människa. Genom sin vägran att ge upp gav han sitt liv mening och värdighet. Sonja, som förstod honom och som kände som han. Henne ville han också ha, innan det var försent. Han älskade Lena, men livet var starkare, hans enda liv.

När Lena kom hem efter mötet i byrådet låg han i deras gemensamma säng och låtsades sova, men hjärtat bultade så att hon borde höra det, tyckte han. Hon klädde av sig i mörkret och kröp ner och lade sig på sin sida, ytterst så att de inte rörde vid varandra. Så var det nu. Trots deras uppgörelse om att vara ärliga och öppna, kom de inte längre i sina diskussioner. Hon avvisade hans närmanden gång på gång och höll sig för sig själv. Men han ville inte ge upp. Dörren stod öppen till hennes sovrum varje natt, som han hade krävt. "Men vad var det för mening med det", tänkte han. "Hon stöter bort mig. Hon vill inte att jag kommer för nära". Det var bara några veckor kvar tills de skulle ge sig iväg, de fick inte skiljas som ovänner. Han sörjde också, men han var tvingad att ta den här chansen att få ordning på sitt liv. Han vände sig mot henne och lade handen på hennes höft.

– Lena, sover du?

Hon rörde sig inte, hon förblev tyst. Han låg stilla. Plötsligt störtade hela hans situation över honom, som en svart säck, och svepte in honom i ett moln av avgrundsdjup sorg. Det fanns ingen utväg. Han var ensam, som alltid. Han började gråta som ett barn. Alla år av nöd, allt och alla han förlorat, vältrade sig inne i hans huvud. Orättvisorna, hur han fått freda sig och sitt liv. Den otrygga och svåra färden vidare, som han måste våga. Lena, som inte skulle finnas där längre. Tårarna rann av sig själva, och snyftningarna blev djupa och fick honom att skaka. Hulkande satte han sig på sängkanten, med det våta ansiktet begravt i händerna. Det fanns ingen tröst. Snyftningarna var djupa som brunnar och gjorde att han hickade till. Han kände att Lena försökte omfamna honom, hon slet bort hans händer från ansiktet, men han kunde inte se på henne, bara blunda och gråta. Hon kysste hans kinder och började själv snyfta, otröstligt. Hon försökte torka bort tårarna och ville kyssa hans mun, men sorgen hade övermannat honom, det fanns bara sorg för honom nu. Hon tvingade honom försiktigt på rygg och lyfte upp hans ben i sängen, medan han fortsatte att gråta. Han kröp ihop på sidan med ryggen mot henne som om han ville vara ensam med sin sorg. Hon lade sig tätt intill. Snyftningarna började långsamt mattas av till djupa, tunga hulkningar, som skakade hans kropp. Lena låg avvaktande, fastklamrad mot hans rygg, med armen om hans midja. Han tycktes somna till slut. Andningen blev lättare och regelbunden. Hon drog upp täcket runt honom och gick ut i köket för att dricka vatten. Långsamt stapplade hon fram till fönstret och lyfte gardinen. Månen var framme och lyste som en strålkastare över tunet. Allt var stilla, avvaktande, naturen sov. Hon tvättade av sitt ansikte och drack glas efter glas med vatten. Hon hade varit orättvis mot Farid och straffat honom för att han måste ge sig iväg. Hon hade spatserat runt och varit stolt och fjär och inte låtsats om hans försök till närmanden och förklaringar, bara varit kallt avvisande. Till slut orkade han inte mer. Hon förbannade sig själv, sin inskränkthet och okänslighet för hans svåra val. I den nya tiden, som de levde i nu, fanns inte plats för sådant agerande. Det hade de inte råd med, när livet stod och vägde och så lätt kunde tippa över till den mörka sidan, där det inte fanns någon framtid alls.

Farids liv stod och vägde, hon förstod det. Då måste hon hjälpa honom, vad han än beslutade sig för. Så måste det bli. Hon skulle be om förlåtelse. Beslutet lugnade henne och hon gick tillbaka till sängen och kröp ner bakom honom.

Farid vaknade i gryningen med ljuset, efter bara några timmars sömn. Solen bröt igenom bomullsgardinen framför fönstret och gav rummet ett diffust, gyllene lyster. Det var varmt. Lena sov djupt vid han sida. Han kände sig förvirrad, förändrad, lättad. Ögonen var svullna och ville inte öppna sig, halsen kändes skrovlig och torr, som om han aldrig mer skulle kunna tala. Täcket låg på golvet, ändå var hans kropp fuktig av svett. Mödosamt steg han upp och gick ut i köket. Han synade sig själv i spegeln, ansiktet var svullet och rött. Han drack sig otörstig, fyllde tvättbaljan med kallt vatten, så tvättade han snabbt ansiktet och resten av kroppen med en svamp. Han tömde baljan i avloppet och gick tillbaka till sovrummet. I dörren stannade han. Lena låg i sängen halvt på magen, med ena benet uppdraget och sov djupt. Armarna var sträckta framför henne, som om hon sökte något. Hon var så värnlös i sin nakenhet, blottad för hans blickar. Han hade utsatt henne för sorg, men de hade också haft tillfällen fulla av glädje och lycka. Hon hade också varit lycklig. Han betraktade henne noggrant. Han vill pränta in detta minne i sin hjärna, minnet av den solgula, tysta morgonen, hennes ansikte, avslappnat och rosigt, de starka låren, den smidiga ryggen, höftens båge. Andningen, som kom och gick. Hon mumlade något och vände sig mot honom, fortfarande sovande. Han var hög på sömnbrist och känslor, som virvlade runt i hans inre och som han inte riktigt kunde identifiera. Men han kände sig starkare nu. Han gick in och öppnade fönstret så att den friska luften kunde strömma in och gardinen började bölja i draget. Så lade han sig i sängen vid hennes sida och drog upp täcket omkring dem.

KAPITEL 40

Omställningen, systemskiftet, hade tvingats fram till slut, när det var försent. Men då hade det gått fort. Samhället hade börjat krackelera när tillväxt blev nedväxt, förväntningarna inte längre infriades, levnadsvillkoren inte blev bättre och klyftan allt vidare mellan de som hade och de som inte hade. Samtidigt vaknade de auktoritära, patriarkala och rasistiska krafterna. De växte och surfade på en våg av missnöje. Svaret från den gamla demokratin blev att bilda en samlingsregering, där alla partier ingick, även de högerextrema. Genom samling, menade de flesta partierna, kunde man tygla avarterna. Statsministern kom från det största partiet och ministerposterna fördelades enligt partiernas storlek. Enkätundersökningar hölls då och då, men regelrätta val hade inte hållits på flera år.

Den auktoritära staten hade kommit för att stanna. Det fanns motståndsfickor, men dem tog Säkerhetstjänsten hand om. Staten var som en fadershand som tungt hade lagt sig över dem och fördelade de smulor som fanns någorlunda rättvist. Resurser satsades på försvar, utbildning, vård och innovationer.

Sonja tänkte ibland att demokratin fanns i deras lilla by och i tusentals andra liknande sammanslutningar runt om i landet, och i världen. Staten höll sin hand över dem, ja, men de små besluten, de som verkligen berörde alla i byn, där hade staten inget att säga till om. Där bestämde de själva. Samarbete i stället för konkurrens var en klar fördel, det hade många upptäckt vid det här laget. Ingen lämnades utanför, åt var och en efter behov, av var och en efter förmåga, den tesen tillämpades utan att någon funderade särskilt på saken. Byn betalade in eventuella överskott i skatt till staten för det gemensamma och de som hade betalt arbete betalade skatt som vanligt.

Sonja tyckte om att filosofera och fundera, men det var Bosse som var filosofen i familjen. Han hade inte tid att filosofera nu för tiden. Hon visste att han trivdes med det nya livet, fast det var fattigt. Han kom till sin rätt, tyckte hon. Och hon hade också anpassat sig till sitt liv, fast det var tungt med djuren och odlingarna. Hon tyckte om sin nya, starka kropp. Och Bosses. Hon tyckte om Bosses kropp. Han hade blivit stark, en senig man med bestämda steg. De passade bra ihop i det nya livet.

Snart skulle de ha ett möte och planera flykten med Farid och Costas. Hon såg fram emot att träffa Farid igen. Hon ville vila ögonen på honom, kanske komma åt att vidröra honom. Tanken gjorde henne upphetsad, det erkände hon för sig själv, och skämdes. Farid och Lena var ihop. Han skulle snart ge sig iväg. Varför då tänka på att smeka och kyssa honom? Idag skulle hon arbeta hårt hos Siv så att hon var genomtrött i kväll och inte orkade tänka varken på det ena eller det andra. Och sedan skulle han ju vara borta. Hon kände i sin kropp fortfarande Bosses varma händer från den gångna natten, hur han tycktes vilja älska bort sin svartsjuka och visa henne att hon tillhörde honom. Sätta sin stämpel, tänkte hon. Ja, ja hon tillhörde honom, hon ville tillhöra honom. De hade sovit som döda i varandras armar, tills klockan ringde.

Hon reste sig från yttertrappan, där hon suttit, och gick ut genom grinden och bort till Siv och dagens arbete.

KAPITEL 41

När nästa åskväder kom, framåt eftermiddagen, passade Farid på att testa sitt vapen. Lena satt i sovrummet och arbetade med en översättning, han höll på att snickra stolpar i vedboden till staketet, som ännu bara var halvfärdigt, runt köksträdgården. Han hade gått in och frågat om hon var rädd och ville ha sällskap, men det var hon inte, sa hon. Så han gick tillbaka till vedboden, letade fram sitt vapen i gömstället och vecklade upp duken det låg i, tillsammans med några förpackningar ammunition, magasin med åtta kulor i varje. Vapnet luktade av fett och krut. Han kontrollerade den manuella säkringen och vägde prövande vapnet i sin hand. Det kändes tungt och svalt. Han borde vänja sig vid det inför flykten, så att han skulle våga skjuta, om det behövdes. Vid nästa åskknall stod han beredd vid sidan om stigen mot sjön, en bit in i skogen, och sköt samtidigt som knallen kom. Han hade siktat mot en björk cirka hundra meter bort och han såg barken fläkas upp. Regnet började samtidigt slå ner i marken i tunga droppar. Han blev sakta våt, men brydde sig inte. Han väntade på nästa knall och blixten, som fräste till inte långt bort, kanske i sjön. Ännu ett skott ekade. Det gick bra, han siktade och träffade. Han bestämde sig för fem skott, mer än halva magasinet och väntade på nästa knall. Han höll armen utsträckt framför sig, med vapnet i sin starka, brunbända hand. Den darrade inte. Han var redan genomvåt, håret hängde ner i hans ögon, han strök otåligt bort det. Han siktade och sköt. Och en gång till. Han väntade, men det kom inte fler knallar nära honom. De var för långt bort, nu var det mest muller. Åskan drog vidare, liksom regnet. Plötsligt frös han. Han hade känt sig oövervinnlig med det blanka vapnet, i sig ett tekniskt underverk, i sin hand. Som en härskare, en förtryckare. Förvirrat sänkte han pistolen och började gå tillbaka. Nåväl, han kunde skjuta och var inte rädd. Han smög in i vedboden, torkade av pistolen och svepte i den i sin duk, innan han gömde den bland vedträna. Så gick han in i köket. Inne hos Lena var det tyst. Han tvättade händerna noga för att få bort eventuella krutrester, innan han började skala av sig kläderna. Dem måste han tvätta. Han slängde dem på golvet och tog en torr handduk och började torka sig.

– Så våt du har blivit, låt mig hjälpa dig.

Lena hade kommit ut från sovrummet. Hon tog handduken ifrån honom och började hårdhänt torka hans kropp. Hon började med håret ansiktet, nacken, bröstet. Han tyckte om det och vände sig villigt så att hon kom åt hans rygg. Hon satte sig på huk och började torka hans ben, då lutade han sig över henne och drog upp henne från golvet. De tittade tysta på varandra. Visste hon vad han hade gjort? Hade hon sett och hört? Utanför hade regnet tagit ny fart. Åskan tycktes vara på väg tillbaka. De släppte inte varandra med blicken. Hennes ögon fylldes långsamt med tårar. Ja, hon hade hört något, hon visste kanske rent av. Hon stod passiv framför honom.

– Vem ska du skjuta med pistolen, frågade hon.

Han tog ifrån henne handduken och ville omfamna henne, men hon sköt honom ifrån sig.

– Vem, för helvete, svara, röt hon darrande och röd i ansiktet. Tårarna hade börjat rinna.

– Snälla Lena, lugna ner dig, jag ska förklara.

– Du ska inte säga till mig att jag ska lugna ner mig, vrålade hon.

Hon torkade tårarna med handen och stirrade på honom.

– Vem är du egentligen? Jag vet ingenting. Vad har du gjort? Vem har du skjutit?

– Lena, jag ska bara klä på mig, är det ok?

Han kände sig värnlös där han stod naken framför hennes ljungande ilska. Han hade aldrig sett henne sådan. Han gick in i sovrummet och drog på sig kalsonger, ett par jeans och den grå stickade tröjan som Lena hade köpt till honom i återvinningen. Hon hade satt sig vid bordet när han kom tillbaka, som om hon inte orkade stå. Han satte sig mitt emot.

– Lena, jag har aldrig skjutit någon. Jag har skjutit för att skrämmas, i luften, jag har hotat, men aldrig skadat någon. Du måste tro mig.

Hon såg på honom med förakt.

– Du kommer hit, en främling, jag ger dig vänlighet och halva min ranson mat, bokstavligen halva min ranson. Jag ger dig kärlek och förtroenden. Jag tar risker. Så får jag höra av en slump att du ska ge dig av. Bara lämna mig. Idag får jag se dig komma i regnet md en pistol i handen. Jag hörde skotten i skogen. Det är som om du undgår mig hela tiden, jag kommer bara åt ytan, den du vill visa, inte det andra, som måste finnas där under, den du verkligen är.

Hon stirrade på honom. Hon grät inte längre, hon var arg.

– Lena, vad vill du veta? Ja, jag har hotat människor, annars hade jag aldrig lyckats fly och komma hit. Jag har skjutit för att skydda mig själv. Pistolen är nödvändig. När jag lyckades köpa den kunde jag fly från lägret. Ni här i Sverige förstår inte hur det är att leva i de där lägren ute i Europa. Det är en kamp på liv och död, särskilt för ensamma män.

Han tystnade.

– Jag och min fru, vi fick ett eget rum. Men när hon drog med en annan man, som hade bättre framtidsutsikter, hamnade jag bland de ensamma männen. Det var som ett fängelse, fast det fanns inga vakter utan den starkaste bestämde. Jag fick freda mig, min kropp, mitt liv. Förstår du?

Han reste sig och tog fram en flaska vin ur skafferiet, ställde fram två glas och hällde upp.

– När jag tänker på det så … nej jag vill inte tänka på det. Men vill du veta detaljer ska jag berätta. Pistolen är min livförsäkring. Jag sköt några skott idag för att se om jag fortfarande vågar skjuta, om jag kan. Jag vill inte använda den men jag gör det om jag måste.

Han tystnade och hämtade andan och kastade en blick på henne. Hennes ansikte var tomt nu, vreden hade sipprat bort.

– Hos dig har jag fått vänlighet, värme, mat, ett liv som är äkta, en kärlek som är äkta. Du vet att jag vill komma tillbaka när jag fått papper. Det kommer att gå. Då ska vi fortsätta bygga på torpet, odla upp, leva ett vanligt liv, utan att jag behöver gömma mig. Vi är lyckliga nu Lena, vi kan bli lyckliga igen.

Åskan hade försvunnit för gott och regnet upphört. Det ljusnade i köket. De smuttade på vinet.

– Jag har märkt att du har snokat runt bland mina grejor. Mina lådor med brev och fotografier, min dagbok har du tummat på. Du har undersökt allt som är mitt. Varför har du gjort det? Vad vill du veta? Du hade kunnat fråga. Jag har inga hemligheter, men du, du tycks ha hemligheter.

Farid tömde glaset. Det såg inte bra ut. Han framstod som en sjaskig snyltare.

– Ja, det har jag gjort. För att få kontroll, skulle jag tro. Kontroll över min omgivning. Det sitter i ryggmärgen, efter att ha levt under press och hot i åratal. Jag ångrar det nu. Jag vet ju att du aldrig skulle förråda mig, aldrig ange mig. Hos dig är jag trygg. Älskade vän.

Han sträckte ut sina händer mot henne, men hon drog sig undan. Hon var trött. Hon kände att hon ville tänka igenom vad han sagt. Vänja sig vid vad han sagt.

– Jag går in och lägger mig en stund.

Han reste sig och ville följa med in i sovrummet.

– Nej ensam.

Hon lät dörren stå öppen. Efter en stund hörde han att hon hade somnat. Han drack ett glas till, så ställde han undan flaskan i skafferiet och gick ut. Luften var frisk och ren efter regnet. Han ville fortsätta sitt arbete med staketet och gick mot vedboden. Under fötterna kände han det våta gräset, vinden smekte hans varma ansikte. I huset fanns Lena, som han älskade innerligt. Hon skulle förstå, förlåta. Livet kom till honom i starka vågor nu. Han måste försöka bli fri, få ett värdigt liv. Han lade sin solbrända hand mot vedbodens dörr. Den var skrovlig och sliten och behövde målas. Det skulle han inte hinna Han drog prövande handen längs plankorna. Snart skulle dörren bli solvarm igen. Han tittade på sin handflata, som hade blivit röd av den porösa färgen, så gick han in och stängde dörren.

KAPITEL 42

De hade bestämt att vänta till nästa nymåne för planerings-
mötet hos Farid och Lena. Under fullmånen var ljuset obeveb-
ligt. Costas skulle komma, men Siv och Ove visste ingenting om
den planerade flykten. Det var bäst så tyckte Farid. Ove var inte
riktigt att lita på, han skulle kunna ange dem, trodde han.
Att fly med bil var inte att tänka på. Dels måste de hyra bil
och berätta vart de skulle åka och varför, dels fanns det vägspär-
rar med beväpnad polis på alla vägar. Det fick bli cykel. Bosse
hade börjat bygga om begagnade cyklar till små elverk med sol-
paneler och laddbara batterier, som drevs av pedalerna och som
hade allehanda andra finesser. Cyklarna var populära i bygden.
Man kunde ladda sin mobil och andra elprylar med cykeln och
använde den som ett reservbatteri. Nu hade han just en sådan
cykel färdig, men i stället för att skicka den till försäljning i den
gemensamma butiken i stan, tog han med den hem. Costas skulle
kunna ha den, Farid hade redan en cykel hos Lena. Bosse skulle
se över också den så att den blev tiptop inför den långa cykel-
färden norrut.

De tog med den renoverade cykeln när de cyklade till torpet
den avtalade natten, så att den skulle finnas på plats. Vägen låg
i mörker, som det var tänkt. Det kändes att sommaren andades
sina sista heta suckar. Luften var fortfarande varm och doftade
av skog, torra träd och avlägsna skogsbränder. De cyklade sakta
och tyst. Sonja tänkte på det kommande avskedet av Farid. Det
var sorgligt att han måste ge sig av. Lena skulle bli ensam. Hon

hade pratat med Bosse om att de måste hjälpa Lena. De visste att vintrarna fortfarande, då och då, kunde bli kalla och snörika på det småländska höglandet. Hela vintern ensam i torpet, utan vatten inne, det skulle bli tufft för henne. Sonja skulle vilja föreslå att Lena kunde komma och bo hos dem ett tag under de mörkaste vintermånaderna. Men det ville hon vänta med, avvakta och se hur det gick. Kanske kunde Ove också hjälpa Lena? Eller någon annan i byn. Lena var hennes vän, ändå gick tankarna till Farid igen. Hon tyckte om att tänka på honom, hans resliga gestalt, det orediga lockiga håret, hans vackra fylliga mun. Hon hade inte träffat honom ensam sedan kyssen. De hade setts i Lenas trädgård alla fyra. Då hade de utväxlat några leenden, ingenting mer. Han hade inte rört vid henne. Han hade inte heller kommit till henne under det senaste byrådet, hon hade väntat på honom hela kvällen. Bosse hade kommit hem ovanligt tidigt och tittat undersökande på henne. Nej, hon hade ingenting att dölja. Han hade inte sagt något utan kramat henne som vanligt.

De närmade sig torpet, som låg mörkt och tyst som vanligt. Medan Bosse satte in den nya cykeln i vedboden, knackade Sonja på dörren och gick in. Hon stängde den snabbt bakom sig. Innanför dörren stod Farid, som om han väntat på att hon skulle komma.

– I natt, kan vi ses i natt, viskade han.

– Ja, kommer du till mig?

– Jag är i din trädgård efter mötet.

Så vände han sig om och gick in i köket. Sonja stod kvar som förstenad. Det hade hänt så fort och oväntat att hon trodde att hon hade missförstått det hela. Hon letade efter honom med blicken, han vände sig om och nickade. Jo, det var avtalat.

Hon vände sig mot väggen för att dölja sitt leende när hon krängde av sig jackan. Han hade inte glömt, de skulle äntligen träffas ensamma igen. Hon kände glädje och förväntan skölja genom kroppen. Just då stövlade Bosse inte genom dörren och

ropade hej. Costas, som satt vid bordet, tittade upp och nickade.
Farid stod vid diskbänken och bryggde te. Han tittade också upp
och nickade, så återgick han till tekannan. Lena kom ut från
sovrummet, hon hade sovit en stund inför mötet. Nu fäste hon
upp sitt långa hår i en slarvig knut och log mot Sonja och Bosse.
Hon stoppade ner skjortan, som glidit upp och satte på sig skorna
för att gå ut till dasset innan mötet började. Bosse följde henne
med blicken. Så hon skulle bli ensam. Med ens tyckte han att det
var sorgligt.

Farid dukade fram muggar och några smörgåsar han hade gjort
i ordning. De satte sig och läppjade på teet. Lena kom tillbaka och
bad Costas och Farid berätta hur de tänkt sig sin flykt. Bosse hade
hittat en detaljerad papperskarta över Sverige bland allt bråte i
återvinningen. Nu tog han fram den och vecklade ut den.

– Vi är här, sa han och pekade.

De studerade kartan. Sverige var ett avlångt land. Det var
många mil att trampa.

– Jag tror på norra Dalarna, kanske Härjedalen eller Jämtland,
började han och pekade ut de olika landskapen. Jag tror det kan
finnas chanser där, i inlandet.

De nickade.

– Jag har en kamrat som bor i närheten av något som heter
Hede, i Härjedalen, sa Costas. Jag har hört mig för med honom.
Han tror han kan hjälpa oss, att stanna där eller ge oss av vidare.
Det är ett mål.

– Han har fått alla papper, han är grön numera, lade han till.
Det ordnade sig för honom till sist.

Det verkade hoppfullt. Nu hade de alltså ett mål. De bestämde
att rutten skulle gå via Jönköping mellan de två stora sjöarna och
sedan rakt norrut genom Dalarna till Härjedalen. På småvägar.
I och för sig var trafiken inte tät numera, men det var bäst att
vara försiktig.

Costas hade fått ett tvåmanstält av Siv, han hade inte kunnat

179

låta bli att berätta för henne. Hon var hans räddande ängel, hans vänliga själ och hade lovat att tiga för Ove och alla andra. Han hade även fått en sovsäck och ett litet elkök, som de kunde ladda med cyklarna. Tallrikar, muggar och sådant skulle hon också ordna. Ove märkte inte om något försvann ur förråden, de hade stora utrymmen som var fulla med grejor. Siv skulle dessutom packa en rejäl matsäck åt dem båda.

– Bra, då ska jag sätta ihop en reparationslåda till cyklarna och kanske extra däck och slangar, om jag får tag i några som är i bra skick, sa Bosse.

– Vi har en sovsäck du kan få Farid, och ett liggunderlag, sa Sonja lågt.

Lena satt som vanligt tyst. Hon hade ingenting att säga om flykten, hon ville inte tala om den, inte veta. Men hon ville känna till vilken natt de skulle ge sig iväg. Det hade hon sagt till Farid. Hon ville inte vakna en morgon och vara ensam i sängen, ensam i torpet igen. Hon ville förbereda sig. Nu skulle hon helst vilja hålla för öronen, för att slippa höra om förberedelserna, men det hade sett konstigt ut.

Kläder var inga problem, det hade de själva, liksom cykelväskor och spänntampar. Men de behövde pengar. Kontanter.

– Vi kan be Ove om kontanter, så swishar vi honom tillbaka, sa Sonja.

– Jag tänkte också be Ove. Men det verkar kanske misstänkt? Nej, jag åker till stan och tar ut pengar i morgon, om det finns en bil att hyra. Annars nästa dag.

Äntligen sa Lena någonting. Farid tittade på henne. Det var som om Lenas bekräftelse för gott cementerade deras beslut. Det hade blivit verklighet av alla deras planer, det var oåterkalleligt. Nu kunde de börja packa sina cyklar. Costas skulle komma till torpet och packa sina grejor litet i taget, kväll efter kväll. En natt, mycket snart, skulle de ge sig av. De skulle cykla på nätterna och sova på dagarna

Lena märkte Farids blick och log ett blekt leende, som han besvarade. Ja, nu var det dags. Han reste sig upp.

– Är vi klara för i kväll? Resten kan vi kanske ta senare? Jag och Costas ses snart igen.

De andra reste sig också. Farid gick fram till Lena.

– Du jag följer Costas en bit. Jag kommer snart tillbaka.

Hon nickade och gäspade. Ja, hon ville sova. Sömnen skulle hjälpa henne att stå ut dessa dagar, när hon bara gick och väntade. Vilken natt skulle det bli? Vilken morgon skulle hon vara ensam? Därför var nätterna dyrbara, deras nätter. Men de hade också morgnarna och dagarna, orörda för sig själva. I natt ville hon sova. När Farid kom hem skulle han lägga sig intill henne, som han brukade.

KAPITEL 43

Bosse och Sonja cyklade iväg, men Costas och Farid promenerade. Farid tog sin cykel med sig, så att han snabbt kunde komma hem igen.

Vid byvägen tog de avsked. Farid väntade en stund, så gick han mot Sonjas hus, satte sin cykel i skuggan av ett träd och hoppade vigt över grinden. Han gick in i skuggorna och väntade på att hon skulle komma ut. Han kände sig ivrig och förväntansfull, det förestående mötet triggade honom, fick livskänslan att bli intensivare. Han levde ännu, ja han levde. Men han ville inte älska med Sonja, bara se på henne, säga farväl. Han ville vara trogen mot Lena, hans kärlek till henne fyllde honom med värme.

Luften var tung av lövkojornas doft och han strök med handen över blommorna och bladen, som var våta av nattens dagg. Han slickade vätan av sina fingrar och drog dem igenom håret. Han ville omfamna natten, han ville dansa. Månskäran visade sig som ett löfte på himlen. Han såg upp mot den och molnen som drog förbi. Någon enstaka stjärna lyste och blinkade mot honom. Så hörde han att dörren öppnades och han vände sig om. Sonja kom springande nerför trappan i en fladdrande morgonrock, under den var hon naken. Hon såg honom inte utan stod villrådig, så gick hon sakta ut i mörkret utan rädsla. Hon blev våt om fötterna av daggen. När ögonen vant sig vid mörkret såg hon att Farid stod en bit bort, vid hallonhäcken och väntade. Hon gick emot honom.

Det hade inte varit svårt att övertala Bosse att gå och lägga sig direkt efter cykelturen, medan hon tog en hastig dusch. Med darrande händer hade hon klätt av sig och gått naken in i sovrummet med sina kläder på armen. Han hade redan somnat. Hon släckte sänglampan, lade sina kläder på stolen, tog på sig morgonrocken och smög nerför trapporna och ut genom ytterdörren. Kroppen var tung av förväntan och längtan. Det var som om ingenting kunde hindra henne. Hon tänkte inte, hon andades inte, hon ville bara känna honom.

Han kom emot henne och hon ville genast kyssa honom. Han ville först inte besvara kyssen, men gjorde det ändå. Så drog han sig undan, fattade tag i hennes händer och höll henne ifrån sig. Han tittade på henne.

– Nej Sonja, jag vill bara se på dig, och säga adjö. Snart ger jag mig iväg och jag får kanske aldrig se dig igen.

Hon stod handfallen. Hon tyckte att hennes kropp skrek rakt ut i natten, efter honom.

– Du har betytt mycket för mig Sonja. Vi har haft fina samtal. Du hjälpte mig att fatta mitt beslut att fly vidare. Jag vill tacka dig för det. Tack Sonja. Vi har ju inte haft så många chanser att träffas i enrum, därför är jag här.

– Jaså, jaha, tack då så jävla mycket, fräste hon och slet sig lös och drog ihop sin morgonrock. Tack och adjö.

Hon vände sig om och skulle gå in. Ilskan sjöd i henne. Han hade lurat henne, hon hade gått som ett fån och trånat efter honom.

Farid fick tag i hennes arm

– Stanna Sonja, sa han vädjande.

Hon vände sig om.

– Jag har varit otydlig, sänt dubbla signaler. Ja, jag har tittat på dig med åtrå ibland. Jag har velat smeka dig, du är vacker Sonja.

Hon såg på honom. Vad hade hon förväntat sig? Ett himlastormande kärleksmöte i trädgården? Varför var hon så tänd på honom? Han var ju bara en man, en man bland andra män. Hon samlade ihop sig inför hans blick.

– Ja, du har rätt. Det blir bäst så här, sa hon avmätt.

De såg på varandra.

– Adjö då Sonja.

– Adjö Farid. Adjö.

Hon stod tyst. Hon ville inte släppa hans händer.

– Adjö Farid, sa hon igen.

Hon kunde inte säga lycka till, det lät banalt. Han var inte banal, han var allt annat än banal. Han släppte henne och gick mot grinden, hoppade smidigt över den och försvann in i skuggorna. Hon hörde hur han drog fram sin cykel och cyklade iväg, ljudet av däcket mot gruset försvann sakta. Så blev det tyst.

Hon stod kvar i den fuktiga morgonrocken. Sakta gick hon genom gräset, uppför trapporna och in i huset. Hon satte sig vid köksbordet. Hon var innerligt trött, trött på sig själv, på sitt liv, på det fattiga hårda livet, utan ljuspunkter. Farid hade varit en ljuspunkt för henne. Hon hade njutit av hans sällskap och kråmat sig inför hans blickar. Kanske skrattat överdrivet och mycket. Rört vid honom som av en slump och nu var han borta. Ljuspunkterna, den lilla lyxen, livets små tomtebloss, som kunde hålla vardagslivet stången. Allt det var borta. Kyld champagne, halstrade pilgrimsmusslor, en exklusiv parfym, dyrbara och bekväma kläder. Musik ja, men aldrig levande musik. Vacker konst, ja men bara i datorn. Skönhet saknades i hennes, i allas liv. Farid hade varit skönhet för henne. Hans ansikte, hans gestalt. Nu skulle hon bara glömma honom.

Resignerat gick hon uppför trappan med tunga steg och in i sovrummet. Hon slängde morgonrocken på golvet och kröp ner och lade sig bakom Bosses rygg. Hon smekte den försiktigt. Han vaknade inte, men grymtade litet. De måste skapa skönhet tillsammans, hon och Bosse. Skönhet och glädje. Hon skulle titta på honom och se att han var vacker. Hon visste att hans händer var varma och generösa. Hans mun och ögon. Nu måste de tillsammans bygga sin vardag vackrare och gladare. Hon skulle börja planera för det. Blommor överallt ... Hon somnade mitt i tankarna.

Farid cyklade snabbt tillbaka hängande flämtande över styret. Inne i huset var det tyst och mörkt. Han tog fram den öppnade vinflaskan, fyllde ett glas och gick ut och satte sig på trappan. Han ville njuta av nattens hemliga sus, av stjärnhimlens oändlighet och av att känna hur blodet rusade runt i kroppen. Snart skulle han vara på väg till någonting nytt, en ny möjlighet, en chans att verkligen bli fri. Den fuktiga natten började bli kall och han gick in och satte sig vid bordet i köket. Han hörde att Lena rörde sig i sovrummet. Så kom hon ut och slog sig ner. Hennes mörka hår låg över axlarna och kinden var märkt av kuddens veck. Hon svepte morgonrocken om sig.

– Var har du varit?

– Jag har varit hos Sonja för att ta adjö. Jag ville göra det i enrum. Nu har jag gjort det.

– Sonja?

– Ja, hon hjälpte mig, vi hade fina samtal, då när du ... när vi inte kom vidare, när vi inte pratade så bra du och jag. Hon är mjuk och förstående.

– Ja jag tycker också om henne.

Det blev tyst.

– Jag har sett hur hon har tittat på dig Farid och du på henne. Jag har känt mig obekväm, olustig, men jag har inte velat säga något.

– Ja, det är sant. Det har funnits en spänning mellan oss. Jag vet inte varför den uppstod. Det var kanske innan du öppnade dörren för mig. Men nu är det uppklarat. Det finns inget sådant kvar.

Lena förstod att hon måste fråga. Hon tvekade, gruvade sig.

– Har du legat med henne?

– Nej Lena, jag har kysst henne, ingenting mer. När det blev så rörigt, jag tycker inte om det. Allt ska vara utrett innan jag ger mig iväg. Nu är allt utrett. Sonja är min vän. Du är min älskade.

Lena satt tyst. Det var säkert sant, det han hade sagt. Hon orkade inte bry sig mer, inte om kyssar, inte om blickar.

Han sträckte sig efter henne över bordet.

– Kom, vi går in och lägger oss. Vi är trötta.

De gick in i sovrummet, han fick snabbt av sig kläderna, lade sig i sängen och sträckte ut armarna efter Lena, som drog av sig morgonrocken och lade sig tillrätta i hans famn. Han omfamnade henne som en båt, en båt ute på havet, tyckte hon, hans famn var varm och han vaggade henne sakta. Han började sjunga en vagg-visa på arabiska, med sin mjuka, mörka röst. Hon visste inte vad orden betydde men hon tyckte om det. Ja Farid hade blivit hennes livs kärlek. Snart skulle hon leva utan honom. Hon slöt ögonen.

– I morgon, är det öppet i kyssbutiken i morgon, viskade han.

Det var ett skämt hon brukade ta till, att kyssbutiken var stängd, när hon ville vila sig från hans kärlek.

– Ja den öppnar i morgon.

Han log i mörkret och fortsatte att vagga henne och sjunga tills han märkte att hon somnat.

KAPITEL 44

Dagarna fortsatte att vara torra och varma. På kvällarna vattnade Sonja och Bosse grönsakslandet med vatten från regntunnan. När det tog slut var de tvungna att ta vatten från den egna brunnen, men det gick bra, den sinade inte, utan de kunde fortsätta vattna och ändå fanns det vatten kvar för andra behov inne i huset.

Sonja hade börjat gå till Siv oftare, inte bara de två dagar som hon fick lön för. Hon tyckte om att vara med Siv och med djuren och lärde sig hela tiden något nytt och användbart. Tankarna på det som hänt några nätter tidigare sköts i bakgrunden. Det ville hon glömma och det verkade inte längre viktigt. Inte i jämförelse med att ta hand om korna, kalvarna, lammen och fåren. Det var skördetid och det fanns mycket grönsaker att skörda. Sonja njöt av att plocka tomaterna och gurkorna, både hos Siv och i den egna köksträdgården. Detta var det riktiga livet. Det stora jobbet skulle bli att ta tillvara allting, de stora skördarna som mognade och snart skulle vara färdiga. Siv skulle hålla några föreläsningar om det, efter byrådet, för dem som ville, hur man bäst förvarar sina grönsaker och frukter på olika sätt så att de räcker över vintern. Det ville Sonja lära sig mer om. Hon var febrilt upptagen av alla göromål i sitt trädgårdsmästarliv och av att tillsammans med Siv besöka djurbesättningarna i byn för att övervaka djurens hälsa. Hon brukade föra anteckningar på kvällarna över det som hänt under dagen och vad hon lärt sig, i särskilda anteckningsböcker, som hon kallade "mina universitet".

Farid och torpet i skogen tänkte hon inte längre på så ofta.

187

Hon och Bosse hade inte varit där på besök sedan mötet om flykten. De hade lagt ut nät någon gång, men hållit sig undan på dagtid. Det var något outtalat mellan dem, som om de hade en dold överenskommelse, som avhöll dem från att träffa Farid och Lena eller att ens prata om dem.

Tills Siv en dag berättade en hemlighet för henne. Att de hade haft en flykting i sitt hus. Det var därför Sonja aldrig hade fått lov att gå in i deras boningshus. Han hette Costas och nu hade han försvunnit. I morse var hans rum tomt.

– Han var en fin och belevad man, men ganska tystlåten. Han hjälpte till inne i huset under dagarna, men på nätterna var han ute och vandrade i skogen. Jag vet inte vart han tagit vägen. Han planerade för en flykt norrut, så jag hjälpte honom med det. Men jag visste inte när. Han har lämnat ett brev, sa hon.

Hon tog fram brevet ur sin ficka i jackan och lät Sonja läsa det. Han tackade för all vänlighet och hjälp men ville försöka ta sig till en annan plats där han till slut skulle kunna bli en "riktig" människa, det vill säga en legitim människa. Han ville inte leva i det fördolda, skrev han.

Då var Farid också borta! Tanken slog ner i Sonja med en smärta som förvånade henne. Farid hade gett sig iväg, den levande och vackra mannen som hon så gärna hade velat komma nära. Han hade valt att försöka hitta ett nytt liv där han kunde bli fri.

Hon gav tillbaka brevet till Siv.

– Han ville väl vidare, kan jag tänka, sa hon med lätt ton. Bränn det brevet och allting som har med honom att göra. Du vet ju att det blir dyrt om polisen kommer på en med att ha en flykting gömd.

– Ja, Ove tyckte inte om det. Han var ovänlig mot Costas, så Costas kanske kände att han inte var riktigt välkommen hos oss. Och nu är han borta. Det är sorgligt. Vad ska det bli av honom nu? Vi borde ha tagit hand om honom bättre.

Siv rynkade bekymrat sin panna. Hon hade lätt för att ta på sig skulden för allt möjligt, också sådant som hon inte hade något ansvar för.

– Ni gjorde allt ni kunde. Det var strongt. Jag beundrar er för det. Det var ju farligt också.

Sonja trampade otåligt på stället, i väntan på att Siv skulle bli klar med sin självömkan. Hon måste cykla till Lena nu genast, hon måste hjälpa henne. Fråga hur hon mår, om hon behövde något.

– Siv, jag måste hem. Vi ses i morgon. Jag tar en heldag hos er. Hon vinkade och gav sig av innan Siv hunnit avsluta nästa mening.

– Hej då Siv.

Hon sprang in i ladan där hon snabbt bytte om. Väl hemma slet hon ut cykeln ur boden men stannade till. Kanske kunde hon ta med några ägg till Lena? Hon plockade de ägg som fanns i hönshuset, sex stycken, och lade dem försiktigt i en tröja i ryggsäcken. Bosse syntes inte till, hon hade inte tid att varsko honom. Hon trampade iväg, först grusvägen, så in i skogen, in på vägen som ledde fram till torpet. Det tog inte lång tid, men hon tyckte att vägen sträckte sig oändlig framför henne.

Där i gläntan låg torpet i solen. Blommorna som de sått växte höga, grönsakslandet var välskött och färdigt att skörda, klövervallen blommande för en andra gång. Det var en idyll. Sonja kände sig gråtfärdig. Hon ville trösta Lena, men hur skulle hon kunna göra det?

– Lena, ropade hon. Är du här?

Det var tyst. Huset verkade övergivet.

– Lena, jag hörde om Costas, han har försvunnit. Så då är väl Farid …

Hon svalde. Det sista i meningen var svår att säga. Hon ställde ifrån sig cykeln, gick fram till trappan och öppnade ytterdörren. Det var dunkelt inne i stugan, Lena hade inte dragit undan de mörka gardinerna. Ingen verkade vara hemma. Hon kollade snabbt i sovrummet och vardagsrummet, övervåningen brydde hon sig inte om, den hade hon aldrig besökt. Sängen var bäddad, disken stod i stället.

Villrådigt gick hon ut i solen igen och bestämde sig för att vänta. Hon vankade omkring i trädgården ett slag, så satte hon sig på trappan.

– Hej Sonja!

Lena kom gående på stigen från sjön, klädd i svarta shorts och ett ljusgult linne. I handen höll hon en bukett sommarblommor, som hon plockat längs stigen. Sonja reste sig upp. Lena såg avspänd ut och log sitt breda leende. De iakttog varandra. Lenas leende krympte ihop och försvann, och tårarna började rinna längs kinderna.

– Han har gett sig iväg.

De omfamnade varandra. Lena släppte blommorna på marken och klamrade sig fast vid Sonja. Hon ville inte gråta mer. Det kändes skönt med Sonjas varma kropp. Efter en stund släppte hon taget och började samla ihop blommorna hon tappat på marken.

– Sätt dig vid trädgårdsbordet så kommer jag ut med litet vatten. Du verkar törstig.

– Ja, jag råcyklade hit när jag fick höra att Costas var försvunnen.

Lena gick in och kom strax ut igen med en bricka med en vattenkaraff och två glas. De slog sig ner vid bordet, under asken, där de suttit så ofta.

– Hände det i natt? Hur känner du dig?

– Han gav sig iväg. När han hade farit gick jag ner till sjön och lade ut nät. Jag satt hela natten på stranden, tills solen kom fram. Då vittjade jag nätet. Men det blev inte mycket, bara två abborrar, så jag fileade fisken och lade den i kylskåpet. Sen tog jag en promenad i skogen.

Hon talade sakta och sakligt, som om hon var bedövad av

något lugnande medel. Kroppen var stilla, men händerna darrade runt glaset.

– Du måste vara trött och hungrig. Låt mig laga mat till dig, du behöver äta för att hålla dig stark.

Lena tittade upp på Sonja och nickade.

– Du kan kanske steka litet fisk.

De gick in. Sonja drog undan gardinerna och började steka fisken. Lena satte sig vid bordet. Hon måste skaffa sig nya vanor nu, och inte tänka att här satt hon med Farid, för några timmar sedan, utan att den nya vanan skulle kunna vara att här satt hon med Sonja. Hon måste göra om hela sitt liv i torpet. Så att hon kunde sudda bort honom, eller i alla fall få honom att blekna.

– Han har en mobil med kontantkort och har lovat att ringa och sms:a. Men jag kan inte bara leva för hans samtal, jag vill inte ha ett sådant liv. Jag vill också vara fri, som han, sa hon med ett tunt skratt.

De åt under tystnad. Det syntes att Lena var hungrig för hon slök maten och drack glas efter glas med vatten.

– Nu ska du vila dig, sa Sonja moderligt. Kom och lägg dig på sängen ett tag. Jag är kvar här hos dig.

De gick in i sovrummet. Lena sjönk ner på sängen med en suck och Sonja svepte en filt om henne.

– Du är stark. Du har fina minnen av honom. Han kommer tillbaka, sa hon som ett mantra.

Hon smekte Lenas kind, gick ut i köket och började diska och rumstera runt tills hon såg att Lena hade somnat. Hon bestämde sig för att vara kvar tills hon vaknade och ringde Bosse. Han hade också hört att Costas gett sig iväg.

– Ove tyckte det var skönt att bli av med Costas. Så han var rätt nöjd. Men det är ju sorgligt för Lena. Hur mår hon?

– Hon sover. Jag stannar här tills hon vaknar. Jag tänkte be henne komma med mig och jobba med djuren hos Siv. Det är inte bra att hon alltid är ensam här.

Han tänkte att hon var väl beskäftig men sa ingenting. Sonja tyckte om att råda och klappa om folk. Hon var gärna allas biktmoder, allas lilla skuldra att gråta ut mot. Ibland fick han nog av det. Men nu var Farid borta i alla fall. Plötsligt kände han en stark längtan efter henne.

– Älskling, kom snart, jag längtar efter dig, erkände han.

– Jag har förberett en överraskning, lade han till.

Det hade han inte i och för sig, men han kunde säkert komma på något som hon tyckte om.

– Jag kommer om ett par timmar, Vi ses, kyssar.

– Kyssar min älskling.

Han lade på och log för sig själv. I kväll och i natt skulle de fira att rivalen var borta. Han funderade. Överraskningen, hur såg den ut? Kanske ett rosenbad, fylla badkaret med varmt vatten och doftande rosenblad. Hon pratade ju så mycket om skönhet och glädje. Tända levande ljus i badrummet, om de hade några kvar. Han skulle inte själv hoppa i, utan bara låta henne njuta, med tvålen som doftade gott. Och så bära in henne till sängen. Rena lakan så klart. I sovrummet vin och något att äta som hon tyckte om. Färska bär kanske? När han kommit så långt i tankarna insåg han att han hade mycket arbete framför sig. Han måste ju själv också hoppa i badet, nu luktade han svett och smuts. Bli ren så hon ville kyssa honom överallt. Han log. Han visste att det skulle bli bra.

KAPITEL 45

Sonja började känna sig otålig när Lena fortsatte att sova. Hon satte sig med en av böckerna från bokhyllan vid bordet i trädgården och försökte läsa. Hettan var tryckande, även i skuggan. Några mil nordöst om byn brann skogen och som alltid fanns risken att elden skulle sprida sig. Byn hade undkommit hittills, men oron gnagde bakom alla tankar och göromål. De var beredda med en organisation där alla hade en uppgift om larmet gick, tillsammans med den frivilliga brandkåren. Farid och Costas var nu på väg norrut, men deras väg gick längre västerut, väster om branden, trodde hon. Tankarna vandrade hit och dit. Hon kände sig skyldig gentemot Lena, det hade varit dumt att svansa omkring och hoppas på en blick från Farid. Å andra sidan, de var fria människor, de ägda inte varandra.

Bosse ringde och frågade när hon skulle komma hem. Han ville veta för sin överraskning, förklarade han.

– Jag ringer när jag cyklar härifrån, om en timme ungefär.

Hon suckade otåligt. Bosse väntade på henne, hon behövde honom nu, känna hans kropp mot sin. Komma ifrån eländet här.

Hon gick in och skakade lätt Lenas axel. Hon ryckte till och stirrade upp, yrvaken. Sonja såg i hennes ansikte hur det som hänt gled in i medvetandet och fick henne att blekna när hennes värld blev mörk.

– Du, jag lagar en omelett av äggen jag hade med. Det finns potatis så jag kokar litet. Med smör till. Det blir gott. Och sallad från landet.

– Tack, snälla.

Lena reste sig ostadigt och föll Sonja om halsen. Som om hon inte kunde hålla balansen, eller som om hon ville klamra sig fast vid någon.

– Förlåt, det är så skönt att hålla om dig. Så, nu är jag klar. Kramat klart. Inte gråta mer heller, det lovar jag.

Hennes leende spräckte det stela ansiktet. Sonja log tillbaka och drog med handen över hennes kind.

– Jag fixar mat nu. Okej? Sedan måste jag hem. Bosse väntar på mig.

När maten var klar satte de sig vid bordet. Sonja hade dukat upp, det såg gott ut. Solen lyste in i köket, allt var stilla.

– Ja, jag förstår honom. Han vill inte leva gömd, han pratade mycket om det, sa Sonja. Han ville ha ett värdigt liv.

Lena behövde säkert prata om Farid och nu skulle hon få prata. Så Sonja väntade.

– Han ville gå på en gata och titta folk i ögonen, inte vara rädd. Han ville sitta med i byrådet. Han är duktig på att odla.

– Ja, din köksträdgård är verkligen fin.

– Han kunde tillföra mycket till byn med sina kunskaper.

– Det kunde han verkligen.

Lena berättade om den sista kvällen. Det hade varit svårt, men de hade haft det fint medan de väntade på Costas. Hon hade letat fram en flaska vodka hon haft stående. De hade druckit av den till maten, i stearinljusets sken. Det hade varit ett klokt drag. De slappnade av, han hade berättat en rolig historia från flykten. Allt var inte bara elände. De hade skrattat. Det hade känts som om de satt på en restaurang i ett vanligt liv, i det gamla livet, suttit på en restaurang och flörtat med varandra, en sommarnatt vilken som helst. De hade satt på musik och dansat, här på köksgolvet. Ja, det blev ett fint minne. Så kom Costas vid tiotiden, otålig och nervös. Så var han iväg, så var han borta.

– Nu börjar mitt nya liv. Jag väntar på honom, men jag kan skapa ett bra liv ensam också. Det klarar jag.

Rösten lät svag och tveksam trots det bestämda budskapet.

– Du måste skaffa en hönsgård, Lena. Höns är så trevliga, de kräver inte mycket och ger fin mat. Du kan ha en hönsgård vid din bod. Jag ska be Bosse, han kan säkert snickra något i återvinningen eller hos Ulf.

– Tack, men jag vill betala i så fall. Jag tjänar ju rätt bra på mina översättningar. Det är kanske en idé.

– Följ med mig till Siv och lär känna djuren, en dag i veckan kanske. Det är roligt att jobba med djuren.

– Jag har ju en del att göra. Staketet måste bli klart. Farid hann inte.

– Det kanske Ove kan fixa.

Sonja fortsatte pladdra. Hennes välvilliga entusiasm bubblade över. Lena iakttog henne. Hon hade alltså velat ha Farid. Nej, hon skämdes åt tankarna. Sonja var en känslomänniska, tänkte hon. Ibland var hon aningslös och naiv. De var ungefär lika gamla. Men ibland kunde hon känna sig som en klok gumma i Sonjas sällskap. Hennes eget sätt var mer avvaktande och iakttagande. Men hon var snabb i humöret och hon kunde bli het och häftig.

Tankarna gick till de sista dagarna. De hade rört sig som i paradiset, nakna eller halvnakna hela dagarna, i det heta solskenet, med sina sysslor. De hade lyckats skjuta undan ångesten och nervositeten inför avskedet. De hade badat i sjön under mörka nätter. Hon hade simmat långt ut med kraftiga simtag. Han litet ängsligt längs med stranden. Han var inte så bra på det, hon hade lärt honom. Storlommen hade ropat. Storlommen, hade han undrat, vad är det för en fågel? Den lät så hednisk och olycksbådande. En vanlig sjöfågel, hade hon svarat. Den vill oss väl. Men jag vet inte vad den heter på franska. ”Stårrlåm” hade han sagt. Ja, storlom. Han hade värmt henne med sin kropp, hon satt i hans knä, hans armar och stora händer svepta om henne som en sjal. De njöt av natten.

– Då säger vi att du går med till Siv någon dag. Vi hörs om alltihop. Det blir hur bra som helst.

Lena vände sin uppmärksamhet tillbaka till Sonja. Så otacksamt att inte lyssna! Maten var uppäten och Sonja dukade av i full fart. Det syntes att hon ville därifrån. "Jag förstår henne, här kan det inte vara så gott att vara, med mig, tyst och ointresserad", tänkte Lena.

De gick ut på gårdsplanen.

– Tack igen Sonja, hälsa Bosse. Vi hörs.

Hon försökte låta som om hon var full av tillförsikt.

– Vi hörs Lena. Sköt om dig. Sov och arbeta, det är den bästa medicinen, ropade Sonja över axeln och cyklade snabbt iväg i skymningsljuset. Lena suckade. Så gick hon in i huset och stängde och låste dörren. Kvällen och natten återstod. Den nya normaliteten hon nu skulle skapa.

KAPITEL 46

Lena ville bygga upp sina dagar på nytt, i sin nya ensamhet. Framför allt gällde det att vårda odlingarna, så att maten skulle räcka i vinter, vattna och gallra. Skördarna i Sverige hade torkat ihop på flera ställen, trots nya, torktåliga sorter och ingen visste hur stora ransonerna skulle bli.

Hon tog kontakt med Stefan Wikman, som hon hade arbetet med när de planerade och lät bygga det nya elverket. Det hade blivit lyckat och nu fanns det planer på att bygga till. De skulle träffas och planera och försöka uppskatta vad det skulle kosta. Hon såg fram emot kvällarna med Stefan i hans hus. Det var lugnt och stilla hos honom, han var vänlig och omtänksam och aldrig påträngande. En duktig yrkesman. Hon visste inte mycket om honom, men hon hade inte frågat heller. En vänskap med honom kunde bli en bra kontakt att ha i vinter.

Förmiddagarna gick oftast åt till översättningarna när hon hade fått in jobb, på eftermiddagarna arbetade hon med huset och trädgården. Torkan var ett problem. Grönsakslandet behövde vattnas varje kväll, men hon var rädd att ta för mycket vatten från brunnen, den kunde sina. Så hon hade börjat ta vatten från regnvattentunnan, när det fanns, men också hämta vatten från sjön, när hon var där på morgnarna och tvättade sig, eller på kvällarna, när hon tog en promenad ner till sjön med sin kärra. Bosse hade hjälpt henne att snickra kärran med plats för två tjugolitersdunkar av plast som hon lätt kunde dra med sig. Hon vadade ut i sjön och fyllde dunkarna och satte på kärran, som hon drog hem. Där kunde hon hälla över vattnet i mindre kannor.

Hon gick till sjön för att bada, hon lade nät när det var hennes tur. Sonja och Bosse kom förbi. Men hon hade inte följt med Sonja i hennes arbete i ladugården. Det blev för mycket. Varje kväll mellan åtta och tio väntade hon på att höra något ifrån Farid. Det hade kommit några korta telefonsamtal, men han sa ingenting om hur långt de hade kommit på sin väg mot Härjedalen. Han ville spara på telefonkortet, så det blev snabba, halvviskande samtal om att de längtade. Allt gick bra. Skogsbränderna hade de kunnat undvika. Maten var slut, de försökte köpa, det gick bra ibland. Costas kontakt lotsade dem vidare genom Sverige. Nätterna var ännu varma. Telefonsamtalen blev dagarnas livboj och nätternas värmekälla.

Ove hade kommit förbi, en morgon hade hon hört traktorn komma genom skogen. Hon hade nätt och jämt hunnit få på kläderna, när Ove körde in på gården, hoppade ner och släntrade fram mot henne. Han sträckte fram sin hand för att hälsa och kramade hennes hand, litet för länge, tyckte hon. Hans ögon for över henne.

– Hej du, jag hörde att du behövde ett hönshus?

– Ja, jag pratade med Sonja om det. Att Bosse kunde ...

– Jag tänkte kolla in var du skulle kunna ha det och mäta litet. Sen kommer jag hit och snickrar ihop det själv. Har litet tid över, ser du. Om du tycker det är okej? Siv hjälper dig med höns.

– Absolut, men jag vill betala.

– Ja, ja det blir nog bra med det, sa han, log och kramade hennes axel.

Hon log tillbaka och kisade mot honom. Han halade upp en tumstock ur sina urblekta arbetsbyxor och de inspekterade tomten.

– Du har fina grönsaker. Du har verkligen lyckts med dem. Helt otroligt. Men det där staketet måste upp. Kanske hinner jag med det också. Vi får se.

– Jag jobbar med det varje dag, men det tar tid, nickade hon. De enades om att placera hönshuset vid boden där det var både skugga och sol. Han mätte och mumlade för sig själv och förde in siffrorna i sin mobil.

Han hade vetat om Farid. Och han visste att Farid var borta nu. Så han tog chansen. Att inspektera henne? Försöka förföra henne kanske? Nej, han var bara flörtig på ett automatiskt, gammaldags sätt, så som han trodde att en man skulle vara med en kvinna som han tyckte var attraktiv. Det var i alla fall snällt av honom att hjälpa henne. Hon ville spela sina kort väl och stå på god fot med Ove. Han var en viktig figur i byn, hade kontakter och inflytande.

– Jag sticker nu men kommer tillbaka med material i morgon så sätter vi igång. Det tar bara några dagar. Men du får måla själv.

– Tack Ove, för din hjälp.

Han nickade, gav henne en lång blick och släntrade tillbaka till traktorn, klev upp i den, vinkade och försvann snabbt in i skogen.

Hon satte sig vid trädgårdsbordet med en kopp kaffe och sin dator. Snart var hon försjunken i det nya uppdraget.

När Ove kom nästa morgon hade han en släpkärra efter traktorn med material till hönshuset. Hon gick ut på trappan och ropade hej.

– Hej Lena, jag lastar av nu så kommer jag i morgon och börjar jobba. Idag blev det litet annat som dykt upp.

Hon försökte hjälpa honom men det kändes som om hon mest var i vägen. Han rörde sig snabbt och effektivt och sköt varsamt undan henne.

– Klart, sa han och tittade på henne. Du, jag har något till dig.

Han hoppade in i förarhytten och kom ut med ett paket inslaget i vaxat papper. Det vägde tungt i handen och hon öppnade det försiktigt. En stor bit sidfläsk! Det doftade nyrökt och tungt av fett.

– Du berättade ju att du hade drömmar om fläsk. Jag tänkte på dig när jag fick tag i en bit, att du skulle gilla det.

Hon stod förstummad. För att vinna tid böjde hon sig ner och luktade en gång till.

– Att du kom ihåg det! Tusen tack. Får jag bjuda på lunch i morgon, det kan bli spagetti carbonara. Med massor av fläsk.

– Gärna Lena. Vi säger så. Nu måste jag iväg.

Han gav henne en lång blick, log ett hastigt leende, och klev in i traktorn.

Lena gick in i köket med sitt fläsk. Hon skulle börja ta av det till middagen i kväll, steka en bit till sig själv. Försiktigt lade hon in paketet i kylskåpet.

Sonja kom förbi på sin cykel framåt eftermiddagen, när hon arbetade med staketet. Det jobbigaste var att snickra stolparna, sen skulle de ner i betongplintarna i jorden och fästas ihop.

– Vill du ta ett dopp? Jag är på väg till sjön.

– Absolut, vilken bra idé.

Hon drog ner handduken och baddräkten från strecket och hämtade cykeln. Hon ville inte bada naken med Sonja, det kändes för intimt. Inte visa upp sin kropp, inte se Sonjas kropp, hon trodde den var vacker.

Vattnet var ljumt och Lena simmade ut som hon brukade, ut i sjön som slöt sig om henne som en varm hand.

De låg på sina handdukar för att torka. Lena berättade om Farids meddelanden, att allt verkade gå bra hitintills. Att hon klarade sig. Att Ove skulle bygga hönshus.

– Han kommer i morgon och börjar.

– Bra, då får du ett fint hus. Han är duktig.

– Vad tycker du om honom? Han kan vara oförskämd och bufflig, och vänlig och hjälpsam, på samma gång.

– Han tycker om att flörta, det är oförargligt. Man får spela med, då blir han glad. Det räcker.

Lena tänkte på hans smidiga sätt att röra sig, hur effektivt och ekonomiskt han använde sin kropp. Han gick med lätta steg, som en dansare. De smala höfterna rörde sig, hans raka hållning. Under de där slitna och sjabbiga kläderna dolde sig en atlets kropp. Han var som en hövding, deras hövding här i byn.

– Det är nog bra att hålla sig på god fot med honom. Han är ju vår hövding!

– Hövdingen, så kan vi kalla honom. Och Siv, som är så snäll, hon är hans goda sida.

De skrattade tillsammans. Hon kände att de byggde vidare på sin vänskap, den skulle djupna och mogna. Hon lade sig på magen och såg på Sonja, där hon låg och blundade i solen. Hon hade röda märken på halsen och ett rivsår på höften. Hon vände på huvudet och höll på att somna, när Sonja reste sig upp och drog på sig shortsen och linnet i en snabb rörelse.

– Dags att återvända till kroppsarbetet. Många timmar kvar av dagen.

Nu var den hurtiga Sonja framme igen. De kom snabbt iväg och skildes åt vid torpet.

– Fint att träffa dig Lena. Du får komma hem till oss någon kväll, så lagar vi något gott. Nästa gång vi åker till affären tillsammans kanske?

– Gärna, det är ju snart, i övermorgon tror jag vi har bestämt.

– Bra, då säger vi så. Vi ses. Kram!

– Kram!

Så var hon ensam igen. Nu skulle hon fortsätta med staketet. Det måste bli klart annars skulle grönsakerna försvinna med rådjuren. Och vattna.

KAPITEL 47

Nästa morgon vaknade hon av hammarslag. Ove hade kommit på cykel tidigt. Idag hade han inte de vanliga arbetsbyxorna på sig, utan shorts och en t-tröja. I cykelväskorna hade han de redskap han behövde. De hälsade med en nickning.

Från trädgårdsbordet kikade hon då och då bort mot honom medan hon arbetade med sin översättning. Han muttrade under arbetet och drack ur en vattenflaska som han fyllde på under pumpen.

– Du, jag lagar lunch nu. Jag dukar här i skuggan. Fläsket var förresten utmärkt, jag åt av det i går.

– Härligt. Jag är hungrig.

Han kastade en kort blick mot henne. Arbetet verkade ta hela hans uppmärksamhet.

Carbonaran blev god och trots att hon gjort en stor sats tog den slut. De pratade litet om byn och förväntningar på framtiden. Han berättade om sin familj, som varit bönder i bygden under många år. Under måltiden kände hon att han sneglade på henne när han trodde att hon inte märkte det. Han frågade om han fick vila sig en stund inne i huset, han brukade sova middag, en halvtimma bara, efter lunchen.

De gick in i huset. Hon visade honom på soffan i vardagsrummet. Det var okej att ligga och sova där, det hade hon gjort.

– Och Farid, har Farid också legat där, har du legat där med honom, viskade han och grep tag om hennes armar. Han hade blivit en annan, stark och krävande, mörk i ögonen. Hon blev inte rädd, men bestört. Hon skrattade och försökte vrida sig loss.

– Farid nej, vad håller du på med Ove? Släpp mej för helvete.

Han tryckte sig mot henne och hon kände hans kropp genom de tunna tyglagren. Händerna hade han placerat på hennes skinkor och han började röra sig mot henne. Hans lukt och värme övermannade henne, tung av svett och jord.

– Låt bli mig. Jag vill inte, Ove.

Hon märkte att hon lät bedjande.

– Ove jag gillar dig, men jag vill inte ligga med dig. Vi är vänner. Ove lyssna på mig.

Han verkade långsamt besinna sig och släppte henne.

– Förlåt, jag trodde du ville. Jag har nog sett hur du har spanat in mig när jag jobbar. Men en kyss kan jag väl få?

Hon stod röd och andades tungt framför honom. Hur kunde han tro?

Utan att vänta på svar lade han sina händer om hennes huvud och sökte hennes mun med sin flämtande andedräkt. Han hittade den trots att hon försökte vrida sig bort. Kyssen blev lång och djup. Trots att hon inte ville besvarade hon den och tryckte sig mot honom. Lusten virvlade runt i kroppen och ner i benen, som blev mjuka. Hon ville sjunka in i kyssen, sjunka ner i golvet, glömma allt annat.

Han släppte henne och log litet. Hans våta läppar snuddade vid hennes igen.

– Nog vill du, men vi låter bli. Inte bra. Vi är ju grannar, vänner. Men det är synd. Vi kunde få några fina timmar tillsammans. Men du, varje dag vill jag ha en kyss av dig, som den här. Vi kan kalla det en vänskapskyss. Så ska jag inte säga något om Farid, att han bott här med dig. Men nu behöver jag sova en stund.

Likgiltigt och överlägset vände han henne ryggen, lade sig på soffan och stack in handen innanför shortsen.

– Jag ska bara koppla av litet först, sade han och blinkade mot henne. Då vill jag inte ha publik. Men jag ska skänka dig en tanke, ropade han efter henne, när hon sprang ut ur rummet ut ur huset och smällde igen dörren.

Lena var gråtfärdig av ilska och förnedring. Hon fortsatte springa in i skogen för att lugna sig och tänka igenom det som hänt. Hon hade inte stått emot hans kyss, hon hade drunknat i den. Hon hade beundrat hans kropp, tittat på honom. Hon var usel, men han var ett beräknande svin. Utpressa henne med Farid. Att nämna hans namn i utpressningssyfte, så självklart. Hur vågade han? Visste alla om deras hemlighet? Varför hade polisen då inte kommit? Och Costas? Han hade ju själv haft Costas hos sig. Hon förstod det inte.

I fortsättningen skulle hon behandla honom med kyla. Kyla och förakt. Hon reste sig upp och började långsamt gå tillbaka. På avstånd hörde hon hammarslagen.

– Hallå, det blir nog klart i morgon, ropade han till henne när han såg henne komma. Eller i övermorgon. Vi får se. Beror på. Han trutade med läpparna och log mot henne.

– Bra, sa hon och gick in och stängde dörren. Hon ville varken se eller höra honom mer denna dag.

När hon förstod att han gett sig iväg gick hon ut. Hönshuset hade vuxit fram och skulle snart vara rest. Det var ett fint litet hus, noggrant ihopsatt, välbyggt och isolerat med halm.

Äntligen var det tyst. Hon tyckte om tystnaden, den passade hennes liv nu, tystnad och tomhet. Inga hammarslag, inga påstridiga röster. Det hade börjat blåsa och hon lyssnade på ljudet av vinden i träden. Den sista stolpen skulle bli klar, i morgon skulle hon gräva ner dem. I morgon skulle hon reda ut allting, i morgon skulle hon tala klarspråk med Ove. Hon skulle göra klart för honom att hon inte accepterade hans beteende. Förtrytelsen och ilskan fick hyveln att vina över de grova stolparna. Med stolthet betraktade hon resultatet.

KAPITEL 48

I den tidiga morgonen gick hon ner till sjön för att bada och tvätta sig. Solen hade varit uppe ett tag och värmde redan sanden. Dagen hukade sig inför den stundande hettan. Hon simmade ut och kände hur vattnet bar och omslöt henne. "Frihet", tänkte hon. "Att vara fri". Det var friheten som fick Farid att riskera sitt liv. Han ville vara en fri människa. Det var rätt. Så måste man leva.

Hon fyllde sina vattendunkar och lastade kärran. När hon kom tillbaka hade Ove kommit. Idag hade han sina vanliga arbetsbyxor på sig, men han hade tagit av sig på överkroppen och svettades i solskenet. Taket var snart färdigt.

– Hej Ove, får jag bjuda dig på en kopp kaffe? Svenskkaffe?

Det var lika bra att få det avklarat, att visa honom klart och tydligt var gränserna gick.

– Visst får du det, och något kallt att dricka.

Hon hängde upp badhandduken på strecket och gick in. Efter en stund kom han in, barbröstad. Hon ställde fram en kaffemugg på diskbänken. Han drack glas efter glas av vatten, och vände sig mot henne, med kaffemuggen i handen.

– Lena, jag vill be om ursäkt för igår, det var dumt. Ibland blir det kortslutning, sa han och pekade mot sitt huvud. Jag hoppas du kan förlåta mig. Jag är en tölp, och du är vacker. Men det är ingen ursäkt.

Hans ord gjorde henne förvånad.

– Fan Ove, snacka om Farid. Du har ju själv haft Costas hos

dig, han har ju bott hos er i flera månader. Tror du att du kan använda Farid som utpressning? Det är skrattretande.

Hennes skratt lät tomt och klanglöst i köket.

Oves ansikte mörknade. Han satte ifrån sig kaffemuggen och gick hotfullt fram till henne.

– Flicka lilla, nämn inte det namnet. Jag vet inte vem Costas är, jag har aldrig träffat någon Costas, känner inte till någon Costas överhuvudtaget. Aldrig.

Hon backade in i väggen och han blev stående över henne med en hand på vardera sidan av hennes huvud.

– Du, jag gillar dig. Så här mycket, sa han och grep hennes hand och gned den utanpå de mjuka, urtvättade arbetsbyxorna.

Hans ljusa ögon stirrade in i hennes, hans andedräkt flöt ut över hennes ansikte i långa, varma pustar. Hon vred tigande bort huvudet och då tycktes han komma till sans och släppte henne. Med kaffemuggen i handen såg han på henne från andra sidan köket.

– Du vet inte hur det är, sa han föraktfullt. Du och alla andra här i byn. Ni vet ingenting.

Han satte sig tungt vid bordet som om han var utmattad, utsliten. Lena avvaktade, så drog hon ut en stol och satte sig tveksamt mitt emot.

– Ove, jag tänker aldrig bli din älskarinna.

– Nehej du, sa han trött och stirrade ner i sin kopp.

– Du måste sluta. Vi är vänner Ove ingenting mer. Jag tänker aldrig någonsin bli din älskarinna. Hör du?

– Okej, jag förstår. Synd egentligen. Jag tror mig vara en skicklig och ömsint älskare. Och uthållig, lade han till.

Han såg på henne och hon kunde inte låta bli att le.

– Ja Ove, du rör dig som en dansare, har jag tänkt. Så elegant och smidigt, du går så vackert, du går som en hövding.

Han tycktes inte höra.

– Siv och jag har det bra. Men pressen på mig, jag orkar inte med den längre. Hövding säger du, det är väl vad ni tror. Men jag vill inte ha allt det här ansvaret. Jag kommer hit och ser dig. Det slår över. Jag är så klumpig. Förlåt mig, men aldrig mer ett ord om Costas. Förstår du?

Hon nickade.

– Alla frågar mig till råds, vill veta hur de ska göra, jag försöker hjälpa så gott jag kan. Dela med mig av råd, dela med mig av vad jag har, av vad vi har, Siv och jag. Det känns som om vi drar hela det här lasset. Vi har inte bett alla dessa människor att flytta hit. De ringer från sjukhuset i stan, från vårdhemmet och frågar om vi kan leverera livsmedel till dem i vinter. Men vi har ju inte fått igång de nya odlingarna än, det blir kanske först nästa år. Sojaskörden ser bra ut, trots torkan, men potatisen och majsen. Och så bränderna, skogsbranden, den tycks vara på väg åt vårt håll.

Det fanns praktiskt taget ingen mat att importera längre. I länder där det förr vuxit vete, kaffe och havre, var marken uttorkad och obrukbar. Inte ens de nya torktåliga växterna klarade alltid av värmen. Få länder ville exportera den mat som producerades inom gränserna. Allt behövdes hemma. I Sverige odlades nu te, som inte blev så gott, vin och kaffe av dålig kvalitet. I Skåne hade man börjat plantera olivträd och andra medelhavsväxter, i Norrland växte grödorna som var hämtade söderifrån. Myndigheterna planerade inför vintern, de var rädda för en kommande matbrist. Hunger och förödelse i Sverige.

– Du klarar dig. Dina grönsaker är fina, de räcker över vintern, du har fisket och snart får du höns och ägg. Men många kommer att behöva hjälp. Jag vet inte hur vi ska klara det, vi lever på en knivsegg. Kommer skogsbranden hit så …

Han lät gråtfärdig. Han, arbetsmyran, stor och stark, ibland övermodig, han som kunde allt, orkade och hjälpte. Hon ville sträcka ut handen mot hans ansikte, men hejdade sig.

– Du har ju byrådet. Vi måste ta upp det där och prata om

krisläget. Vi kan ta upp det tillsammans, du och jag, på nästa möte. Vi förbereder oss. Du, vi är vänner, jag vill hjälpa dig om det är så tungt. Vi kan dela på bördan, alla måste ju få veta.

De satt tysta en stund. Han såg på henne. Hon var stark, stark och seg. Han skulle aldrig mer röra henne. Om hon inte bad om det.

– Tack Lena, vi kan kanske prata inför nästa möte. Förbereda oss. Det skulle underlätta tror jag. Siv har nog med sina djur, jag tror inte hon orkar riktigt. Sedan får vi besluta på mötet hur vi ska ta oss an detta med matbristen. Då vet vi mer om hur skördarna slår.

Han reste sig och gick utan ett ord. Hönshuset var klart, jobbet var klart. Han plockade ihop sina verktyg och sneglade bort mot henne. Hon stod på trappan i sina shorts och sitt linne. Han kom på sig och vände bort blicken.

– Prata med Siv om höns. Hon hjälper dig med allt du behöver veta, sa han.

– Det gör jag. Skicka en räkning, tack för allt ditt jobb Ove. Det har varit fint att du varit här. Vi har lärt känna varandra.

– Vi hörs om nästa möte. Kanske är vi rent av samarbetspartners nu? Hövding och vice hövding?

Lena vinkade, hon var lättad. Det hade gått bra. Nu var de vänner, de skulle hjälpa varandra. Han skulle inte försöka tafsa på henne igen, det förstod hon. Nyheterna han kom med var illavarslande. Skulle inte maten räcka i vinter för alla i Sverige? Hon tänkte på Farid, ute på vägarna, i skogarna, utan mat. I går kväll hade han inte hört av sig.

KAPITEL 49

Nästa eftermiddag åkte Lena med Sonja, Bosse och Siv till affären för att handla veckoransonen. Fler varor var ransonerade nu och ransonerna hade krympt. Köksträdgården var en guldgruva, insåg Lena och snart måste hon skörda och lära sig förvara hela skörden så att den räckte över vintern. I bilen undvek hon att säga något om Costas och Farid, trots att tankarna kretsade runt dem. De pratade om hennes nya hönshus, hur fint det blivit. Hon berömde Ove och de skulle komma upp och titta. Sonja hade målarfärg över som nog skulle räcka till hennes hus. Ingen sa något om att en skogsbrand närmade sig. Trots att röken från den då och då for in som ett lågintensivt hot över dem.

Inne i affären gick de runt med sina vagnar. Så litet det blev, för en hel vecka. Ost, smör, olja, mjölk, yoghurt, konserver. Mjöl och jäst. Torkade bönor. Tvåhundra gram kött. De fick börja snåla på svenskkaffet och teet med kanske. Äkta kaffe fanns inte den här gången heller. Siv hade tips om växter som lämpade sig väl att torka och göra te av. Lena skulle testa, när hon ändå var igång med att skörda. Med fyllda kassar återvände de till bilen. Lena stirrade ut genom fönstret och hörde knappt på när Sonja pratade om djuren, Bosse om sin återvinning. De satte av henne i vägkorset. Räkningen för bilen skulle Siv föra in på deras konton, summan kom i slutet av månaden. Hon lastade sina cykelväskor men de blev knappt fulla.

Staketet var klart, nu skulle hon börja rensa ut på vinden och sätta upp hyllor och lårar. Kanske skulle hon också kunna använda den gamla jordkällaren för vinterförvaring av grönsaker och frukt, undan möss och råttor? Men det var osäkert om den var i skick för det. Hon skulle torka äppleskivor på snören under taket på vinden och bär och svamp på torkramar. Så som Siv predikade. Men det fick bli nästa dag. Nu ville hon sätta en deg och baka ett gott bröd, steka några ägg, och dricka sitt dåliga kaffe. Lyssna på nyheterna och sedan musik. Hon tittade mest på tv och gamla, strömmade serier i datorn. Den stora skärmen i vardagsrummet hade hon inte kopplat in än. Det måste göras inför vinterns långa, mörka eftermiddagar och kvällar. Hon skulle tänka på Farid och vänta på hans samtal. Försöka låta bli att tänka på allt arbete och alla bekymmer. Låta bli att tänka på skogsbranden. Hon visste sin plats i beredskapsplanen och vad hon hade att göra, om läget blev akut.

Sonja och Bosse gick in med sina kassar och börja fylla på i kylskåpet. Sonja var nöjd, det var alltid trevligt att åka till affären. De träffade grannarna ibland, valde bland varorna, det var som en gammaldags shoppingtur, fast i mindre format.

– Vi skulle bjuda Lena på middag i kväll, det har jag alldeles glömt bort. Vi pratade om det när vi sågs, synd. Det får bli en annan gång.

Sonja satte sig vid köksbordet och fingrade frånvarande på den blårutiga duken, medan Bosse inspekterade kylskåp och skafferi. Vad kunde det bli till middag? Han fick använda fantasin.

– Hur var det med Lena egentligen? Hade hon hört något från Farid? Du, vi fick köpa några flaskor vin, ska vi ta en i kväll?

– Ja, middag med vin och dans. Det vill jag ha. Jag sätter på litet musik med en gång.

Hon letade upp en gungig jazzlåt i spelaren och gick fram och slog armarna om honom. De gungade tillsammans över golvet, han ville kyssa henne, men hon ville inte ännu. Bosses överraskning för ett par nätter sedan gungade med i hennes tankar, hans rosendoftande bad, hur han hade tröstat henne efter besöket hos Lena. Hon hade smitit från honom, han hade jagat henne genom huset, skrattande och skrikande. Han hade fångat henne på matten framför den blå manchestersoffan. Hon spottade och fräste, flämtade och låtsades slåss. Hon visste att hon hade några märken på kroppen som Lena sett.

– Vad blir det då? Hon drog sig undan honom. Vad blir det för mat i kväll?

Han såg på henne och tänkte att han måste prata om Farid, ta reda på om hon visste något mer om hans rutt. Det var nu dags för ett telefonsamtal till kontaktpersonen på Säkerhetstjänsten.

– Jag hittar på något. Han gav henne en lätt kyss och såg efter henne när hon lämnade köket och gick ut i trädgården.

– Ta in litet sallad och några tomater, ropade han.

Skogsbranden närmade sig men han ville inte prata om det hotet med Sonja i kväll. Kanske skulle de bli tvingade att ge sig ut i natt, Ove hade varnat för det och han var beredd som en del i en kedja som skulle bearbeta elden och hindra att den spred sig. Han visste att Sonja också fått ett varningslarm i sin mobil, men hon hade inte sagt något. De orkade inte ta in ytterligare ett hot, inte ens detta hot, mot hela deras existens, om elden nådde fram, ända fram till deras by. "Man vänjer sig, man anpassar sig", tänkte Bosse. Han kände inte längre panik inför bränderna och torkan, bara trött uppgivenhet. Ja, de fick betala för allas synder och överdådiga leverne i hundratals år, ja de slogs för sina liv, ja de kunde gå under och förlora allt. Ändå ville han låtsas som om allt var som vanligt så länge som möjligt. Dansa, dricka litet vin, drömma sig bort. Ända tills uppmaningen kom i mobilen om att ge sig ut för att bekämpa elden. För den skulle komma. Men kvällen var ljus och de åt ute vid trädgårdsbordet den middag som Bosse skrapat ihop, bönor, tomater, färska örter, pasta, litet ost. Elden fanns där som en pust av dålig andedräkt i ansiktet då och då, stickande och grå, men de brydde sig inte. När mörkret föll drog de sig in i huset, satte på musik och dansade tätt intill varandra i köket. Sonja blundade och njöt av att känna Bosses kropp mot sin. Hon lade sin kind mot hans varma hals, där pulsen hamrade. Hans hand strök hennes rygg och hon tryckte sig mot honom, han stängde av musiken och de smög tysta uppför trappan med armarna om varandra. De hade just somnat när larmet kom.

KAPITEL 50

De hade länge varit beredda. Skogsmaskiner hade röjt brandgator och skrapat bort markvegetation och tagit bort lägre grenar i träden längs brandgatorna för att stoppa spridningen. Alla i byn hade varit ute på övning och fått en plats i beredskapsplanen. Kommunen ledde brandbekämpningen och hade utbildade brandmän och helikopterförare. Alla behövdes vid ett skarpt läge.

Elden i barrskogen nordost om byn hade länge pyrt och blossat upp nära markytan i en löpbrand som brandförsvaret inte hade lyckats få stopp på. Området var cirka 75 hektar. Eldbanden, som avgränsade elden, hade de haft under kontroll, enligt ledningen. Men en vindkantring och ökad vindhastighet hade gjort att brandgaser från brinnande trädtoppar hade tänt på träd i närheten. Det gällde att bevaka elden så att den inte spred sig utanför eldbanden och då behövdes mer folk. Räddningsledaren hade fått hjälp från kommuner i närheten och hade rekvirerat släckbilar, tankbilar och skogsbrandbilar. Men brandförloppet var snabbt och hotade nu att sprida sig i byns riktning, om vinden höll i sig. De hade blivit lovade vattenbombande helikoptrar, kanske nästa dag, om de var lediga, de som fanns för södra Sverige.

Sonja och Bosse hade tumlat ur sängarna och snabbt dragit på sig skyddsutrustningen de hade i beredskap i garderoben, utan att tänka och känna. Hjälmarna tog de i handen när de sprang ut och upp till samlingsplatsen, planen utanför Oves gård.

Det var alltså dags nu, det var nu det hände, det som de övat inför och pratat om, på nästan varje byråd under vår och sommar, hotet som hade malt och malt, tills det kändes bekant och de inte brydde sig längre. Bosse kände sig avstängd och kall, som om han inte förstod vad som stod på spel. Som om han var likgiltig. Katastroferna hade varit många i hans liv, de hade kommit slag i slag och detta var ytterligare en. Som han skulle gå igenom, utan känslor, de samlades inuti honom och skulle bryta sig lösa en dag. Det svarta byltet i vattenbrynet, den bleka himlen, ansiktet under ytan, de grumliga ögonen, dök återigen upp i hans medvetande och han kände ångesten och paniken röra sig i hans inre, långsamt på väg upp genom halsen. Han tog Sonjas hand.

– Är du rädd?

Hon nickade.

– Ja, jag är skiträdd. Ska vi dö här? Hon snyftade till.

– Nej, nej vi ska kämpa och överleva.

Han stannade och omfamnade henne en kort stund. De klängde sig ordlöst fast vid varandra, så fortsatte de springa.

Avlägset, åt nordost, var himlen upplyst. Var det soluppgången eller branden som lyste? Nattluften var frisk som en smekning och luktade bara lätt av brandrök. Månen lyste upp planen utanför Oves hus där redskapen låg i en hög, såg, yxa, kratta spade, redskapen de hade övat med. Andfådda mötte de den tysta skaran på samlingsplatsen.

Lena kom cyklande ut ur mörkret klädd i sin skyddsutrustning med hjälmen i cykelkorgen. Hon var blek och tyst när hon gick fram till dem.

– Vi åker i tre bilar. Ta era redskap här. Vi kan inte köra ända fram så vi får gå en bit i skogen till samlingsplatsen. Räddningsledaren dirigerar sedan ut oss på våra poster. Det kommer att finnas frukost framåt morgonen men jag vet inte hur länge vi ska vara kvar. Vi får en lägesrapport när vi kommit fram till samlingsplatsen.

Sonja såg några grannar, Ulf Apelgren och Anette, familjen Fransson, och andra som hon kände från byrådet. De var allt som allt tolv personer och de såg skyggt på varandra och hälsade med en nickning innan de tog sina redskap och satte sig i bilarna.

KAPITEL 51

Nätterna blev allt mörkare, de var inne i augusti. Farid och Costas cyklade längs småvägarna, norrut. I början hade luften varit tät av brandrök från skogsbränderna, men de hade klarat sig igenom. Färden gick inte så bra som de hade hoppats. De hade stött på militärpolisens bilar som långsamt rullade fram, som svarta skuggor, med dämpade lyktor. Därför gick det långsamt framåt, de måste vara vaksamma, stanna och speja om de hörde något ljud.

När Farid hängde över styret och trampade på i de oändliga nattimmarna, ville han tänka på Lena. Minnena gled ut och in i hans huvud, som bloss som tändes och slocknade. Värken i låren och i skrevet, när kroppen gneds mot sadeln, hungern som hade börjat göra sig påmind, redan efter några timmar. Den oändliga vägen framför dem.

När det ljusnade stannade de, åt litet och kröp in i tältet. De brukade försöka hitta en bäck eller sjö i närheten, så att de kunde tvätta sig rena.

I början hade de varit övermodiga som ynglingar, kört om varandra och tävlat, susat nerför backarna i alldeles för hög hastighet. Då hade friheten funnits inom räckhåll. Nu var det bara slit. De hade slutat prata med varandra, växlade bara de ord som var nödvändiga, enstaviga ord, korta meningar. Snart måste de försöka få köpa mat i bondgårdarna de cyklade förbi. Det hade hänt att de smugit in på en sovande gård och stulit några ägg, några grönsaker, morötter, potatis. Någon gång hade en hund börjat skälla, men de hade klarat sig undan. Sverige var så långt, skogarna var oändliga. Costas kontaktade sin vän varje kväll, han förklarade hur de skulle fortsätta. Deras väg var en rutt som fler flyktingar hade tagit före dem. Militärpolisen tycktes känna till den, annars förstod han inte anledningen till att de hotfulla fordonen dök upp så ofta på de små skogsvägarna. Men Farid var tacksam, han ville inte klaga över att de kanske valt en farlig väg. Det fick gå långsamt, de hade ju hela månaden på sig, men sedan skulle det bli kallare på nätterna. Han ville inte tänka framåt längre än den natt som låg framför dem, de milen de skulle avverka, de miljoner träd som skulle defilera förbi. Regnet var värst. Då stannade de och tog skydd under täta granar. Han försökte kontakta Lena varje kväll, innan de gav sig iväg. Det funkade inte alltid, men han välsignade sin cykel, som fungerade som ett rullande elverk. De hade i alla fall el, de kunde laga mat, värma vatten, ladda mobilen. Han skulle vänja sig, han visste det. Detta livet skulle också bli det normala, cyklandet, tigandet, de mörka nätterna, de ljusa dagarna i tältet.

Det var gryning. Farid höll upp handen, dags att stanna för vila. Costas nickade. I den sista uppförsbacken hade de varit tvungna att hoppa av cyklarna och gå, det var för tungt, de var för trötta. De vek av från vägen och drog cyklarna genom lingonriset in i skogen en bit och började packa upp. Luften var fuktig och sval. Fåglarna hade vaknat och sjöng, de som fortfarande sjöng, nu när sommarens närmade sig sitt slut. Costas hade plockat fram köket när han hörde det dova mullret från en stor bil som närmade sig. Lyktorna lyste som strålkastare upp i himlen när den kom över backens krön. Farid och Costas frös i sina rörelser, stirrade blint mot de vita strålarna som fick skogen att stå svart. Bilen hade stannat. Fyra svartklädda män hoppade ur, ner på marken. De rörde sig smidigt och vaksamt, ljudlöst som skuggor. Deras kraftiga ficklampor lyste med vitt sken in i skogen, än till vänster, än till höger rörde ljuset sig. Det var som om någonting brast när den vita strålen brände i ansiktet. Hoten och ofriheten, som han levt med så länge, hade samlats till en hård kärna inom honom, som ett svart hål med en oändlig täthet. Nu exploderade den som en nova i universum och fick honom att resa sig upp och sakta dra upp pistolen ur väskan. Nu fick det räcka. Han greppade pistolen med två händer och började skjuta mot de svarta skuggorna. Mynningsflammorna lyste upp hans händer. Knallarna ekade i skogen. De svarta männen svarade med samma flammor. De sköt och sköt. Han kände ett slag i bröstet, som brände som ett brännjärn, han kunde inte stå längre, han sjönk ihop, föll omkull och såg upp mot stammarna som stod som pelare runt honom, i avvaktande givakt. Däruppe fanns oändligheten, himlen var grå nu, snart skulle den bli blå. Det skulle bli ännu en morgon.

KAPITEL 52

Bilarna skumpade fram på de smala skogsvägarna, ofta bara ett traktorspår. De körde i nästan tjugo minuter innan de stannade och parkerade i en glänta. Nu hördes branden som ett avlägset, ursinnigt dån och knastrande och en glöd lyste upp himlen. Hettan var kännbar och luften var full av rök.

Ove kom med några sista förmaningar.

– Vi har vår grupp i mobilen där vi håller koll på varandra. Alla har mobilen med? Där kommer meddelanden om vad som händer och när vi ska dra oss tillbaka. Låt se, klockan är snart tre på morgonen nu, jag gissar att vi får hålla på i alla fall en åtta, tio timmar, branden är svårsläckt. Mat och kaffe ska finnas. Vatten har ni med er. Följ mig.

Han vände sig om och började gå in i terrängen med hjälp av GPS, mot samlingsplatsen. De kom snubblande efter. Eldens dån steg och de kände att vinden förde med sig en intensivare hetta och rök. Efter cirka en halvtimma kom de fram till en glänta som var ledningscentral och samlingspunkt, men såg ut som kaos och förstörelse, ett inferno, tyckte Sonja. Människor i svartfläckiga, brandgula kläder gick om varandra, de hojtade och skrek, svarta i ansiktet, med lysande ögon, de bar slangar och redskap, på väg någonstans, in i brandens hjärta, där gnistorna for upp mot himlen.

Räddningsledaren kom fram och presenterade sig som Olle Blomgren. Hans skyddskläder var svarta och brända och han stirrade tyst och utmattad på dem. Runt omkring och över dem hördes eldens knastrande ljud blandat med rop från manskapet. Hettan var tung och obeveklig. De var många här på samlingsplatsen, styrkorna skulle nu avlösa varandra ute i skogen. Under två dagar hade de arbetat med att ringa in branden för att hindra den från att spridas, men det brann fortfarande intensivt i vissa områden. Därför var eldbanden, begränsningslinjerna, så viktiga att bevaka. Det var deras uppgift, att hindra elden från att hoppa över i trädtopparna eller via den torra marken in i nya områden. Vinden hade varit sydvästlig men hade nu vridit mot norr och nordost.

Ett vattenledningssystem var byggt runt området. De skulle få tillgång till vatten och slangar, några av dem, andra fick jobba med de redskap de hade med sig och som de hade övat med. Erfarna brandmän fanns också utplacerade längs eldbanden.

– Jag, vi, är tacksamma för att ni kommit.

Olle Blomgren tystnade, hämtade andan och såg på dem med trötta ögon, som en officer som betraktar sina styrkor inför ett slag som han inser vara förlorat innan det börjat. Solen låg nära horisonten nu och himlen i öster lyste gyllengul.

– Några frågor?

Ingen hade någon fråga, de teg förfärade inför sin uppgift och sitt ansvar och iakttog varandra under tystnad. Sonja tog Bosses hand.

– Vi har pass om tio timmar, vi får se hur länge ni behövs. Verkställ!

De gav sig iväg ut i terrängen, mot sina poster, anförda av en brandman som Olle Blomgren kallat in och banade sig fram i tunga stövlar genom det knähöga blåbärsriset, över den torra moränmarken. Hela tiden följde eldens dån och knaster, rökpustar och heta vindar dem. En infernovandring, men ingen sa någonting, de stirrade ner i marken under vandringen uttryckslöst, avvaktande. Framme vid begränsningslinjen blev de utposterade med 20 meters mellanrum och avlöste dem som hållit positionerna under många nattliga timmar. Trötta och tacksamma lämnade de över sina områden till de nya. Det var folk från andra byar, som blivit inkallade liksom de. Sonja, Bosse och Lena såg till att bli posterade i närheten av varandra.

Det fanns en vattenslang kopplad till vattenledningssystemet, som de skulle kunna använda om det blev nödvändigt. Arbetet gick ut på att bevaka elden och slå ner på den om den försökte ta sig in över den uthuggna brandgatan som utgjorde eldbandet. I uppgiften ingick att se till att den avhyvlade brandgatan var dränkt med vatten.

Med spadar och krattor började de sina pass. Då och då kom eldens röda tungor och slickade marken, gnistorna yrde och försvann upp i den allt ljusare himlen. De hade övat och visste vad de skulle göra. Röken omgärdade dem, de fick inte slappna av, utan måste hela tiden bevaka sitt område med örnens blick och bekämpa elden snabbt och säkert.

Det tycktes vara lugnt just nu på deras avsnitt. Vinden hade mojnat inför gryningen och de gnistor och eldtungor som kom farande lyckades de slå ned utan större svårigheter. Bosse spanade genom röken bort mot Sonja och signalerade med spaden när hon såg honom. Hon svarade på samma sätt, liksom Lena, ett stycke längre bort. Sammanhållningen var viktig, att de såg varandra, att ingen föll omkull och hamnade i het jord eller glödande buskar. Så långt ville Sonja inte tänka, inte tänka på farorna eller riskerna som de var utsatta för om elden plötsligt, med hjälp av vinden, tog ny fart, ändrade riktning och övermannade dem. De drog fram vattenslangen en gång i timmen ungefär för att vara säkra på att brandgatan var ordentligt genomdränkt med vatten.

Svetten sipprade över Bosses ansikte och ner i ögonen och han drack girigt ur sin vattenflaska, dränkte ansiktet och fyllde på den från slangen. Arbetet var hårt, men nödvändigt och han visste att han gjorde nytta. Han kände ett lugn inombords och en tillfredsställelse, han visste att han gjorde det rätta, för dem, för Sonja, Lena och alla de andra i byn. Aldrig att han skulle låta den förbannade elden ta över och förstöra det som han och Sonja byggt upp, deras framtid och levebröd, deras liv, hellre dog han själv.

Han svepte med armen över ansiktet. Gnistorna kom hoppande igen, eldtungorna försökte få fäste i den fuktiga marken. Han såg hur Sonja slog och grävde med sin spade inom sitt område, mitt i gnistregnet stod hon och kämpade. Han såg på henne och tyckte att glöden och elden från skogsbranden flyttade in i honom, glödde och brann i hans inre, när han såg hennes styrka och mod. Sonja, det fanns ingen annan. Han visslade sin busvissling, hon såg upp och skyldrade med spaden som en soldat och log mot honom. Lena vinkade litet längre bort. Ja, de skulle klara det här. De måste klara det här. Han vände ansiktet mot elden och fortsatte.

Ett vrål avbröt honom och han tittade upp. Sonja låg på rygg på marken i sin orange, svartfläckiga overall. Hon gungade fram och tillbaka medan hon slet för att få av sig hjälmen. Lågor slog ut i hennes långa, rödbruna hästsvans. Hon hade låtit den hänga utanpå overallen, trots att det var förbjudet, håret skulle gömmas inuti hjälmen, eller innanför overallen. Sonja hade inte brytt sig om det, det var obekvämt. Bosse släppte spaden och rusade fram till henne, han hoppade över de små eldtungorna som strök längs med kanten av brandgatan, sprang genom de glödande snåren. Allt stod stilla inne i hans huvud. Det var vitt därinne och bubblan kom tillbaka, den ville ut, den ville brista, bubblan som innehöll föräldrarnas brutala död, det stumma ansiktet i vattnet med de mörka ögonen, det svarta byltet. Han sjönk ner vid hennes sida medan han mumlade något, något om Sonja. Han slet i hjälmen, fick loss den och försökte strypa elden med sina händer i brandtåliga handskar. Lena ropade vid hans sida, men han hörde inte. Han slog och slog mot hennes långa, brunröda hår, som han tyckte så mycket om att röra vid och att dra sina händer igenom. Han slog och fick en tova av hennes hår i handen, den hängde som en skalp i hans näve och nådde nästan marken, den svajade och rörde sig som en brinnande fackla, han stirra förbluffad på den, som om han inte förstod vad det var. Lukten av brinnande hår fyllde luften. Sonjas skrik väckte honom och han kastade iväg håret och fortsatte frenetiskt sina försök att kväva elden i det hår som var kvar. Till sist låg de svarta resterna av hela den gungande hästsvansen på marken i orediga tovor. Den rosa skalpen lyste igenom de tovor som satt kvar på huvudet. Elden var släckt. Hon låg på rygg och stirrade tyst upp i himlen. Han lade sig hos henne, omfamnade henne, drog av handskarna och smekte hennes ansikte. Lena, som låg på knä vid sidan om Sonja, reste sig plötsligt.

De hade lämnat sina områden obevakade, nu hade eldtungorna redan kommit in en bit i den förbjudna zonen och skulle avancera om hon inte gjorde något. Som en vettvilling sprang hon längs med brandgatan med sin spade, slog och slog, men det hjälpte inte mycket, eldtungorna dök upp igen, smög sig vidare i riset. Röken tätnade. Vatten var det enda som skulle stoppa eldens framfart, hon behövde vattenslangen. Hon sprang genom röken till vattenstationen en bit bort och lyckades baxa fram slangen till deras avsnitt. När hon skruvade på vattnet släppte hon lös en oväntad kraft. Slangen krängde och slog som om hon brottades med en boaorm, hon vacklade och höll på att ramla baklänges med slangen i famnen. Hon hade övat med vattenslangen och lärt sig att hantera den, men nu var den henne övermäktig, hon skulle inte orka hålla den stadigt. Så allt var över nu, detta var alltså slutet? Här i en småländsk barrskog, i kamp mot naturkrafter ingen människa rådde över. Tankar och bilder for genom hennes huvud, Farid, torpet, Peter, hennes föräldrar, döda sedan länge. Hon snyftade uppgivet men kämpade bredbent vidare och lyckades till slut rikta in strålen där den behövdes. En grå rök bolmade upp, det väste och lågorna drog sig besviket tillbaka, dämpade för ögonblicket. Modet växte, hon kände sig säkrare och lyckades manövrera slangen så att hon nådde de bortre lågorna. Hon såg Bosse komma emot henne genom röken och ta över slangen, han avslutade vad hon börjat. Elden kämpade emot, gjorde utfall, väste rök och skickade ut gnistor mot dem, men till slut drog den sig tillbaka, bortom gränsen, där den lömskt avvaktade nästa ögonblick att slå till. Hettan var outhärdlig.

Lena sjönk ner hos Sonja, som låg kvar på marken, stum av chocken. Hon tog fram sin vattenflaska.

– Drick litet.

Hon hjälpte Sonja att sätta sig upp och att dricka. De tittade på varandra, förstummade. Döden hade kommit nära, den hade slickat hennes huvud. Sonja for med händerna genom sitt hår. Svarta tovor och strån föll över axlarna.

– Du får en modern, kortklippt frisyr, du kommer att klä i den, sa Lena tröstande.

Bosse kom och hjälpte henne att undersöka hårbotten. Hon tycktes inte ha fått några brännskador, det var bara det vackra håret som var borta nästan helt. Korta stubbar och enstaka slingor hängde kvar. Hennes ansikte var nersmetat och svart av sot.

– Du får inte arbeta mer idag, jag tar ditt avsnitt också. Du måste vila och dricka mycket vatten, sova om du kan.

Hon nickade, han hjälpte henne att resa sig upp och hon stapplade över till den säkra sidan där hon lydigt lade sig ner i mossan. Bosse placerade sin ryggsäck under hennes huvud.

– Vi hör och ser varandra härifrån. Ropa om du behöver något. Jag jobbar vidare.

Hon nickade stum och trött. Lågorna där borta fortsatte hoppa fram, röken bolmade upp igen. Men hon brydde sig inte utan lade sig på sidan och somnade.

De jobbade vidare, andtrutna och slitna. Efter långa timmar

fick de frukost, riktigt kaffe, inte svenskkaffe, och smörgåsar, av en man som drog en kärra lastad med mat och dryck längs med brandgatan. Han hade inga nyheter om branden, men vinden hade inte tilltagit och den hade behållit samma riktning, nordost, och det var bra trodde han. Snart skulle elden nog vara under kontroll. Han vandrade vidare med sin kärra. Den gemensamma telefongruppen var tyst. Sonja hade vaknat och drack litet av det exklusiva kaffet. Stärkta fortsatte Bosse och Lena sitt arbete med krattor och spadar. Sonja iakttog dem från sin reträttplats. Då och då kände hon på sitt huvud, nästan allt hår var borta. Men hon levde, hon satt här och andades och såg upp i himlen. Bosse såg hur Lena hängde över sin spade, de var trötta nu och längtade efter avlösning. Det hade gått nio timmar och solen stod högt på himlen när de fick nya meddelanden i telefonen.

KAPITEL 53

Avlösningen var på väg. När den anlänt skulle de återsamlas. De senaste timmarna hade elden dragit sig tillbaka, den lurade längre in i skogen, i väntan på en ny attack med hjälp av vinden, nya lömska anfall. En helikopter hade vattenbombat de inre delarna av brandhärden under förmiddagen. De hade hört ljudet genom dånet från elden, men inte sett den för all rök.

Lena tömde vattenflaskan. När elden såg ut att dra sig tillbaka ett ögonblick gick hon bort mot slangen för att hämta nytt vatten och spola ansiktet. I det ögonblick hon vände elden ryggen slog tanken på Farid och hans färd genom skogen ned i henne som ett oväntat hugg från en yxa. På cykel, kanske mitt i elden. Hon kved till och hukade sig. Under kampen mot elden hade inga andra tankar tagit plats i henne än arbetet, risken, och faran, men när hon slappnade av kom de gamla tankarna återigen farande som svarta fåglar, rakt in i kroppen. Hon andades tungt, rätade på sig och böjde sig efter slangen.

Tillbaka på sin position arbetade hon på. Röken sved i ögonen och hettan var lika tung som tidigare, men eldens ljud hade dämpats. Avlösningen kom gående mot dem genom skogen, en grupp utvilade, arbetsföra människor som skulle ta över deras avsnitt. De hälsade på varandra med tysta nickar. Lena var tacksam över att få lämna den yttersta frontlinjen och hon snubblade tillbaka genom den nu solbelysta, friska skogen i sina tunga stövlar, tillsammans med Sonja, Bosse och andra från gruppen, ledda av en brandman, fram till samlingsplatsen.

Sonja var tyst och sluten och stödde sig på Bosse när hon tog sig fram genom blåbärsriset. Hon var inte sig lik längre, med det stubbade håret, tyckte Lena. Hon såg ut som Jeanne d'Arc, efter slaget vid Orléans, med sitt allvarliga, sotiga ansikte. Hennes runda huvudform framträdde och håret, stubbat och sotigt, såg ut som en hjälm.

I dagsljus var samlingsplatsen inte lika skrämmande, inte lika kaotisk. Det verkade som om läget var lugnare, kanske inte under kontroll, men på väg att bli. Hon fick syn på några från gruppen som stod i en bortkommen hop i utkanten, svarta i ansiktet, skyddskläderna brända och smutsiga, de lutade sig mot spadar och krattor. Ove dök upp tillsammans med en brandman.

– Vi har haft en allvarlig olycka i natt. Det är mycket tråkigt.

Han tycktes inte se Sonjas förändrade utseende.

– Hans Fransson, ni känner honom kanske, 20 år, familjen Franssons äldste son, han hjälper till hos mig ibland. Han har råkat ut för en olycka och är skadad.

Lena såg sig om i gruppen. Familjen Fransson fanns inte där bland de andra.

– Lisa och Åke har åkt i ambulansen med Hans. Han jobbar ju som frivillig brandman, han hade varit ute hela natten, nära brandhärden, han måste ha blivit omringad av elden. Man tror att han försökte ta sig igenom, när de hittade honom rullade han runt på marken, han försökte släcka elden som brann i hans kläder. Han är illa skadad tror jag.

Han tystnade och hämtade andan. Ansiktet var stelt, slutet och mörkt.

Lena såg Hans framför sig, en gänglig ung man med öppet ansikte, ring i örat och långt hår. Han hade hjälpt henne att lasta in hönorna i bilen, för inte så länge sedan.

– Vi får hoppas på det bästa. Tack för ett jättebra jobb, Olle Blomgren hälsar och tackar. Nu kan vi åka hem. Jag tror inte vi behövs mer den här gången. Elden har gett med sig, nu återstår eftersläckningen och det klarar antagligen brandmännen. Men det kommer fler tillfällen, fler skogsbränder, det vet vi.

Han tystnade och betraktade dem. De såg ut att ha klarat sig så gott som oskadda även om de var slitna och smutsiga. Han såg att något hänt med Sonja och frågade, hon berättade, med återhållen och dämpad röst. En annan i gruppen hade snubblat omkull i riset med den tunga slangen och bränt en hand. En kvinna hade fått andnöd av röken. De hade alla kommit riktigt nära elden för första gången och var skrämde över insikten om dess obevekliga framfart, intensiteten i den, tålamodet när den väntade i riset för att slå till igen, opålitligheten, mordiskheten.

Over vinkade åt dem att följa efter och började återtåget genom blåbärsriset. De snubblade efter honom, utmattade, halvblinda, andfådda av röken som omgärdat dem i timmar, svettiga och trötta. När de lämnade brandhärden beströk den friska skogsluften deras ansikten med svalka. Lena andades djupt och drog in doften av löv och varma tallar. Hon levde. En känsla av egendomlig lycka for som en vindil igenom hennes kropp. Hon såg upp i himlen. Den var blå. Det var varmt idag också, några moln syntes inte till.

De kom fram till bilarna och lastade in sina redskap innan de äntrade sätena och slog sig till ro. Ingen sa något, tankarna gick till Lisa och Åke Fransson och deras son Hans. Som om de inte hade nog med sorger och bekymmer. Skulle han dö? En död i byn, det hade inte hänt på länge.

– Vi måste tro och hoppas att Hans blir bra, sa Ove, och satte sig tillrätta. Tröttheten smög sig in i kroppen, han var trots allt inte så ung längre. Och han hade förlorat en av sina soldater, den unge Hans. Kanske för alltid, kanske att han kunde komma tillbaka efter en lång rehabilitering. Sorgen borrade sig in i bröstet. Vad fanns att göra för att hjälpa Franssons? Han startade bilen, vände den klumpigt i gläntan och började köra tillbaka till byn.

När Lena äntligen kom hem slet hon av sig de smutsiga kläderna och gick ut på gårdsplanen för att tvätta sig med regnvattnet i tunnan. Det fanns inte mycket kvar och det var ljummet men hon tyckte att tröttheten försvann med sot och smuts som rann ner i gräset. Hon masserade hårdhänt sitt långa hår och vred ut vattnet för att bli fri från röklukten. Med en handduk om kroppen gick hon in i sovrummet för att leta fram fotografierna i kartongen, hon längtade efter att se bilderna av föräldrarna, deras föräldrar och deras, bilder från bröllop, dop och födelsedagar, kräftfester och resor. Döden hade kommit nära i skogen, den hade strukit fjäderlätt över hennes kropp, den hade andats i hennes ansikte. Nu ville hon se på dem, anförvanterna, se dem när de stumma ser tillbaka på henne från papperets blanka yta, från den andra sidan där de befinner sig nu. De har alla gått över dit. Allvarliga ögon, munnarna ler. Hon strök med fingret över ansiktena och kände att hon saknade dem, saknade sin barndom och barnets ansvarslösa, bekymmersfria liv. Hon lade tillbaka bilderna i kartongen, satte den på hyllan i garderoben och öppnade i stället datorn, där det fanns fler och nya bilder och bilder på Peter, som hon kunde förstora upp, så hon kom riktigt nära ansiktena och ögonen. Hon stirrade in i Peters jätteögon. Känslan av övergivenhet dämpades inte, den förstärktes. Hon stängde datorn och började klä på sig.

KAPITEL 54

Minnet av branden bleknade sakta bland byborna. De hade diskuterat sina insatser på ett extrainsatt byråd någon dag senare. Hans Franssons tillstånd var kritiskt, brännskadorna var omfattande. Nu hade en ny skogsbrand startat sydväst om byn, men den var mindre och deras insatser såg inte ut att behövas ännu.

– Vi lever på randen till en katastrof, men snart är sommaren slut, tack och lov. Nå, vad har vi lärt oss, vad kan vi berätta om våra erfarenheter?

Ove skickade ut frågan till människorna runt trädgårdsbordet. De satt ute i skuggan, köket hade blivit allt för hett. Han väntade. Lena räckte upp handen.

– Elden kom så nära, jag har inte upplevt något sådant tidigare. Värmen och röken, dödsfaran alldeles i närheten. Jag var rädd, men jag tyckte vår insats var bra. Nu måste vi se över hur vi själva kan förebygga bränder i byn och runt omkring. Kanske ska vi bjuda in någon som kommer med förslag hur vi kan bli bättre på det?

– Bra förslag, jag kan åta mig att genomföra det, sa Ulf Apelgren, som ställt sig upp. Vi inventerar riskerna och sätter ihop förslag för att bli bättre på brandbekämpningen och det förebyggande arbetet. Jag bjuder in en expert.

De nickade medhåll.

– Det blir bra. Tack Ulf. Något annat?

Sonja ville berätta om känslan av panik, maktlöshet och dödsrädsla, som hon upplevt när elden brann i hennes hår, men hon teg och strök tankfullt med handen över sitt stubbade huvud. Bosse hade hjälpt henne att få en ny frisyr, den var klädsam, men hon saknade sin långa, gungande hästsvans.

Anette Apelgren berättade i stället om hur hon storgråtit när hon kommit hem och var utom fara.

– Det var chocken över elden, hur nära den kom, hur farlig den var. Och den finns ju hela tiden runt omkring, nu i sydväst, snart någon annanstans.

Hon satte sig med tårar i ögonen. Det blev tyst.

– Vi har blivit medvetna om faran på ett nytt sätt. Vi behöver bättre skyddskläder, sa Ove, för att avstyra den dova känslan av maktlöshet.

– Inventering av riskerna och bättre skyddskläder, det blir bra. Så gör vi. Något mer? Ingenting?

Den som skadat handen hade varit på sjukhus och fått den omlagd. Kvinnan med andnöd anhöll om att slippa arbeta med brandbekämpning i framtiden, hon hade svaga lungor.

Hans Fransson dog efter en vecka på sjukhuset i Tranås utan att ha återfått medvetandet. Vården kunde ingenting göra för honom, han var illa skadad. Föräldrarna hade turats om att vaka hos honom och var otröstliga, liksom den yngre brodern, som var elva år. Begravningen ägde rum några dagar senare och invånare från byar runt omkring fyllde kyrkan, som var prydd med blommor och levande ljus. Prästen predikade om Hans mod och osjälviskhet, att han offrat livet för sina medmänniskor när han bekämpade branden. Han hade varit stolt över att vara frivillig brandman.

Sonja satt i den hårda kyrkbänken och kramade den röda psalmboken, som hon höll i sitt knä. Hon fann ingen tröst i prästens ord eller i verserna och orden i psalmboken. Han hade varit ett barn, en ung pojke, bara 20 år. Den där natten i den brinnande skogen hade varit den sista i hans liv. Och nu var han en brännskadad kropp. Han skulle få en grav på kyrkogården. "Kanske är det meningslöst att fortsätta hoppas", tänkte hon. "Denna döda pojke, så ung, ett barn". De sjöng "Blott en dag ett ögonblick i sänder" men Hans var död och skulle fortsätta att vara död till tidens ände. Han skulle alltid vara en pojke på 20 år. Alla förbrända träd hon någonsin skulle se skulle påminna henne om Hans och hans korta liv.

Värmen dallrade, luften var tung av blomdoft. Ceremonielet fortsatte, de tog farväl vid kistan och kastade sin blomma när de gick förbi. De gick ut i den friska klarblå luften och kunde andas ut och torka sina tårar. Sonja lutade sig mot Bosse, som slog armen om henne.

– Kan vi fortsätta hoppas?

– Vi måste fortsätta hoppas. Vi måste hoppas och tro och trösta varandra.

Bosse hade svårt att hitta de rätta orden. Begravningen hade dragit honom neråt, inåt, mot ett mörker, där han hukade.

Lena var rödgråten och kramade en näsduk i handen när hon kom fram till dem. Sonja drog in henne i sin famn och höll henne hårt. Lena bar på en ännu större börda.

– Kom med oss hem och ät litet, vi behöver andas ut, tillsammans, det känns bättre.

Lena nickade ja, det ville hon, de tog sina cyklar och cyklade långsamt tillbaka till byn. Minnet av Hans och av branden bleknade sakta. Fler och mer nära bekymmer dök upp.

KAPITEL 55

Vid nästa byrådsmöte åkte Lena till Ove och Siv i förväg, för att visa att hon menade allvar med det hon sagt, att hon ville hjälpa Ove och dela bekymren. De satt lutade över siffror och papper, han förklarade och lade ut texten. Hon nickade och kom med synpunkter och idéer, som han tyckte var kloka. Mot sin vilja blev han imponerad inför hennes klarsynthet och kreativitet. Han försökte pressa sitt ben mot hennes under bordet, eller som av en slump komma åt hennes hand, men hennes kalla blickar fick honom att skämmas. Han fick nöja sig med hennes doft, som i små moln snuddade vid hans ansikte när hon höjde sin arm eller slängde flätan över axeln. Hon hade gjort klart, de var kollegor. Han var betagen av hennes ansikte när det kom nära hans, han iakttog hennes läppar när hon talade. Det var en ouppnåelig kärlek.

När de övriga medlemmarna i byrådet började droppa in i köket var de klara med förberedelserna, de hade gått igenom de svåra frågorna och hade möjliga lösningar att föreslå. Diskussionerna skulle inte bli så långa, men alla skulle ändå få chans att säga sitt.

Hon blev hans bisittare på mötet, han frågade henne till råds, de viskade med varandra med huvudena tätt ihop, innan han harklade sig och talade. Ibland fyllde hon i, kompletterade, kom med förklaringar.

Det nya arbetssättet väckte en del förvåning. Vad hade de ihop, Ove och Lena? De var så omaka, den tjuriga bonden och den exklusiva vackra Lena med flätan. Spekulationerna bleknade bort när Ove lade ut texten om en brand i närheten som skulle kunna sprida sig till dem. Nu visste alla vad det innebar att slåss mot en mur av eld, och vad det kostade, men också att de hade vunnit det senaste slaget. De var bättre förberedda nu, efter att de genomfört de förändringarna de beslutat om.

I vinter kunde de komma att stå inför en brist på mat, i Sverige och i världen. Ove förklarade hur skörden hade slagit. Det var inte missväxt, men snudd på. Det hade varit för varmt och torrt igen. I hela Sverige såg det likadant ut. De måste planera mer noggrant och avstå livsmedel åt sjukhuset och vårdhemmet och åt dem som var kvar i städerna. Varje grönsaksland, äppelträd och bärbuske var guld värda. Siv hjälpte gärna till med tips om nya och gamla konserveringsmetoder.

Tystnaden låg tät över bordet när han slutade. Siv hällde upp mer te och svenskkaffe. Ove förmodade att var och en tänkte på sina släktingar och vänner som bodde kvar i städerna. Deras utsikter såg sämst ut.

– Jag skulle vilja ta hit mina föräldrar och några andra släktingar, så många vi kan få plats med i vårt hus. De som inte har jobb som håller dem kvar i stan, sa Ulf, efter en stunds tystnad. Men det betyder ju att vi blir fler som delar på det vi har förstås.

– Det kan säkert gå. De har ju var och en sin ranson med sig, sa Ove.

Diskussionen varade inte länge och de kunde fatta en rad viktiga beslut. De avslutade med de senaste nyheterna i radion, som vanligt. En ritual som var som syndastraffet, som påminnelse om alltings förkrossande förgänglighet, om hoten som tornade upp sig och som de kämpade emot. Syndernas förlåtelse fick de aldrig.

Ove och Lena gick snabbt ut på trappan för att svalka sig.

– Du, tack för din hjälp, vi fortsätter så här.

Han lade tungt sin hand på hennes axel och nickade.

– Bra Ove, det vill jag också. Det kändes bra.

De såg på varandra. Så vände han sig snabbt mot de andra, det fanns många som ville byta några ord. Lena gick in till Siv för att hjälpa till att röja upp efter mötet. Hon ställde sig vid diskbaljan och diskade koppar och fat. Siv började torka.

– Tack Lena för att du hjälper Ove. Han höll på att gå ner sig med alla bekymren, han blev så deprimerad, obalanserad och häftig. Jag kunde inte hjälpa honom, inte se lika klart som du.

– Skönt att vi kan jobba tillsammans på ett bra sätt, han och jag, sa Lena dunkelt.

Ove hade bekänt sin oförlösta längtan för Siv. Hon kastade en blick på Lena där hon stod med händerna i diskbaljan. Det mörka håret lockade sig och inramade hennes slutna, bleka ansikte. Vilken fåfänglig önskan! Varför skulle Lena ge efter för honom! Han var kanske tjugo år äldre, tafflig och burdus. Efter ett långt äktenskap kände hon honom utan och innan. Hon var inte svartsjuk, de hade det fint, han var ivrigare än förr, omtänksam och kärleksfull. "Min belöning", tänkte Siv. Han kunde gott lida och längta. Men det skulle gå över som allting annat. En häftig förälskelse som skulle slockna med tiden. Vänskapen mellan Ove, Lena och Siv skulle djupna. De behövde stabila trygga relationer i byn, så att de kunde lita på varandra. En fundamental trygghet mellan dem som nu måste slåss för sin egen och andras överlevnad.

Sakta vandrade Bosse och Sonja hem i kvällsljuset, var och en i sina tankar. Sonja hade inte vant sig än vid sin nya stubbade frisyr. Hon saknade sin svängande hästsvans och floden av hår över axlarna. Trädgården låg stilla och avvaktande framför dem, den luktade jord och höst. De inspekterade grönsakslandet, äppleträden, bärbuskarna. Hönsen hade gått in i sitt hus och Sonja stängde in dem. Det fanns några ägg i redena. De gick in och låste dörren.

– Vi måste röja någonstans, på vinden kanske, för att kunna förvara våra grönsaker på rätt sätt. Vi har ju inget annat utrymme. Skaffa en frysbox till, men de är svåra att få tag i.

– Hur ska det räcka för hela vintern?

Sonja lät orolig och Bosse drog henne till sig.

– Det kommer att gå bra. Vi har ju jakten, då får vi kött. Och fisket hos Lena.

– Jag måste kolla med mina föräldrar, de kanske vill komma hit. Och dina, förresten, du säger aldrig någonting om dem.

Hon tittade förebrående på honom när de gick uppför trappan till sovrummet.

– De klarar sig. Jag har pratat med dem för ett par dagar sedan. De får hjälp av familjerna som flyttat in i huset.

Ibland trodde han själv på sina lögner. Skulle han någonsin berätta sanningen för henne? Lögnen var så enkel och bekväm och den hade nästan blivit sanningen nu. "Enkel för dem båda", tänkte han. Så som läget var.

Han hjälpte henne att klä av sig som han brukade. Det var som att upptäcka hennes kropp på nytt. Under de slitna kläderna fanns den rosiga, mjuka huden, som svarade på beröring, värmen som strålade ut från den. Den var en tröst och ett mirakel varje gång tyckte han. Att se hennes kropp framträda bit för bit ut ur förklädnaden, ur de alldagliga paltorna steg hon fram, den hon verkligen var. Trösten som fanns där, hos dem, emellan dem, ordlös och uråldrig, som tog dem i besittning, lockade bort dem från de mörka tankarna, in i en annan verklighet, som var djupröd och vibrerande. Hoten och farorna drog sig tillbaka in i skuggorna, där de tålmodigt inväntade nästa dag.

Han var antagligen steril, men driften att reproducera sig hade inte avtagit. Det var som om just den kunskapen drev honom till henne, som om han måste övertyga sig själv om att han kunde betvinga och besegra sitt öde och därmed den verklighet som var hans.

KAPITEL 56

Lena var glad för sina höns. De hade hämtat dem tillsammans, hon och Siv, hos familjen Fransson, en tupp och sju hönor. Tuppen gol tidiga morgnar, men den var dämpad, det var en sådan sort, framavlad för att vara tystlåten. Så hon vaknade oftast inte av tuppens galande, utan av sina drömmar, där hon förgäves försökte hinna i tid till något, hon förstod inte vad, eller springa ifatt någon, hon visste inte vem, som försvann framför henne, i en diffus omgivning. Någon hennes liv var beroende av, men som var onåbar. Ångesten i drömmen dröjde sig kvar när hon vaknade. Hjärtat slog hårt men verkligheten som föll över henne var inte lättare att bära. Det var enkelt att tyda de där drömmarna, maktlöshetens drömmar. Farid hade inte hört av sig på flera kvällar. Det var tyst. Hon hade vågat ringa ett par gånger, men telefonen var avstängd. Oron fanns kvar under dagens arbete, den låg och skavde under alla tankar.

Inför nästa byråd hade hon och Ove ett förberedelsemöte, som de hade avtalat. Hon såg fram emot det mötet, att träffa honom och Siv och de andra i byn. Lufta tankar och idéer, arbeta tillsammans och få till bra lösningar. Hon stängde in hönsen och drog fram cykeln. I cykelväskan lade hon en vetekrans som hon bakat under eftermiddagen. Lövträden började skifta färg, ljuset var klart och kyligt, den dova lukten av våta löv slog emot henne. Höstskogen var en ny skog, hon kände bara till vår- och sommarskogen, men höstskogen var lika vacker. Hon blev tvungen att hoppa av cykeln och fortsätta en bit till fots för att kunna njuta av trädens nya färger. Fågelsången hade tystnat. Hela skogen väntade på vintern.

Inför mötet var Ove irriterad och korthuggen, som om han inte hade tid för henne. De gick igenom frågorna, de enades om möjliga lösningar att föreslå. Det var ändå ett bra förberedelsemöte, trots Oves humör. Han tycktes äntligen ha slutet med sina flörtiga närmanden.

– Efter mötet måste vi ha ett snack, Lena. Vi hinner inte nu.

– Om vad då? Vi har ju snackat nu.

– Det är något som dykt upp. Som du måste veta, som inte har med byrådet att göra.

Han grep tag om hennes arm och såg på henne.

– Vi tar det sedan. Okej, nu kommer alla.

Han släppte henne.

– Visst, absolut.

Många i byn var oroade över tillståndet i Sverige och världen och över den livsmedelsbrist som väntade. De hade varit i kontakt med släkt och vänner i städerna. Nu såg det ut som om byn skulle växa, när många ville hämta sina åldriga släktingar eller andra, som ville lämna städerna. De måste lägga om sina planer och prognoser inför vintern. Det var både bra och dåligt att byn fick fler invånare. Det betydde mer arbetskraft, men det betydde också fler munnar att mätta, särskilt om många av de nya invånarna var äldre och inte orkade arbeta så hårt. Men de hade säkert andra kunskaper och erfarenheter som skulle komma till nytta i byn, trodde Ove. Det skulle komma förändringar och de måste anpassa sig. Adapt or die, som alltid.

Ove och Lena gick ut på gården tillsammans efter mötet. Hon väntade medan han växlade några ord med bybor som stannat kvar. Sonja och Bosse dröjde sig också kvar. De började prata om nästa fisketur. Vem stod i tur? Kanske Lena?

Så kom Ove med allvarligt ansikte. Han ville inte se på dem utan stirrade ner i marken. Så höjde han huvudet.

– De har hittat en död man i skogen.

– Vad säger du, en död man?

– En bit upp i landet. Han hade en cykel härifrån. Bosses cykeldesign. Därför tror de att vi vet något, kanske känner honom. En flykting. En död flykting, i skogen. Polisen ringde till mig. Det blev tyst. Lena sjönk ner på knä i det fuktiga gräset. Kvällssolens sista strålar hade försvunnit bakom skogsbrynet. Det var kallt. Hon rev och slet i gräset och kände hur hennes knän blev fuktiga. Kroppen hade börjat skaka, hon såg upp i himlen, på månen som hängde över dem, som alltid. Ingenting hade förändrats. Bara detta. Vinden drog genom håret, hon kände iskylan breda ut sig. En död lukt steg upp ur gräset. Var han död? Var hon ensam nu? Det gick inte att hålla tillbaka de djupa snyftningarna som ville tränga ut genom munnen, ut i luften.

– Neeej!

Vrålet fick byborna, som hade dröjt sig kvar efter mötet, att vända sig om. De tittade oroligt, men förstod att de inte skulle lägga sig i. Ove fick sköta detta. Helt klart fler och nya bekymmer.

Bosse och Sonja försökte hjälpa Lena upp. Hon hängde på dem, knappt i stånd att stå. Ove fortsatte utan misskund.

– De har hittat en död man. Han är skjuten av polisen. Vi vet inte vem det är av de två som cyklade iväg på Bosses cyklar. Ja, jag vet allt det, om de där två, det är lugnt. Polisen vill att vi åker till bårhuset i stan i morgon för att identifiera den döde. Om vi har sett honom här i byn. Du måste följa med Lena.

Ove hämtade andan. Han ville slå sina armar om Lena, men hon var onåbar. Hon hängde på Bosse och Sonja. Snyftningarna hade upphört.

– Han var skjuten med flera skott.

”Han var skjuten med flera skott”. Meningen ekade i hennes inre. Skjuten med flera skott. Farid var skjuten med flera skott? Flera skott.

– Polisen skjuter flyktingar. Det är inte ovanligt. Först varningsskott, sedan verkanseld. Så har de ju bestämt. Samlingsregeringen. De skjuter.

Hon nickade. Hon släppte taget om Bosse och Sonja och försökte strama upp sig, strök tårarna ur ansiktet. Kroppen löd henne nu.

– Jag följer med. När ska vi åka?

– Vi åker vid tvåtiden. Sonja och Bosse följer med. Vi vet ju inte vem av de två det är. Har du hört något från honom?

Ove ville inte ta den mannens namn i sin mun. Denna inkräktare, erövrare och förförare.

– Inte på flera dagar. Hans telefon är avstängd.

En känsla av ånger började stiga upp inom Bosse. Han hade ringt sin kontaktman på Säkerhetstjänsten med information om flyktingarna och han hade tackat honom. Polisen skulle ge sig ut och söka efter dem. Nu kändes det som om han handlat fel. Lenas sorg gjorde att han själv ville gråta, över det eländiga livet, över sin egen eländighet, sin svaghet och feghet. Ännu en död. Aldrig någonsin fick han yppa detta för någon vad han hade gjort. Aldrig. Inte för Sonja, hon skulle lämna honom. Han skulle bli ensam. Han kände att hans händer börjat darra så han stoppade dem i fickorna.

– Lena, vill du sova hos oss i natt, mumlade han.

– Ja, kom med oss i natt. Vi tar hand om dig.

Lena tvekade. Ensamheten i torpet i natt, med ovissheten om Farids öde, skulle hon klara den? Eller skulle trösten finnas där i rummen, i alla minnena som levde och rörde sig i trädgården, i sovrummet, i köket?

– Tack, men jag vill nog hem. Det är skönt att vara hemma, alla minnena finns ju där. Det är som en tröst.

Hon log svagt.

– Jag klarar det. Vi ses i morgon. Då får vi veta vem det är som är död. Den andra måste ju leva, eller hur? En död, en lever.

Det lät som en besvärjelse. Hon tog sin cykel och började cykla iväg. De såg efter henne. Så tunn hon var, så liten på vägen.

– Lena, ska vi följa dig hem, ropade Sonja.

Hon stannade cykeln och vände sig om.

– Tack, men det går bra. Det går bra.

Hon cyklade långsamt iväg, in i skogen, och försvann. De tre utbytte blickar. Ove var sammanbiten. De visste om hans förälskelse i Lena, den var självlysande. Nu måste han känna sig maktlös med all sin längtan, som hon inte tycktes behöva och inte ville ha. Inte ens nu.

– Tack för idag. Vi ses i morgon.

Ove lämnade dem snabbt, gick in i huset och stängde dörren. Bosse tittade efter honom. Han insåg nu att det han hade gjort var ett avgrundsdjupt misstag. Hans förödande svartsjuka och hans löjliga ambitioner hade förstört livet för Farid, för Costas, för Lena, för Ove. En människa hade det kostat livet. Ytterligare en människa, i hans eländiga liv.

Aldrig att han skulle kunna gottgöra detta. Aldrig. Han slog armarna om Sonja och de snubblade hemåt. Hos Sonja fanns trösten och nåden. Hon skulle förlåta honom, om många år, när de var gamla, en dag, skulle han bekänna sina skulder och berätta allt. Då skulle hon förlåta honom. Till dess fick han leva med sina hemligheter, sin skam. Han stannade och vände hennes ansikte mot sig. Han såg att hon grät tyst, kinderna var våta.

– Det är så tungt allting, mumlade hon.

Han måste börja sin botgöring nu. Han slöt henne i sina armar. Hennes ansikte vilade mot hans hals, hennes korta stubbiga hår stack mot hans käke, hon darrade, tårna ville inte ta slut.

– Hur ska vi klara det? Någon är död, Costas eller Farid. Kanske båda.

– Min älskling.

Orden svek honom. Hon blundade och vände sitt ansikte mot honom.

KAPITEL 57

Skogen hade förändrats. Nattens ljus var annorlunda och skogen stod avvaktande, som om den väntade på en signal någonstans ifrån, för att börja invadera de ännu öppna gläntorna och ytorna, skogen var på marsch, ville täcka allt, bädda in allt, tysta ner, låta allt försvinna. På så sätt skulle sorgen också försvinna. Torpet hukade under de drivande molnen, månen lyste då och då upp gårdsplanen. Allt var tyst och övergivet. Asken hade tappat sina blad, de bildade en gul driva vid dörren till boden. Det luktade död. Ett ödehus. En gravplats. De som en gång bott där, för länge sedan, var försvunna, bortglömda.

Hon smög in cykeln i boden, gick in i huset och låste dörren bakom sig. Tystnaden var kompakt. Inga steg på övervåningen, inget knarr från sängen när någon vände sig i den, inga andhämtningar från någon som sov. Huset vilade i sina minnen. I mörkret tvättade hon sig i ansiktet, drog av sig kläderna och kröp ner under täcket. Genom fönstret hörde hon ugglan ropa. Djuren skulle ta över, växtligheten och insekterna skulle långsamt bryta ner torpet bit för bit. Det fanns en tröst i de tankarna, om alltings inneboende förstörelse.

Den natten kom inte de ångestfulla drömmarna. Det var ljuset som väckte henne. Hon tumlade ut på gårdsplanen i solstrålarna, naken, gick bort till regntunnan och skopade vatten över sig, hämtade en tvål och tvättade sig där, hela kroppen. Solen torkade henne snabbt. Hon försökte göra solhälsningen, den som hon lärt sig på någon yogakurs. Det gick bra, kroppen kom ihåg. På rygg i solen drog hon upp sina ben, särade dem och lät solstrålarna värma hennes innersta. Idag skulle hon få veta, levande eller död, död eller levande, Farid.

Hönsen hade värpt, det fanns ägg. Äggröra till frukost, och kaffe. En snabb översättning, vattna grönsakslandet, ett par smörgåsar med ost, sallad från landet, tomater, tiden gick, klockan tickade, snart dags att cykla till byn, till stan, till bårhuset. Där någon låg död i en svart plastsäck. Någon som blivit skjuten. Hon hade inte ens ett foto av honom. Han hade aldrig velat att hon fotograferade honom. Inga bevis, hade han sagt, inga bevis för att han fanns i Sverige. Får man fotografera en död man i en liksäck? Då är det inte farligt längre, för honom. Han är ju död.

De väntade på henne hos Ove, som hade hyrt en bil. Sonja kramade om henne utan ett ord, de klev in och satt tysta i bilen medan Ove körde. Det tog nästan tre kvart att köra till stan och till sjukhuset.

– De vill att vi ska berätta om vi sett den här döda mannen i byn. Om vi vet var han har bott, han måste ju ha bott hos någon i byn, eftersom han hade Bosses cykel. Det är vad de tror.

Ove svängde in på parkeringsplatsen där en skylt visade vägen till bårhuset. De gick in i väntrummet. Det var vitt och tomt, med några plaststolar längs väggarna och en glaslucka med fördragna gardiner. En dörr ledde vidare in i byggnaden. En civil polis kom ut och presenterade sig som Bengt Oscarsson, kommissarie. Han bad dem följa med genom några dörrar, en korridor, så kom de in i ett rum, ett kylrum. Luften stod tät av kemikalier, kanske formalin. Det såg ut som bårhus hon sett på tv, i alla dessa deckare, om människor som dog och dödade. Vad gjorde hon här? Hela situationen kändes overklig. Låg någon hon älskade där i ett av facken i väggen? Det var omöjligt. Ändå började kroppen skaka. En man klädd i vit rock kom in och drog ut en bår ur ett av facken, det låg en svart säck på den i form av en människa och det fanns ett blixtlås i säcken. Sonja och Bosse stöttade Lena när de gick fram. Bengt Oscarsson nickade och den vitklädda mannen drog ner dragkedjan med ett rasslande ljud. Hon andades in men höll ögonen öppna.

– Costas!

Där låg han. Det var Costas som låg i säcken, lika mager som förr men så mycket blekare. Hans ansikte var insjunket, han såg liten och allvarlig ut, ögonen var slutna, det mörka håret uppkammat över pannan. Han var död.

Bosse vände bort blicken när han kände att hans inre började vältra sig, hur magen ville vända sig ut och in. Han ville inte se, inte ta in sin skuld, inte just nu. Han måste spela oberörd och okunnig om att Costas var död, någon han kände, en oskyldig människa på jakt efter ett bättre liv. Han såg hur Ove grep om båren med vita händer och sänkt blick. En människa var död och det var hans skuld.

– Så du känner igen denna man?

– Ja, det är Costas Galanis. Jag träffade honom på stranden vid sjön några gånger. Vi pratade. Jag vet inte mer om honom än så.

– Och ni andra?

De skakade på huvudet. Varken Bosse, Sonja eller Ove hade någonsin träffat Costas. Hade aldrig sett honom. En främling för dem, en okänd flykting.

– Bra, ni kan gå ut i väntrummet så ska jag förhöra er i tur och ordning. Jag börjar med dig. Ditt namn var Lena Palmgren? Kom med här.

KAPITEL 58

Bengt Oscarsson tog med Lena in i ett annat rum. De andra fick återvända till väntrummet. I förhörsrummet fanns ett skrivbord, två stolar, en kaffemaskin. En dator och en ask med pappersnäsdukar. Lukten av kemikalier var inte lika stark, men genomsyrade ändå luften. Hon tog en näsduk och höll för näsan medan Bengt Oscarsson hämtade kaffe i automaten. Slappt sjönk hon ihop med en oklar känsla av lättnad. Han var inte död, han låg inte i säcken. Var fanns han då? Låg han död i en skogsbacke? Sårad? Försvunnen i skogarna? Inhyst hos någon? På väg någon annanstans? Tårarna kom och hon kunde inte hindra dem.

Bengt Oscarsson kom fram med två kaffemuggar som han satte på skrivbordet. Han startade datorn och började skriva. Han började med att registrera hennes inrikespass. Uppgiften krävde koncentration och hon kunde iaktta honom medan han arbetade med blicken i datorn. Ljuslagd, med kort tunt hår, en liten mustasch över smala läppar, bleka ögon bakom glasögonen, i femtioårsåldern trodde hon, mager och benig. Misstänkte han dem, visste han något om Farid som han inte berättade? Hade de hittat honom också?

– Berätta vad du vet.

De ljusa ögonen såg allvarligt på henne.

– Jag kom från Stockholm tidigt i våras. Flyttade till torpet i skogen utanför byn. Det finns en sjö nära med fiskevatten som tillhör mig. Vi fiskar där, och delar ut fisken i byn.

– Jo, jag har varit där, jag känner till trakten. Är du ensam i torpet?

– Ja jag är ensamstående och jobbar med översättningar, från och till franska. Sent på kvällarna brukar jag lägga ut nät i sjön och näten vittjar jag tidigt på morgonen. Jag träffade den mannen där, på stranden, denna Costas alltså. Han kom gående från skogen en sen kväll. Vi började prata. Han kom från Grekland, före detta lärare i engelska. Så det gick lätt att prata med honom.

Näsduken var blöt så hon tog en ny och snöt sig.

– Jaha, fortsätt.

– Han berättade att han bodde hos någon. Jag vet inte vem. Han ville skydda sin välgörare, sa han. Men han ville vidare, upp till norra Sverige, där det var lätt att få stanna. Det var vad han planerade, sa han.

– Så han sa aldrig var han bodde i byn?

– Nej, han var förtegen med det. Däremot berättade han om sitt liv i Grekland och hur han flytt från lägret i Tyskland och hit. Jag fick en känsla av att han varit några månader i Sverige. Det var en olycklig man, men hoppfull. Han trodde på Sverige och en ny framtid här.

– Och cykeln, hur fick han tag i den?

– Han nämnde aldrig något om en cykel. Men jag visste att han ville vidare. Vi träffades fyra–fem gånger kanske.

– När försvann han?

– Svårt att säga. Jag har inte sett honom den senaste månaden.

Bengt Oscarsson hummade, nickade och skrev i sin dator. Ventilationen susade. Lukten svepte in dem och blev bekant. Rummet blev bekant, som så många andra rum, på andra myndigheter runt om i Sverige, som hon hade besökt. Förutom att någon var död, någon hon hade tyckt om. Tårarna började rinna igen.

– Kände du honom väl?

– Nej, nej. Men det är så sorgligt. Förlåt mig.

Han iakttog henne. Hon var klart nervös, hennes händer darrade när hon torkade tårarna. Antagligen visste hon betydligt mer än hon berättade, men det skulle han aldrig få ur henne. De var sluga och försiktiga de där byborna. Teg för det mesta. Men hon var nätt att se på. Hade hon stått emot denne Costas? Hon var ju ensamstående. Kanske hade de legat med varandra där på stranden. Eller så hade han rent av bott hos henne? Han visste att de osäkra tiderna, trycket från omständigheterna, riskerna i vardagen, gjorde att folk fick ihop det på de mest omöjliga vis. De föll i varandras armar. Folk var desperata och sökte tröst. Han hade själv ... nåja, det var inte honom det här handlade om. Han harklade sig.

– Är det något du vill tillägga?

– Nej, jag vet inte mer om Costas.

Ögonen glänste. Ja, hon var en pärla. Han skrev ut förhörsprotokollet och hon fick läsa igenom och skriva under. Han iakttog ögonens rörelser, halsens mjuka form och örats rosa rundning.

– Kom med här, jag tar in nästa person.

Myndigt gick han fram och förde ut Lena med ett grepp om armen, som om hon inte kunde gå själv. Hon försökte vrida sig loss, men det gick inte. I väntrummet kallade han in Bosse.

Sent på eftermiddagen var alla förhör avklarade och de fick tillåtelse att åka hem. Costas skulle begravas på kyrkogården i stan och Ove skulle få besked när det skulle ske så att de kunde gå på begravningen, om de ville. De satt utmattade i bilen. Känslorna och tårarna hade tagit slut. Ove gruvade sig för att berätta för Siv och Alf om Costas. De hade tyckt om honom och de skulle bli ledsna båda två. Ja, det var sorgligt att det slutat så här. Han sneglade på Lena, som satt tyst och samlad vid sidan om honom och tittade framför sig, försjunken i tankar. Han ville lägga sin hand på hennes lår, men hon ville inte ha hans tröst. Hon skulle skjuta bort handen, han skulle känna sig som en gammal idiot. Han suckade. Siv brukade bli glad när han tog i henne, hon kysste honom gärna. I kväll skulle han trösta henne, och sig själv, på sätt som han visste att hon tyckte om.

Bosse och Sonja höll varandra i handen i baksätet och tittade ut på landskapet som gled förbi. Sonja tänkte på Costas ansikte i liksäcken. Hon hade aldrig sett en död människa förut, men han hade sett ut som om han sov. Skjuten av polisen. En oskyldig, försynt man som bara ville leva ett fritt liv. Det var något som var fundamentalt fel. Fel, fel, fel.

Tankarna gick vidare till Farid, hans levande ansikte, vänliga ögon som såg på henne. Händerna som hade rört vid henne. Hans mun. Var han också död? Lena satt där orörlig i framsätet. Hur kunde de hjälpa henne?

Under förhöret hade de ljugit. Bosse visste ingenting om hur den där cykeln hamnat hos Costas. Nej, han förde inte något register över cyklarna och vart de tog vägen. Sonja hade aldrig sett Costas i hela sitt liv. Det hade varit enkelt att ljuga, det kändes inte som om de gjort något fel. Den stora frågan var Farid, vad som hade hänt med honom. Bengt Oscarsson hade inte sagt något om en andra flykting, så polisen visste kanske inte om att han hade funnits i Costas sällskap? Han hade kanske undkommit, på något sätt? Hon tryckte Bosses hand och han tittade på henne och drog henne emot sig så att hon kunde luta sig mot honom. Hans arm letade sig runt henne och handen lade sig till vila på hennes mage. Värmen från hennes kropp tröstade honom. Skuldkänslorna hamrade, bet och slet. Han mådde illa.

KAPITEL 59

Hösten är en tid av arbete för dem som lever av jorden. För nybörjare är mycket nytt och mycket finns att lära. Nybörjarna i byn gick i skola hos Ove och Siv och försökte också hjälpa varandra med det tunga arbetet. Det fanns maskiner att hyra, men mycket måste göras för hand. Ta upp potatis, rotfrukter, kål, morötter och andra grönsaker. Vallen blev slagen och torkad eller avbetad av boskap. Nästa vår skulle de börja odla upp i täckodlingarna i kretsloppsjordbruket, som inte släppte ut så mycket koldioxid. Lena hade lärt sig slå med lie och slog gräs på ängarna som hon kunde bre ut över sina odlingsmarker. Hon skördade sina bär och torkade dem i ramar, som hon hade snickrat. Äppleskivor hängde hon i trådar högt över vindsgolvet. I skogen fanns det gott om blåbär och lingon, liksom svamp, som hon torkade i ramarna.

Sonja och hon brukade ta långa eftermiddagar i skogen och plocka bär och svamp tillsammans. De hade lärt sig betydligt fler ätbara svampsorter än de vanliga, som kantareller och Karl Johan. Det hände att de tog roddbåten över sjön till en skogrik strand där Siv berättat att det fanns gott om både bär och svamp. De fick ihop stora skördar som skulle bli sylt, soppor och stuvningar i vinter. Under de långa utflykterna hann de utbyta många förtroenden, Bosse var tyst, men Sonja berättade gärna om sitt tidigare liv, liksom Lena. Då och då frågade de om hon hört från Farid. Det hade hon aldrig.

Fisket rullade på, hönsen värpte. I höst blev det jakt på älg och annat vilt. Ulf Apelgren på Herrevadsvägen var ledare för jaktlaget och han hade sett till att alla byns frysboxar var inventerade, de skulle vara maximalt fulla när vintern kom.

Byns nya invånare började anlända. De bestämde att bara en person ur varje hushåll fick delta i byrådet, annars blev det för mycket folk och svårt att hantera mötena. Någon hade föreslagit en inventering av kunskaper och erfarenheter hos de nya invånarna så att deras färdigheter kunde komma byn till godo. Nu hade Anette, Ulfs fru, och en annan kvinna i byn startat intervjurundor och lagt ut de färdiga intervjuerna i gemensamma dokument.

Hungern hade de än så länge förskonats från, men ute i världen såg det värre ut. All mat Sverige kunde avvara skickades till lägren ute i Europa. Det blev allt mindre. Ransonerna krympte i städerna, de gamla orkade inte med svältkosten och många dog i förtid.

Även byn hjälpte till och sålde överskott till kommunen och sjukhuset. Tack vare inkomsterna hade skulderna krympt för det utbyggda elverket. Numera var det inte elbrist i byn utan ett visst överskott som gick till grannbyarna mot betalning. Lena och Stefan hade lyckats bra.

Stefan var en man som Lena tyckte om. De jobbade bra ihop, han var inte flörtig eller påträngande som en del män i byn kunde vara för att de visste att hon var singel och bodde ensam. Avmätt och artigt avvisade hon dem som kom förbi för att hjälpa henne med något arbete som krävde en maskin eller mycket muskelkraft. Hon skrattade när hon tog sig loss ur deras grepp, så att det inte skulle bli alltför pinsamt för någon inblandad. Bosse var aldrig sådan, därför föredrog hon att be honom. Oves förälskelse höll på att tyna bort i brist på gensvar. Han ägnade sig mer åt Siv, som hade levt upp.

Långsamt vande hon sig vid den nya ensamheten. Inom sig försökte hon hitta rimliga förklaringar till att Farid inte hörde av sig. Det fanns flera och alla gick ut på att han överlevt och klarat sig från polisens razzior. Hon kunde somna med ett leende och en känsla av att han fanns alldeles nära, men det var alltid tomt i huset på morgonen. Hösten hade tagit över. Den kom med nya dofter och nya färger. Tystnaden i skogen hade blivit större, luften klarare och tunnare. Avlägsna yxhugg och hundskall bröt igenom och försäkrade om att andra människor fanns nära. Det första hon gjorde varje morgon var att släppa ut hönsen. Hon var tvungen att kränga på sig en tröja och ett par byxor, det hade blivit för kallt för att gå ut naken. Morgonen kändes som den bästa tiden på dygnet. Den gav en hel, ny dag till att leva. Hon tackade med solhälsningen. Hon brukade lägga till andra yogapositioner så att det nästan blev ett helt pass ute på gården i morgondimman. Det hade gjort hennes kropp rörlig och smidig.

KAPITEL 60

Lena flämtade och vilade i hundens position när hon hörde att någon sköt upp dörren till boden inifrån och blev stående. Snabbt reste hon sig, nästan yr och med röda kinder. Den slarviga flätan höll på att lösas upp. Hon slängde den över axeln och såg upp. En man stod i morgonljuset. Han log mot henne.

– Du. Är det du? Farid?

En känsla av overklighet fyllde henne. En man med smutsiga, slitna kläder. Skinnjackan. Ansiktet till hälften täckt av ett kort skägg. Det lockiga, långa håret hade han stoppat bakom öronen. Han sträckte ut en hand som hon väl kände igen.

– Det är jag. Det är jag.

– Är du tillbaka? Hos mig?

– Ja jag är tillbaka. Äntligen.

Glädjen steg upp i kroppen som en varm våg och hjärtat bultade. En matthet kom över henne. Hon tog några steg framåt och ville omfamna honom, men han vinkade avvärjande och klev bakåt.

– Nej, kom inte nära, jag är smutsig, jag luktar illa.

En skrällande hosta fick honom att vika sig dubbel. Han flämtade och tog tag i boddörren för att hålla balansen. Efter en stund hade han hämtat sig.

– Jag har sovit i boden i natt.

Rösten var hes och skrovlig.

– Jag ville inte väcka dig eller skrämma dig. Cykeln står därinne, och min väska. Jag stod i dörröppningen en stund och såg dig göra yoga.

– Käraste.

Hon ville smeka hans ansikte men han drog sig tillbaka.

– Får jag komma in? Jag skulle behöva ett bad. Kan du hjälpa mig? Jag har förorsakat dig så mycket sorg och bekymmer. Nu måste jag be dig om nya tjänster.

Han tog ögonen ifrån henne och såg ner i marken. De gick in, Lena först. Han blev stående i köket.

– Vad jag har längtat efter ditt hus, köket, efter dig. Vår tid tillsammans här.

Han tystnade, överväldigad av vissheten om att äntligen vara framme, av utmattning, av att kunna slappna av i den kända tryggheten hos henne, som han visste han kunde förlita sig på.

Lena lade ved i vedspisen och tände på, satte en stor kastrull med vatten på spisen, drog fram baljan ur skåpet, tvål och schampo. Allt gick av sig själv, i rasande fart, men händerna darrade. Det var ofattbart, att han var hos henne igen.

– Jag är så smutsig, kläderna.

– Det finns rena kläder som du lämnat kvar i skåpet. Jag tar fram dem till dig och en handduk.

Han blev stående på köksgolvet. Vattnet hade blivit varmt och i vedspisen knastrade elden. Han började knäppa upp sin skjorta.

– Jag skulle vilja bada ensam.

Hon nickade.

– Javisst. Jag kan göra i ordning sängen till dig så länge. Bädda rent.

– På vinden. I det gamla rummet. Om det går bra, vill jag gärna sova där. Jag är sjuk och trött, lade han till.

Hon nickade.

– Det blir bra. Jag går upp och bäddar så länge. Du är väl hungrig, jag fixar frukost när du är klar med badet.

De betraktade varandra. Hon vill kyssa honom, men gjorde det inte, utan tog med sig rena lakan upp på vinden och en flanellpyjamas, som hon hittat i stan och köpt åt honom en dag när solen sken. Hon böjde sig över sängen, bäddade och slätade ut lakanet. En våldsam längtan slog upp inom henne, stark som en värk i underlivet. Hon satte sig på kanten av sängen och hörde honom röra sig därnere och att han hällde vatten över sig, skopa för skopa. Hon böjde sig framåt och grep tag i anklarna och stönade tyst. Han var i trygghet hos henne. Han levde. Han var sjuk men skulle bli bra. Han fanns. Hon lutade sig bakåt och gungade fram och tillbaka med slutna ögon.

Så reste hon sig, hämtade ett värmeelement och satte igång det så att rummet skulle bli varmt. Hon placerade en lampa på en stol vid sängen och väntade. Det lät som om han var klar därnere. Han hällde ut vattnet och drog på sig de rena kläderna hon lagt fram. Han rakade sig, borstade tänderna.

När hon kom ner kammade han sitt våta hår framför spegeln. Han vände sig om och såg på henne.

– Kom.

Han sträckte ut sina armar och slöt henne i sin famn. Hennes doft kände han så väl igen och han andades in den. Hon började snyfta och han lät sin stora hand fara genom hennes hår. Han kunde inte gråta. Inte nu. Inte än.

Hon tryckte sig mot honom och kände hans andetag mot halsen. Bakom doften av tvål fanns hans egen, en torr doft av varmt trä.

– Du har blivit mager, Farid, sa hon till sist och smekte hans kind. Den var varm av feber.

– Och du har blivit ännu vackrare än jag mindes.

De skulle inte kyssa varandra, han ville inte det, utan han släppte henne och satte sig dröjande vid bordet. Lena försvann ut för att hämta ägg. Hon var vimmelkantig av känslorna som strömmade igenom henne och blev tvungen att stå stilla några minuter hos hönsen, som vänligt pickade runt hennes fötter. Det blev äggröra, kaffe med mjölk, bröd med ost, inlagd gurka.

KAPITEL 61

Maten, omtänksamheten, det varma köket fick Farid att börja grubbla över alla sina misstag. Allt hade misslyckats. Allt var hans fel. Och Costas var död. Visste hon det? Han såg på henne, mitt emot vid bordet. Det var ändå inte så länge sedan de suttit här, ätit och druckit och skrattat, innan han gett sig iväg. Så mycket sorg han hade gett henne, sorg och bekymmer. Stödet och lojaliteten från henne och de andra vännerna hade varit totalt och tveklöst. Ville hon ha honom nu, när han kommit tillbaka, sjuk och nedsliten? En misslyckad flykting.

– Costas är död.

Han var tvungen att säga det. Hon såg upp på honom. Hans ögon glänste av feber och hostan skrällde igen. Han tog en klunk kaffe och reste sig för att dricka vatten.

– Ja. Vi var på bårhuset. Han låg i en svart liksäck. Han var skjuten. Jag var så rädd för att det skulle vara du som låg där. Att det var du som var skjuten. Att du var död.

Hon viskade fram de sista orden.

– Polisen hittade oss i skogen. Costas hade min pistol och började skjuta. Helt galet. Han var ett så enkelt byte för dem. Oskyddad stod han där, så föll han efter några skott. Jag lyckades dra iväg med cykeln och gömde mig i en sänka. De fann mig inte, hade nog med Costas, att ta hand om honom. De lastade in honom och hans cykel och väskor och körde iväg. Pistolen tog de med sig. Det var fasansfullt. Allt är mitt förbannade fel. Flykten, pistolen, allt.

256

Han visste att han lät desperat men kunde inte dölja det. Gaffeln for över tallriken med skärade ljud, fram och tillbaka, när han jagade den sista smulan äggröra. Till sist slängde han den ifrån sig.

– Det är över. Du är här nu. Jag är så glad att du bestämde dig för att återvända hit och inte for vidare norrut. Det var helt rätt. Men varför har du inte hört av dig?

– Jag tappade telefonen. Den ligger i skogen någonstans.

Han såg ner i bordet. Värmen och lättnaden över att vara framme släppte fram trötthheten, som kom över honom i vågor. Han längtade efter att få krypa ner i sängen i vindsrummet, som han kände så väl, och sova.

– Du, ta några värktabletter mot febern. Jag har lagt en flanellpyjamas däruppe och satt in pottan, så du slipper gå ut.

– Tack Lena.

Hon plockade fram några tabletter och fyllde hans vattenglas.

– Jag måste till byn i eftermiddag, vi ska planera jakten. Sex älgar får vi skjuta. När jag kommer hem lagar jag middag till oss. Vi har inte så mycket mat, men vi har mat.

Han log till svar men blev strax allvarlig.

– Du får inte berätta för någon att jag är här. Inte ens för Sonja och Bosse. Vi blev förrådda av någon i byn. Jag hörde poliserna säga "de skulle vara två, var är den andre" gång på gång. Jag kan inte så mycket svenska men så mycket förstod jag. De letade efter en till.

Han tystnade.

– Någon från byn? Men vem? Tror du det?

– Ja ja. Hur skulle det annars ha gått till.

Oron sköt upp i bröstet igen, rädslan och känslan av att vara jagad, som hade bleknat bort under timmarna med Lena.

– Du är säker nu. Du är här hos mig. Du måste vila. Och glömma.

Han nickade, reste sig, tackade för maten och stapplade uppför trappan till vinden. Han stängde dörren bakom sig. Så fint hon hade gjort i rummet! Utanför fönstret vajade björken som vanligt, men nu var bladen gula. Han kände ilningar av längtan efter henne vandra genom kroppen och han öppnade och slöt händerna. Ville hon ha honom igen? En sliten flykting utan framtid, som tärde på hennes fattiga resurser. Det måste han ta reda på. Alla kort måste på bordet. Först måste han sova och bli frisk. Han klädde snabbt av sig, drog på sig flanellpyjamasen och drog täcket över sig.

KAPITEL 62

Hon lyssnade länge efter honom men det var tyst däruppe. Chocken över hans återkomst darrade ännu i henne. Chocken och glädjen. De måste fortsätta långsamt och försiktigt. Upplevelserna och skuldkänslorna tärde på honom. Men allt skulle bli bra.

Innan hon gav sig iväg smög hon uppför trappan och kikade in. Ja, där var han. Han låg på sidan, som han brukade, med armarna och händerna under täcket. Andningen var djup och regelbunden. Håret hade blivit långt och de mörka lockarna föll ut över kudden. Ögonen var slutna och det sovande ansiktet var avslappnat, rynkan mellan ögonen hade slätats ut.

Lyckan bubblade i henne när hon cyklade genom skogen hem till Ulf Apelgren, jaktledaren. En ren lycka, en overklig känsla, som hon lät forsa runt i kroppen under cykelturen. Så kändes det, hon hade glömt.

Hon klev in hos Anette och Ulf leende och rödblommig, nickade till de andra och slog sig ner. De såg förvånade på hennes lysande ansikte, det lyckliga leendet, innan de återgick till planeringen. Redan i helgen skulle jakten börja och de som bara skulle observera fick gå med Ulf och Ove, vana jägare. Lena och Ove bildade ett par, Sonja skulle följa med Ulf. Ove såg fram emot att tillbringa en söndag i skogen med Lena. De samarbetade alltid bra och hade trevligt ihop. Han såg på henne där vid köksbordet, och det pågående småleendet som fick ansiktet att mjukna. Var hon kär i någon annan nu? Vem var det i så fall? Han knöt händerna under bordet. Den gamla vanmäktiga känslan steg upp, men han tryckte snabbt ner den. Slut på sådana tankar, för alltid. Han ville inte förlora hennes förtroende och vänskap. Hon litade på honom och han ville vara hennes vän. Hon märkte att han iakttog henne och han nickade och log när hon såg på honom. Köttet från jakten, om det blev något, skulle delas ut till alla hushåll i byn. Inälvor och slaktrester skulle användas så långt det gick. Ingenting fick förfaras. Siv och Sonja åtog sig att göra korv som skulle säljas i byn och kanske blodkorv. De skulle läsa på i gamla receptböcker. Bosse skulle hjälpa till med hantverket.

Lena var ivrig att ge sig iväg direkt efter mötet, men Sonja och Bosse höll henne kvar med småprat om kommande fisketurer och svamprundor. De kramade om henne till avsked och såg henne cykla iväg.

– Såg du hur lycklig hon såg ut, sa Bosse.

– Kanske Farid har kommit tillbaka.

Tanken slog ner i Sonja som en blixt. Så var det, han var tillbaka. Så klart att han kommit tillbaka. Varför skulle hon annars vara så lycklig?

– Det är en möjlighet. Men varför har hon inte berättat för oss? Vi känner ju Farid.

Bosses tankar virvlade runt. Var Farid tillbaka, hade han överlevt? Om så var fallet skulle han tacka den gud han inte trodde på och alla naturens väsen på sina bara knän. Skulden, hans tunga och oförlåtliga skuld till ytterligare en människas död. Costas död, men inte Farids. Hans reaktion när han hade stått där, i stanken från kemikalierna, och sett Costas ligga död framför honom och insett att det var hans fel. Chocken, ansvaret, skulden, en tung börda att bära, som inte gick att skaka av sig. Han hade ju känt Costas, och tyckt om honom. Botgöring, ett gammaldags ord. Ja, men hur? Hur skulle han komma tillrätta med sin skuld? Det fanns ingen han kunde anförtro sig åt, ingen han kunde bekänna inför.

Han ville inte längre ringa till Säkerhetstjänsten med tips, inte vara informant längre. Det var människorna som han slet tillsammans med här som var hans vänner. Han kände solidaritet med dem i byn, inte med överheten. Överheten var avlägsen och overklig, en mörk kraft som trängde in i deras liv med dekret och beslut, misstänksamhet och razzior, omöjlig att påverka. Nej, hans roll var att arbeta för människorna i byn, för Sonja, och göra allt som stod i hans förmåga för att de skulle överleva i den värld som sakta höll på att falla ihop runt omkring dem och förvandlas till någonting annat. Det var i byn och de andra byarna runtomkring i närheten, där låg hans lojalitet. Överheten fick klara sig utan honom. Han skulle slita dag och natt utan att tröttas för dem, för byborna och för Sonja. Det skulle bli hans botgöring.

Sonja såg in i hans ansikte. Han var förändrad, hon visste inte varför. Men han hade blivit mer ödmjuk, han arbetade för två utan att klaga och sa aldrig nej när någon bad om en hjälpande hand. Ibland sjönk han in i sig själv, i grubblerier. Det fanns någonting han inte ville dela med henne, han slog bort hennes frågor med ett avfärdande skratt och grep efter henne. Han sökte tröst i hennes famn. På natten hade hon hört honom gråta, men han hade bara sagt att det var mardrömmar.

Nu såg han på henne.

– Du, hon kanske inte vill berätta, ännu. Men vi får nog snart veta om han verkligen är här. Så vi får ge oss till tåls.

– Då måste han stanna över vintern. Det går inte att ge sig iväg vintertid. Skönt om Lena slipper vara ensam hela vintern i torpet i skogen.

Sakta gick de hemåt i kvällsljuset. Nu blev det mörkt, de kunde vila från arbetet när mörkret kom.

KAPITEL 63

Vägen hem genom skogen låg framför henne. Lena cyklade snabbt, hon ville komma hem innan det blev mörkt. Farid väntade på henne där. Vilka förväntningar hade han på henne? Vad ville hon ha av honom? Hur skulle framtiden bli? De måste tala ut om den misslyckade flykten och framtiden. Tramporna började gå långsammare, hon fylldes av en ny ångest. Det var inte enkelt. Vintern låg framför dem, han måste stanna eller ge sig iväg igen, genast. Hon trodde inte att han orkade våga sig på en ny färd genom Sverige. Om han stannade, ville han vara hennes man då? Eller ville han hålla distans, för att kunna frigöra sig lättare? Vad ville hon? Hon ville älska honom. Hon hoppade av cykeln och började gå med långsamma steg för att lugna ner sin hastiga andhämtning. Där låg torpet, tyst och stilla. I köksträdgården skymtade hon en gestalt, det var Farid, som inspekterade plantorna, det hon ännu inte skördat. Han stod där stilla och självklar, och med ett koncentrerat ansikte undersökte han jorden och växterna. Han fick syn på henne och höjde handen. Hon vinkade tillbaka, gick in i boden med cykeln och kom snabbt ut igen.

– Välkommen tillbaka, jag gör en provencalsk grönsaksröra till middag, jag har plockat ihop litet grönsaker.

Han pekade på en glänta en bit bort.

– Här skulle du kunna plantera några valnötsträd nu i höst. De vill stå skyddat och valnötter är gott och nyttigt.

– Ja, bra idé. Jag kan nog skaffa plantor i byn.

De gick in. Han kände sig bättre, han hade sovit gott och febern var på väg ner. Hostan ville inte ge mig sig än.

Allt kändes vardagligt och självklart. Hon drack vatten och slog sig ner vid bordet medan Farid började förbereda maten.

– På söndag ska jag jaga med Ove hela dagen. Det kan bli fina tillskott av kött och charkuterier för vintern. Vi ska göra korv också.

– Bra, bra att ha.

– Du, jag skulle kunna klippa dig, ditt hår har blivit bra långt.

– Ja, efter middagen kanske? Den är snart klar. Vila du en stund.

Hon nickade tacksamt, gick in i sovrummet, satte sig på sängen och löste upp sin fläta. Med långsamma tag började hon borsta sitt hår med nerböjt huvud. Farid stannade till inför scenen, hennes mörka hår strömmande över axlarna, de lugna upprepade rörelserna, inåtvändheten. Han såg henne med snabba händer fläta en ny fläta och hur hon kröp ihop på sängen och tycktes somna. Han vände tillbaka blicken till skärbrädan och grönsakerna, handfallen och orörlig, överväldigad av vad han sett de korta ögonblicken.

När maten var klar gick han in och väckte henne genom att försiktigt skaka hennes axel. De åt och talade om vad som hade hänt i byn. Hon berättade om den stora branden och om hur de alla bekämpat den en hel natt, att en människa dött där och då och att Sonja förlorat allt sitt hår. Det hade brunnit upp.

– Jag är så glad att du bestämde dig för att komma tillbaka. Du behövs här.

– Jag är också glad. Tack för att du tar emot mig.

De hade inte rört vid varandra, utom av en tillfällighet. Det var något som tog emot. Som om de inte visste hur de skulle bete sig.

De röjde undan disken och Lena plockade fram saxen och lade en handduk över hans axlar. Håret skulle bli kortare, men samma frisyr. Hon fäste upp hans hår med klämmor, som hon sett frisörerna göra och började klippa. Håret var tjockt och glänsande och ringlade sig mellan hennes fingrar, mjukt som silke. Det föll till golvet i mörka drivor. Han slöt ögonen och njöt av hennes beröring och saxens klippande ljud.

– Nu är det klart.

Han såg upp mot hennes ansikte, grep hennes hand och tryckte sina läppar mot den mjuka insidan.

– Tack Lena. Det ser fint ut, sa han och spejade in i spegeln, drog fingrarna genom håret. Så vände hans sig mot henne.

– Jag går upp. Vi ses i morgon. Eller ska jag röja upp här? Allt håret på golvet.

– Det behövs inte, jag gör det. Vila du.

Hans kropp var så nära hennes att hon tyckte hon kände hans värme. Skyggt vände hon bort blicken, hon orkade inte se in i hans ansikte.

Han gick upp på vinden och hon hörde honom stänga dörren. Hon tryckte handflatorna mot de varma kinderna. Snabbt röjde hon av köket, lyssnade uppåt, det var tyst, så hon gick in i sovrummet, klädde av sig och kröp ner i sängen.

Hon lät dörren stå öppen.

KAPITEL 64

På morgonen tumlade Lena ut på gräset som vanligt och gjorde sitt yogapass. Det var tyst däruppe, så hon värmde vatten och tog ett bad. Noga tvättade hon hela kroppen. Brasan knastrade i vedspisen och när hon klätt på sig gick hon uppför trappan, knackade på dörren och steg in. Han låg kvar i sängen och lyfte upp huvudet.

– Du, jag tror att febern har kommit tillbaka. Kan du hjälpa mig? Jag måste ut på dass.

Pannan var varm och ögonen feberklara.

– Jag kan nog få på mig ett par byxor och en tröja, men du kanske kan stödja mig. Jag känner mig matt och yr.

Hon väntade med ryggen vänd mot honom medan han drog av sig pyjamasen och tog på sig kläderna och stöttade honom nerför trappan och ut till dasset.

– Jag går in och förbereder frukosten. Ropa om du behöver hjälp.

Hönsen hade värpt och hon tackade dem. Hon gick upp på vindsrummet, öppnade fönstret och bäddade sängen.

Han ropade och hon hörde, men stannade av i sina sysslor och väntade med böjt huvud. En gång till.

– Lena, hallå.

Hon gick ner.

– Vill du tvätta dig?

– Nej, bara ansiktet och händerna.

– Orkar du sitta vid bordet en stund?

Han nickade. Det var ett bakslag att febern kommit tillbaka. Han förstod att han måste ta den på allvar. Lungorna väste när han andades djupt och hostan hade stört honom under natten. Bara vila återstod, lugn, vila och omvårdnad. Återigen Lena.

– Du får förlåta mig, nu får du fler arbetsuppgifter med mig att ta hand om. Jag behöver vila, det känner jag. När jag blir frisk lovar jag att återgälda på alla sätt jag kan.

– Det ska jag minsann komma ihåg.

Hon förbannade sin formella, glättiga ton. Varför tog hon till den, som om hon gömde sig.

– Det ordnar sig, bara du blir frisk, lade hon till med låg röst.

I byn fanns en sjuksköterska. I värsta fall kunde hon fråga henne om hjälp. Läkare fanns i stan, men att åka dit var ingen bra idé. Om han blev riktigt dålig? Skulle hon förlora honom då? Hon ville inte visa sin oro, den skulle bara ge honom nya skuldkänslor.

– Jag blir frisk om några dagar, bara jag får sova och vila.

Efter maten följde hon med honom upp och stängde fönstret i det utkylda rummet. På golvet låg en hög med kläder, hans smutsiga kläder från flykten.

– Ska jag ta med dem ner och tvätta?

– Nej, bränn dem, jag vill inte se dem, inte ha dem på mig. De blir aldrig rena igen.

Han väntade på att hon skulle gå så att han kunde klä av sig och ta på sig pyjamasen.

– Jag kommer upp till lunch med litet soppa och en smörgås. Vatten vill du kanske ha vid sängen? Och värktabletterna mot febern?

Han nickade.

– I eftermiddag kommer Bosse och Sonja. Vi ska plocka lingon och hasselnötter och svamp, om vi hittar. Blåbären är slut nu. Du måste ropa på mig om du vill något. Men i eftermiddag är jag ute, så du vet.

Hon plockade upp de smutsiga kläderna och lät dörren stå

på glänt så att hon skulle höra honom. När hon hade gått klädde han snabbt av sig, tog på sig den varma pyjamasen och sjönk ner i sängen.

Han hade vaknat och låg och tittade på björken utanför fönstret, hur de gula löven virvlade runt och pressades av vinden uppåt och neråt och hur grenarna rörde sig ljudlöst, när han hörde röster. De var alltså här, Sonja och Bosse. Han satte sig upp i sängen och svängde benen över kanten. Han ville se dem och stapplade långsamt fram till fönstret. Sonja, Bosse och Lena stod nedanför och diskuterade någonting. Bosse var sig lik i sin slitna vindtygsjacka, Sonjas långa, vackra hästsvans var försvunnen, hon hade en kort, spretig frisyr. Lenas fläta låg över axeln. Hon hade en jacka på sig han inte sett tidigare. Cyklarna stod parkerade mot boden, de hade korgar och påsar i händerna och gummistövlar på fötterna. Lena gick in i huset och han såg Sonja titta efter henne och gå fram och glänta på dörren till boden. Hon vände sig mot Bosse och nickade. Han såg i sin tur upp mot vindsfönstret, men Farid hann dra sig tillbaka. De hade alltså förstått. Det fanns två cyklar i boden, både Lenas och Farids, alltså var han tillbaka. Nåja, det var kanske lika bra. Han ville lita på Sonja och Bosse. Men vem var det som hade förrått dem? Vem? Han ville inte grubbla mer utan gick tillbaka till sängen och sjönk ner mot kudden. Nu skulle Lena vara borta några timmar, sedan måste han berätta för henne vad han sett. Tala ut om allting, nej det orkade han inte, inte ännu. Trötthet kom över honom och han lade sig på sidan och somnade.

KAPITEL 65

Himlen stod stor och grå över sjön när de tog båten och rodde över till stranden mot väster, in i en djup vik. Där skulle finnas gott om bär och nötter, enligt Siv. Långsamt vandrade de längs stranden och in i en gammal skog, med välvuxna furor och lövträd. Lena hörde på avstånd de andra småprata medan hon skymtade dem bland stammarna. Då och då var hon tvungen att hojta för att inte tappa bort dem. Hon kunde tänka på Farid i lugn och ro, på glädjen över att han var tillbaka. Löven prasslade under fötterna och skogen reste sig tyst och stor. På avstånd hördes en hackspett hamra.

På återvägen pratade de om den kommande vintern och hur de kunde förbereda sig.

– Hur har du det med ved Lena, annars kan jag komma upp och hugga en dag, sa Bosse.

– Jättetack, men det går bra. Det finns en hel del att hugga, men jag brukar koppla av med vedhuggning efter att ha hängt över datorn en hel dag. Det är på väg att bli min bästa gren, skämtade hon.

De skildes vid stugan och Sonja och Bosse cyklade iväg. När de kommit utom syn- och hörhåll började Bosse tjoa och ropa.

– Hurra, han är tillbaka, han har överlevt, han lever, skrek han och viftade med båda armarna i luften medan han balanserade på cykeln.

– Jag vill tacka gud och ödet och makterna eller vad du vill. I kväll måste vi fira att Farid är tillbaka.

– Bra idé, en fest är aldrig fel. Ja hurra för att han lever, ropade Sonja, mer dämpat.

– Vi får hålla tyst om vad vi vet tills Lena väljer att berätta. Hon vill hålla det hemligt, även för oss verkar det som.

De började rensa sin skörd, så snart de var hemma, men syltkoket fick vänta. Sonja gick upp och drog av sig de eviga byxorna och skjortan och letade fram en klänning i sin garderob. Hon ville klä sig till fest. En mörk snäv klänning med dragkedja i ryggen, utan ärmar. Så långt borta det livet låg, när hon jobbat på byrån, ätit middag ute, flörtat vid bardiskarna, dansat på klubbarna. Klänningen doftade av ett annat liv. Nu drog hon den på sig och ett par skor med höga klackar. Hon kammade håret och satte upp det i en lagom rufsig knut. Läppstiftet fanns i lådan och också en flaska parfym, men den var nästan tom.

Bosse lagade mat i köket och hade satt på musik när hon kom ner. Han vände sig om och visslade uppskattande när han fick syn på henne.

– Så vacker du är, klädd till fest. Han fångade in henne och lät munnen vandra över hennes hals.

– Du doftar som i Paris. Tu es l`amour de ma vie. Tu es ma vie.

Han såg på henne och hans ögon var blanka.

– Ne me quitte pas.

Hon var förvånad över hans plötsliga allvar.

– Jag lämnar dig aldrig, Bosse. Du är min man.

Hon smekte hans kind och kysste honom lätt på munnen. Han såg in i hennes ögon och vände sig bort.

– Jag måste lägga ut nät i kväll. Men vi hinner fira litet först. Och vi kan fortsätta fira hela natten.

De började dansa medan grytan kokade. Han drog henne tätt intill sig och hon följde smidigt hans steg.

KAPITEL 66

Farid vaknade av att ytterdörren stängdes med en smäll.

– Hallå, det är jag.

Lena ställde ifrån sig sina korgar och påsar och gick upp till honom, rosig och varm, och satte sig på sängkanten. Han söp in den kyliga doften runt henne från skogen och hösten. Hon lade sin hand på hans panna.

– Din feber håller i sig.

Han betraktade henne.

– Gick utflykten bra?

– Jag har lingon och trattkantareller och säkert ett kilo hasselnötter. Vi kan äta kantareller i kväll, med spagetti och persilja. Och smör.

Han nickade.

– Jag kommer ner om en stund. Jag känner mig litet bättre.

– Skönt att höra. Om du orkar får du gärna rensa svampen, så tar jag lingonen. Jag vill koka sylten i kväll. Tur att sockret inte är ransonerat.

Göromålen radade upp sig. I morgon kom en ny dag full av plikter. Hon tog Farids bricka och gick ner och han hörde henne rumstera om i köket. Ljudet skänkte lugn och en känsla av vardaglighet. Som om ett helt vanligt liv var möjligt, fanns inom räckhåll. Musik från radion strömmade upp till honom, en pianokonsert av Mozart. Han kände igen musiken, den väckte minnen till liv, studietiden i Marseille och hans väninna då, som blivit hans fru. Som övergivet honom när nöden var som störst.

Var och en var sig själv närmast, han förebrådde henne inte. Han låg kvar en stund, så tog han sig samman och gick ner till henne. Senare, vid måltiden berättade han vad han sett från fönstret.

– Så de vet alltså. De sa ingenting till mig när vi var ute. Utom att de tyckte att jag var förändrad, att jag såg bekymmersfri och glad ut.

– Är de pålitliga? Jag är kanske paranoid, men någon har förrått oss, någon från byn. Ove visste att jag var här eller hur? Kanske fler.

– Ska jag berätta för dem att du är här, eller ska jag låtsas som ingenting. Vad är bäst, tror du?

– Vi kan vänta och se. Snart är jag frisk, om två, tre dagar. Det är skönt att vara här, ligga i den varma sängen, höra dig i köket, musiken, doften av mat. Tryggheten du skapar. Ett vanligt liv.

Han teg och kände att han var nära ett sammanbrott, men han ville inte gråta. I stället reste han sig och tackade för maten.

– Jag går upp, är det okej att du tar disken? I morgon kommer allt att kännas bättre tror jag.

– God natt Farid, vi ses i morgon.

Hon hörde honom gå uppför trappan. Han stängde inte dörren utan lät den stå på glänt.

Snart måste de tala ut. Hon orkade inte vänta längre, hon måste veta. Tröttheten kom smygande och hon slog händerna för ansiktet. Trött, hon var trött på sig själv, på att vara så förbannat stark. Hon ville vråla rakt ut: stanna hos mig, älska mig. Jag orkar inte mer. Några dagar till, sedan måste hon konfrontera honom. Beslutsamt steg hon upp för att hämta in vatten.

I flera dagar fortsatte febern att härja hans magra kropp. Det var som om flyktens strapatser måste svettas ut. Han var mycket sjuk, det förstod hon, och oron tog henne i beslag. Han behövde antibiotika mot luftvägsinfektionen, eller om det var lunginflammation. Men hur skulle hon få tag i det? Allt hon hade att sätta emot var värktabletterna och hans vilja att bli frisk och leva.

Ingen fick veta att han låg sjuk i torpet, i hennes säng, och han förbjöd henne att skaffa hjälp från någon sjukvårdskunnig. Så hon vårdade själv hans kropp, tvättade den med en fuktig svamp om morgonen, bytte de svettvåta lakanen, bar ut hans potta och tömde den. Han hängde om hennes hals när hon hjälpte honom att resa sig, hans andedräkt och sträva kind, de slutna ögonen. Hon lagade buljong och soppa, trugade i honom kokt kött, ägg och bröd.

På kvällarna satt hon vid hans sida, läste högt ur en roman han tyckte om, pratade om torpet och om de senaste nyheterna. Deras framtid berörde de inte. Han iakttog henne när hon läste för honom, hennes koncentrerade ansikte, ögonen som for längs med raderna, röstens mjukhet. Ljudet av hennes röst lugnade honom. Febern började sjunka steg för steg, de gladde sig tillsammans.

En morgon hittade hon en fin gädda i baljan på trappan, som Bosse hade lämnat efter sin fisketur. Numera var det bara Bosse som lade ut nät, en gång i veckan. Det var för kallt, blåsigt och mörkt för Sonja och Lena att själva ge sig ut, tyckte han. Gäddan var en skatt. Hon bar högtidligt in den och lade den i vasken. Det fick bli ugnsstekt gädda med pepparrot, smör och potatis i kväll. De skulle äta sig fyrkantiga. Hon tog ur den, fjällade den och lade den i kylskåpet. Hönsen fick innanmätet. Efter morgonsysslorna smög hon upp till honom.

Han sov fortfarande. Ansiktet var rosigt och avslappnat, febern tycktes äntligen vara borta, men han var matt. Skäggstubben fick honom att se äldre ut. Hans breda, vackra mun stod öppen och hon kunde höra små, oregelbundna snarkningar. Rummet runt honom vilade i den sovandes andetag, som om det väntade på att han skulle vakna och väcka det till liv. Väggarna lutade sig inåt, lyssnande. Lugnet var som en smekning, hon ville bada i det lugnet, sova där hos honom. Trygg och älskad.

Hon smög sig ner igen och började dona med kastruller och

pannor. Det fick bli havregrynsgröt och kaffe till frukost. Snabbt och enkelt.

– God morgon, Lena.

Han stod i hallen, på väg ut till dasset.

– God morgon. Hur mår du?

– Mycket bättre. Jag har sovit gott.

Han gick ut och stannade på trappan. Morgonen var kylig, men dimman hade lättat. Naturen stod stilla, lukten från den våta marken kom emot honom i mörka sjok. Långt borta skällde en hund. Febern var borta och han sträckte sig upp mot himlen. Han var frisk, nästan frisk. Han tog några djupa andetag, utan att lungorna pep i takt.

När han kom tillbaka var frukosten klar. Han tvättade händerna, men fick vänta med att ta ett bad till senare, han ville bada och vara ren. Det var dags. Han måste prata med Lena nu.

– Lena, hur ser din dag ut?

– Det är byråd i kväll och jag har ett förberedelsemöte med Ove före mötet. Dessförinnan ska jag tvätta hos Sonja. Jag får låna deras tvättmaskin och har bokat in eftermiddagen.

– Nu har jag en översättning som väntar, den tar nog några timmar. Har du sett vilken fin gädda vi fått?

– Jag kan laga till den. I ugnen?

– Ja med smör och pepparrot. Det får bli efter byrådet, vid sjutiden är jag nog tillbaka. Du måste vila, det är dumt att ta i för mycket i början, då kan febern komma tillbaka. Du måste bli frisk.

– Jag vill titta på förråden du har lagt upp på vinden och kanske skörda något i trädgården. Hur är det med mattillgången? Är det svält i Sverige och Europa?

– Det kan bli svält i vinter. Vi skickar allt vårt överskott vidare. Jag får veta mer på mötet. I kväll kan vi prata om hur läget ser ut. Det är dystert, det vet jag. Nu måste jag …

Hon pekade mot skrivbordet i sovrummet. Han nickade.

– Jag gör i ordning här, sedan tar jag ett bad. Och vilar mig, jag lovar.

– Ursäkta stressen, men idag är en fullspäckad dag.

Hon gick in i sovrummet och stängde dörren.

KAPITEL 67

Kvällen blev inte som Farid tänkt sig. Lena kom hem försenad, upptagen av de dåliga nyheter hon fått höra. Nyheterna i tidningarna, tv och radio var inte alltid att lita på. Rapporterna som Ove och andra fick in gav en betydligt mörkare bild. Myndigheterna hade bestämt att förstärka gränserna ytterligare på grund av livsmedelskrisen. Det gällde att mätta dem som fanns inom landet och inte släppa in fler. Livsmedelsläget i Sverige var kritiskt, på gränsen till katastrofalt.

Befolkningen minskade, trots invandringen, liksom medellivslängden, när de äldre dog av undernäring eller för att det inte fanns de mediciner, som de behövde. Barnafödandet hade sjunkit till extremt låga nivåer. Få par ville engagera sig i processen att vaska fram friska spermier för en insemination, när de knappt hade mat för dagen. I Europa var nöden stor. Afrika, Asien och Sydamerika; miljoner hade dött på dessa kontinenter. Nej, det gick inte att tänka på det. Nära inpå pyrde skogsbränderna och kunde blossa upp igen, omöjliga att kontrollera. Nu pågick en stor skogsbrand i sydväst, kanske skulle byns arbetsstyrka skickas dit, om det behövdes. Hon orkade inte berätta mer och tystnade, trött och medtagen.

Han ställde fram den ugnsstekta gäddan, i sin form, smöret och den kokta potatisen och lade upp till henne och sig själv.

– Det känns som om vi borde tacka någon. Men jag vet inte vem, suckade hon medan hon andades in doften av varm mat.

Gäddan var perfekt tillagad, hon berömde honom och de

gjorde slut på den. Han såg hur trött hon var, där hon hängde över sin tallrik och skrapade upp det sista med gaffeln. Flätan var upplöst och hennes mörka hår strömmande över ryggen. Kinderna brann av värme och trötthet. Hon klippte med ögonen som ett barn och slickade av gaffeln. Hans blick var fixerad vid hennes tunga som for hit och dit över gaffeln. Hon var bara en meter bort från honom. Han kunde sträcka ut handen. Men det fick inte ske. De måste prata ut, men inte ikväll. Han ville inte tynga henne med sitt grubbel och sina förbehåll. Både hon och han behövde sova.

– Lena, jag tar disken, du är trött.

– Det var maten som gjorde det. Din goda gädda. Magen är proppfull.

Hon log sömnigt mot honom och han längtade efter att kyssa henne. Hon såg hans intensiva blick och förstod den. Hon fylldes ett ögonblick av längtan, men tröttheten tog överhanden. Hon gick in i sovrummet, drog av sig kläderna och tog på sig den fula flanellpyjamasen, som var så varm och skön. Han hämtade in vatten till disken och försökte låta bli att se efter henne när hon kröp ner i sängen.

– Dörren är öppen, sa hon sömnigt och utan att veta varför.

Hon släckte lampan.

Några timmar senare vaknade hon av ett ljud. Han stod i rummet. Hon kunde känna hans närvaro, hans andhämtning.

– Farid? Är det du? Kom.

Hon slog upp täcket och han tvekade men kröp ner och lade sig på kanten, så att han inte kom för nära.

– Lena, jag kan inte vänta längre.

Han låg på rygg och hon såg att hans kinder var våta av tårar. Hon väntade. Sömnen ville ta över men hon kämpade emot. Han snörvlade och svalde.

– Det är inte lätt. Lena, jag vill vara hos dig, älska dig. Men jag kan inte lova att jag stannar hos dig.

276

Han hämtade andan och svalde några gånger.

– Du har räddat mitt liv, du delar med dig av dina fattiga ransoner, du sköter om mig, du vårdar mig när jag är sjuk, ja jag tror att du älskar mig.

Han började snyfta igen.

– Förlåt att jag gråter, det är min ventil för att inte bli galen. Tårarna lättar på trycket.

– Gråt Farid, jag vill också gråta.

Han tog ett djupt andetag.

– Jag vill vara fri, inte gömma mig, jag vill kunna se folk i ögonen, kunna vara med och fatta beslut som rör mig och mitt liv. Leva ett fritt och värdigt liv. Här hos dig har jag det bra, men till våren kanske jag måste ge mig iväg igen, för att kunna bli en fri människa. Förstår du?

Hon nickade i mörkret fast han inte kunde se henne.

– Vill du att jag blir kvar här hos dig, trots att jag kanske måste ge mig iväg igen? Vill du ha mig, som din man, trots att jag kanske inte stannar? Eller vill du att vi lever som syskon, för att spara på känslorna, så att du inte blir så ledsen när jag ger mig av? Jag vill ha dig, du är min kvinna. Men jag förstår om du ryggar tillbaka. Det kan bli svårt och du får nya sorger.

– Jag har gett dig så många sorger, brast han ut och började snyfta högt.

Hon väntade tills han lugnat sig och trevade efter hans hand.

– Farid, jag har längtat efter dig. Jag har varit ensam. Framtiden vet vi inte så mycket om. Vår framtid ligger i ett mörker, den kanske snart tar slut. Det finns så många hot. Vi har dessa dagar tillsammans, dessa timmar, vårt enda liv.

Han vände sig mot henne, tog hennes hand och lade den mot sin kind.

– Vi måste torka våra tårar och leva. Ja jag älskar dig Farid. Men jag är så trött i natt. Jag vill kyssa dig, men jag vill sova också. Så jag ...

Hon tystnade och han förstod att hon somnat mitt i en mening. Glädjen och lättnaden tumlade runt i hans kropp. Rädslan för hennes beslut hade varit obefogad. Det hade varit så lätt, samtalet han gruvat sig för. Hon hade längtat, liksom han, hon accepterade att han ville vara fri. Det var sant att framtiden vilade i mörker. De måste leva det liv de hade, så bra de kunde, tillsammans. Hon vände sig på sidan och han lade sig tätt intill henne, med handen på hennes höft. Hennes andhämtning var lugn och djup. De skulle svettas i sina flanellpyjamasar, hann han tänka, innan han somnade.

KAPITEL 68

Sängen var tom när han vaknade och huset var tyst. Det var förmiddag redan. Nattens samtal gled förbi innanför ögonen och han reste sig upp och sträckte sig mot taket. Glädjen och lättnaden gjorde att han kände sig lätt som luft. Var var hon? Han klädde på sig i vindskammaren och såg att hon hade hängt upp tvätten på strecken. Hon måste ha varit igång länge. På köksbordet stod frukost, äggröra och kaffe, som var ljummet. Han gick ut och lyssnade. Febern var försvunnen och han var en ny människa, stark och ung. Han tvättade sig och rakade sig noggrant.

När han värmde på kaffet kom hon in med en doft av skog och höst.

– Älskling, var har du varit? Har du ätit?

– Jag gick ner till sjön. Jag ville tänka på Costas, minnas honom.

Hon satte sig vid bordet.

– Vi måste besöka hans grav på kyrkogården. Jag kommer alltid att minnas hans ansikte i den där svarta liksäcken. Han var så blek och ensam. Och vi som är här, tillsammans.

Hon såg frågande på honom. Hans ansikte mörknade. Costas tyngde hans samvete. Hon hade rätt i att de måste minnas honom, tala om honom. Han såg ner i bordet.

– Det var inte ditt fel.

– Pistolen var min.

– Det var inte ditt fel. Polisen hade skjutit i alla fall, de skjuter skarpt. Han ville så gärna iväg norrut, han pratade om det och planerade.

– Han var min vän, min kamrat. Det var som om han tappade besinningen, där på natten, i skogen. Han sköt och sköt, först på skuggor, sedan på polisen. Han sköt och sköt, mumlade Farid.

– Polisen har nog underrättat hans föräldrar i Grekland, om de lever, Costas var en fin man. Jag minns honom gärna.

– Ja.

De teg tillsammans.

– Farid vårt samtal i natt. Se på mig!

Han höjde huvudet och såg in i hennes ögon.

– Farid, jag har tagit ledigt idag. Hela dagen, för oss. Vi har hela dagen!

Han reste sig och gick fram till henne. De omfamnade varandra. Kyssen han väntat på så länge ville aldrig ta slut. Han ville försvinna in i henne, drunkna i henne, hennes värme. Hon började otåligt knäppa upp hans skjorta och slita i den för att få den av honom.

– Nu är det vi Farid, flämtade hon. Nu är det vi två.

De tumlade in i sovrummet och ner på golvet. Han drog i sina byxor och fick av ena benet, det andra hängde kvar runt ankeln. Hon drog av sina i ett snabbt ryck, så var han över henne och han trängde genast in i henne och började sakta röra sig, medan han såg ner i hennes blossande, allvarliga ansikte.

Tidigt nästa morgon väntade Ove vid gården, tillsammans med det övriga i jaktlaget. Det var älgjaktens första dag. De skulle köra i två mindre lastbilar till skogen där jaktlaget hade rättigheter. Bosse hade lånat en älgstudsare och skulle för första gången skjuta älg. Grannbyns jaktlag skulle sluta upp med två hundförare.

De körde en halvtimma på småvägar genom skogen, innan de var framme vid jaktstugan. Det brann redan en brasa utanför stugan. De hälsade och fick varsin mugg kaffe, medan jaktledarna konfererade om vindriktning och pass-ställen. Från den andra byn deltog också två kvinnor, men de var vana jägare.

Lena halvsov under resan. Det hade varit svårt att slita sig ur sängen i den tidiga morgonen. Farid hade sovit djupt och inte hört ringsignalen från mobilen. Hon hade betraktat hans avslappnade ansikte. De hade tillbringat hela gårdagen i sängen, utom när de ätit och varit på dass. Hon var öm i kroppen men det var en ljuvlig ömhet. Hon ville att ömheten skulle sitta i hela dagen, tills hon kom hem.

De hade planerat inför vintern. Han hade nästan inga kläder, ingen vinterjacka och inga vinterskor, bara ett par slitna Adidas. En jacka skulle nog gå att få tag i, liksom mössa och vantar, men skor skulle bli svårare, de var ransonerade. Hon måste höra sig för, kanske Ove hade skor över. Men hur skulle hon förklara för honom att hon behövde vinterskor i storlek 44–45? Byxor, skjortor, allt behövde han.

Farid tyckte att de borde bygga ett tvättrum, så att de slapp tvätta sig i köket, kanske i en del av vardagsrummet? Överhuvudtaget måste de använda vardagsrummet mer, inreda det, värma upp det. Nu var det mest ett rum där hon förvarade saker som blivit över. Under vinterns mörka timmar skulle de komma att tillbringa mycket tid där, i lampskenet, vid kakelugnen, trodde han.

Det var dags att ge sig ut på passet med Ove. Han banade väg med hjälp av GPS och hon kom efter. De vandrade en halvtimme genom den snåriga skogen och kom fram till en vidsträckt mosse. Där, på andra sidan, låg deras pass. Där skulle de tillbringa söndagen i väntan på att en älg skulle dyka upp. I ryggsäcken låg kaffetermos och smörgåsar med stekta ägg. I den långa väntan skulle de kanske ha tid att dryfta frågor de inte hann med annars. Hon ville fråga om Costas.

Han lät geväret ligga skjutklart över låren när de satt sig på varsin fällstol. På långt håll hördes hundarna skälla då och då, annars var det stilla. Luften var klar och himlen sommarblå över dem.

– Tror du det kommer en älg?

– Jag hoppas. Vi behöver köttet. Hur mår du Lena? Du ser så avslappnad ut.

– Jag mår bra. Och du och Siv?

– Vi har det bra.

Han skruvande på sig.

– Jag är glad att vi är vänner och att du glömt bort mina fasoner, hur jag …

– Det är lugnt. Jag har glömt det.

De teg en stund. Han reste sig upp och lyssnade. Nej, ingenting.

– Jag tänker på Costas ibland, hans ansikte i den där plastsäcken, sa Lena.

– Ja, det var sorgligt.

Ove kände en släng av dåligt samvete. Han hade kanske rentav drivit iväg Costas ut på den farliga cykelturen med sin ovänlighet?

– Tror du att någon förrått honom, så att polisen hittade honom?

Han tittade eftertänksamt på henne.

– Nej, det kan jag inte tro. Vem skulle det vara?

Hon ville fråga honom om Farid och om hur han hade vetat att Farid bott hos henne och att han gett sig iväg. Men hon vågade inte. Det var bäst att aldrig nämna hans namn, så att han försvann ur minnet.

– Det är tankar bara, det finns ju informanter över allt, sägs det.

– Jag känner inte till någon, i alla fall.

– Nej, de är väl hemliga förstås.

KAPITEL 69

De övergick till att viskande dryfta byns angelägenheter. Det behövdes mer folk i återvinningen. Nu tog de emot avlagda och trasiga kläder, sydde om och sålde. Bland de evakuerade hade det funnits en del hantverkskunniga, bland annat en sömmerska. Det visade intervjuer Anette och en annan kvinna från byn gjort. Bosse, som var chef på återvinningen skulle kontakta den nya och göra arbetsscheman. En pensionerad revisor skulle kunna ta över föreningens räkenskaper, som höll på att stiga Ove över huvudet. Dessutom hade de intervjuat en pensionerad ortoped. Det fanns alltså en läkare i byn. Det var verkligen en tillgång.

Siv och Sonja skötte djurhållningen alldeles utmärkt. Skulle hon kanske vilja ha några får till våren? Dräktiga tackor som födde lammungar?

– Jag kan komma upp och bygga en hage till dem. Man måste flytta dem då och då så att betet räcker.

Med ens blev han alert, reste sig upp och lade an. Hundarna skällde närmare och hon hörde ett brakande. En älg kom störtande, ut ur snårskogen, över myren, mot dem. Han siktade, sköt och älgen stannade upp och segnade ner. Frambenen vek sig, den störtade på sidan och låg stilla. Smällen ekade genom skogen och krutröken hängde kvar i luften i vita moln. Hela händelseförloppet gick på ett ögonblick. Hon reste sig, chockad av smällen från geväret och av att döden hade slagit till mot det högresta, smidiga djuret.

Älgen låg med halvöppna ögon och den stora tungan stack ut

mellan läpparna. Raggen var borstig och brun där blodet sipprade ut, benen var överraskande tunna. Den ivrigt skällande hunden med sin förare kom fram genom snåren.

– Grattis, den första idag.

De inspekterade kroppen och beräknade hur mycket kött den skulle kunna ge. Älgen skulle bli hämtad senare på eftermiddagen och förd till en slaktbod där jaktlaget skulle hänga upp den och ta ur den. Den skulle få hänga kvar några dagar innan den fördes till ett kylrum de gjort i ordning, för att så småningom styckas upp. Inälvorna skulle tas tillvara, om det gick. Arbetskraft saknades som vanligt. Sonja, Siv och Bosse skulle inte hinna med att göra korv, hade de meddelat. Kanske kunde inälvorna kokas och bli hundfoder? Grannbyn skulle ta hand om det nu.

Männen baxade över älgen så att den låg på mage, det var bättre för köttet. De återstående timmarna av passet hände ingenting, utom att ett par stora rovfåglar spanade högt ovanför dem. Det var svårare att prata om byns angelägenheter, medan älgen låg kvar, död framför dem. Det gjorde henne illa till mods, hela situationen. Tidigt på eftermiddagen gick de tillbaka till stugan. Nu återstod det tunga arbetet med att hämta djuret, hänga upp det och ta ur det. Laget hade fällt två älgar av sex tillåtna den första jaktdagen.

Sonja hade tillbringat dagen med Ulf, men de hade inte skjutit något, utan bara njutit av dagen i skogen. Hon och Lena stannade kvar vid stugan och väntade. De slog sig ner vid brasan och åt de sista smörgåsarna. Ingen av dem ville bli jägare. De ville inte skjuta, inte se djuret störta, inte se det dö. Bosse hade däremot verkat tänd på idén, trots att han inte avlossat ett enda skott. Han hade gett sig iväg till slaktboden med de andra. Lena lade sig ner på en av fällarna runt elden. Hon tänkte på Farid och kände en intensiv längtan välla upp inom sig. Sonja såg på henne.

– Vad tänker du på?

– På sängen, att få sova.

Hon vände sig mot Sonja. Skulle hon avslöja allt för henne? Nej, det fick Farid avgöra. Det gällde hans liv.

– Jag kom inte åt att tacka Bosse för gäddan jag fick häromdagen. Den var så god.

Sonja nickade. De hade också ätit gädda och det hade blivit några abborrar och gösar till byborna.

– Har du hört något från Farid

Det var fel att ställa den frågan. Hon visste ju att Farid fanns i stugan.

– Nej, ingenting, svarade Lena och slöt ögonen.

Hon tänkte på hur Sonja hade hjälpt henne över den första sorgen när Farid gett sig iväg. Hur hon hade kommit till henne, lagat mat och tröstat. Och på Bosse som aldrig sa nej, när hon bad om hjälp, alltid vänlig och positiv. Hon ville berätta för dem, men Farid skulle få avgöra.

Det var kväll när hon äntligen kom hem. De mörka gardinerna var fördragna, men rök steg ur skorstenen. Farid var där och väntade på henne. Hon ställde in sin cykel och steg in i värmen. Låg musik steg ur radion i köket. Elden knastrade i vedspisen. Det doftade mat, han hade lagat något till dem. Hon drog av sig ytterkläderna och stövlarna och ställde ryggsäcken i farstun. I sovrummet var sänglampan tänd. Han låg med en uppslagen bok på bröstet och sov med en arm över ansiktet.

Hon kysste honom och han besvarade kyssen utan att öppna ögonen och drog ner henne till sig. Hon lade sig tillrätta på hans arm.

– Hur var jakten?

– Ove fällde en älg. Vi fick två totalt. Men jag vill inte jaga mer. Det är för blodigt, för sorgligt med de döda djuren. Men köttet är ju gott förstås. Jag är väl en hycklare.

– Ditt hår luktar av skog och rök.

Hon nosade i hennes hår och vände upp hennes ansikte så att

han kunde kyssa henne. Hon tryckte sig mot honom med armen runt hans nacke. De låg tysta.

– Ska vi äta? Jag har lagat en gryta till oss med litet av varje som jag hittade i förråden.

Under dagen hade han mätt upp och funderat på var de skulle kunna bygga ett tvättrum. Han hade möblerat om i vardagsrummet, med den gamla soffan och läsfåtöljerna vände mot kakelugnen och med soffbordet i mitten. De behövde fler lampor, en eller två mattor, gardiner till fönstret och krukväxter för att göra rummet med trivsamt. Han hade flyttat hennes skrivbord från sovrummet och ställt det under ett av fönstren. Där skulle hon kunna sitta och jobba, om de höll rummet varmt i vinter. Så blev sovrummet bara sovrum. Hon tyckte om det hon såg. Det hade blivit ett hem.

De satte sig till bords och hon berättade om sina tankar om Bosse och Sonja. Hur Sonja hade hjälpt henne när hon var som mest ledsen, om Bosses tjänstvillighet och vänlighet. Hon tyckte de var värda ett förtroende.

– Jag kan ju bjuda hem dem en kväll och så får de se dig här. Vad tror du om det?

– Ja, litar du på dem, så varför inte? Jag vill inte gå runt och vara misstänksam längre, jag vill befria mig från alla gamla känslor av rädsla, jag är trött på att känna misstro. Mitt nya liv är här med dig nu, nästan som en vanlig människa.

Han kände att han tog i. Orden hade trillat ur honom utan att han tänkt efter, men de var sanna. Det var så han kände. Han ville kränga av den gamla ryggsäcken, han ville vara lycklig.

– Bra, då bjuder jag in dem när jag träffar dem nästa gång.

De städade upp i köket, tvättade sig i omgångar och borstade tänderna i det som kanske skulle komma att bli nya kvällsritualen. Han vek undan täcket och väntade på henne. Lampan på sängbordet var tänd med det rosa ljuset. Hon släckte i köket och kom in i sovrummet, där hon klädde av sig framför honom utan blygsel, tvärt om ville hon att han skulle se på henne. Senare, när hon somnat i hans famn, svettig och varm, tänkte han igenom sitt liv. Det han sagt vid köksbordet var sant. Han var 41 år. Föräldrarna var troligen döda och systern, några år yngre, var också borta, han visste inte var hon fanns eller om hon levde. Hans fru var försvunnen med en annan man. Han hoppades att hon levde och hade det bra. Lena var hans familj nu och stugan hans hem. De kunde bygga upp det till ett fint småbruk, som skulle kunna försörja dem, det såg han. De vänner han hade fanns här i byn. Han vill lära sig språket och bli en del av det nya landet och gemenskapen, han ville bidra med sina kunskaper och färdigheter. Det enda som hindrade honom var hans utanförskap. Han var inte en godkänd medborgare. Han var illegal och skulle så förbli, om han inte gav sig iväg upp till norra Sverige och etablerade sig där som en flykting med papper. Men nu kom vintern och då kunde han ingenting göra utom att övervintra, isolerad här, med Lena. Han såg på hennes sovande ansikte. Hon mumlade något och vände sig om så att han kunde dra henne intill sig och somna med näsan i hennes nacke.

KAPITEL 70

På kvällarna, när Sonja satt med sin stickning och de såg på de gamla serierna eller lyssnade på musik, hade han börjat läsa Nietzsche igen, en gammal vän, som aldrig hade övergivit honom. En gång i tiden skulle han ha skrivit en avhandling om Nietzsche, men det kändes länge sedan och han hade glömt det mesta av sina idéer. Nu hade han bara några böcker kvar, men ingenting av sina anteckningar. Datorn han använt hade han lämnat kvar på universitetet utan att lägga över någonting på en hårddisk eller bevara det på annat sätt. Allt hade gått så fort, han hade inte haft tid att tänka på studierna när han gav sig iväg. Nåväl, då fick han väl börja om. Han mindes att han läst om upprepningen, idén om att allt som en människa gör i livet ska tåla att upprepas om hon fick leva om sitt liv. Var det Nietzsche eller någon annan filosof? Han ville följa den regeln, tänkte han och såg bort mot Sonja, som ivrigt stickade på en av sina tröjor. De sålde bra i återvinningen, de var varma och vackra. Hon hade börjat variera mönstret med garnet; när hon bytte till ett nytt garn stickade hon in ett nytt mönster. Hon tittade upp.

– Vad tänker du på?

– Vad är en god människa? Nietzsche diskuterar det i sina böcker. Vad är gott och ont?

– Du är en god människa. Utan diskussion, sa hon och slängde iväg en kyss. Har det hänt något?

Han satt tyst. Det gick inte att anförtro sig åt henne, inte än. Costas var död, men Farid levde. Hon skulle aldrig förlåta honom.

– Jag tänker på hopp, på hur vi ska hålla kvar hoppet mitt i all maktlöshet. Hopp om ett bättre liv. Eller kanske bara hopp om att överleva

– Vi är inte maktlösa, vi har byn och vår förening. Här finns hoppet, vad sedan än samlingsregeringen eller den förbannade överheten hittar på, men det är en annan sak.

Hon tittade på honom och slutade en stund med sin stickning.

– Vi måste förlita oss på oss själva och se hoten i ögonen. Det är det hopp handlar om. Så säger i alla fall Siv. Vi har diskuterat det, hon och jag. Hur vi kan övervinna hopplösheten, när det är tungt och man vill grotta ner sig och bara tjuta.

– Du har rätt. Utan dig hade jag inte orkat, trots allt samarbete här i byn. Älskar du mig?

Hon tittade förvånat på honom. Vad var det som drog och slet i honom? Ett ont samvete? Hon reste sig, satte sig i hans knä och såg in i hans ögon. De var klara och allvarliga. Hon kysste honom och han lutade sig bakåt, han ville inte tänka mer, bara försvinna.

Dagar och kvällar hade blivit kallare, hettan hade äntligen lagt sig. I skogen var träden på väg att helt förlora sina blad. De hetsiga skogsbränderna flammade inte upp längre och om de gjorde det, var de små och gick att bemästra. Byns befolkning kunde andas ut och slappna av. Det var som om ett lugn hade lagt sig tillsammans med de allt mörkare kvällarna, den allt kallare luften. Livet gick långsammare, vilopauserna blev fler efter det tunga arbetet med skördarna. Nu tornade i stället matbristen upp sig som det stora problemet. Skördarna hade inte blivit goda, men inte heller hade det blivit missväxt. Det såg ut att gå, att överleva på det som fanns, kanske till och med överskott att sälja vidare. Många ropade på mat, i städerna, i Europa och världen.

Lena hade skördat de sista grönsakerna i kökslandet. Bara grönkålen fick stå kvar ännu en tid. Farid hade börjat planera för att bygga ett tvättrum. De kom fram till att bästa platsen var sovrummet. När Lena jobbade i vardagsrummet, blev den hörnan ledig. Det räckte kanske med en vägg eller ett draperi att dra för, eller bara en skärm helt enkelt. En bänk, två hinkar för rent vatten och spillvatten, några hyllor och krokar för handdukar. Störst problemet var att få tag i virke. Men det skulle gå bra, trodde Bosse, när Lena träffade honom i återvinningen. Han skulle undersöka vad de hade och återkomma. Som tack bjöd Lena in Bosse och Sonja på kvällsmat en dag då det passade, kanske lördag kväll? Han teg förbluffad. Betydde detta att de skulle presenteras för Farid?

– Vad roligt, vi kommer gärna lördag kväll vid 18-tiden. Vad ska vi ta med oss?

– Nej ingenting, ni är välkomna då. Det blir roligt att träffas på tu man hand, utanför byrådet och alla möten.

Nöjd lämnade hon den stimmiga ladan där återvinningen huserade. Många var nu engagerade i att ta hand om, reparera eller bygga och sy om sådant som var över, urvuxet eller uttjänt på andra sätt. Det skulle ordna sig med virke, om hon kände Bosse rätt.

Hon cyklade hemåt i eftermiddagsljuset. Farid var ute på löprunda i sina slitna skor. Han brukade springa längs stranden och följa sjön, och sedan tillbaka igen, ibland längre, ibland kortare sträckor. Det hade blivit en avkoppling från det isolerade livet i torpet. Han tog sin tid, svalkade sig i sjön, promenerade ibland och tänkte över sitt liv och framtiden. Han ville fördjupa sig i lantbruket hos Lena, i trädgårdsarbetet och i planeringen av det. Och arbeta med att underhålla torpet och göra det bekvämare för dem. Göra goda dagsverken.

När han hade tvättat sig och inspekterat förråden inför middagen hörde han hennes cykelklocka klinga på gården. Han gick ut.

– De kommer på lördag kväll. Bosse ska fixa virke till tvättrummet. Han trodde att kanske en skärm räckte. Men byrå eller bänk och hyllor behöver vi ju.

Hon ställde ifrån sig cykeln i boden och kom fram till honom. De omfamnade varandra.

– När vi ses måste vi prata om vinterkläder och skor. Han kanske kan fixa det.

Farid nickade. Visst, han behövde kläder, vinterkläder, men kände obehag inför att vara så beroende av Bosses välvilja, Bosses eller någon annans. Men så länge han inte var fri, fanns det ingen annan utväg än att be om hjälp.

De gick in och Farid öppnade skafferidörren.

– Vad vill du ha till middag? Vila dig så lagar jag något. Det finns gott om ägg.

– Varför inte ugnspannkaka med blåbär eller svamp? Det mättar bra.

Det frusna älgköttet från jakten skulle delas ut senare i veckan, när byrådet hade möte, till alla i byn.

– Kanske bra att göra plats i frysen nu när älgköttet snart kommer. Du kan väl kolla vad vi har där?

– Javisst, bra idé. Är du hungrig?

Han tog hennes ansikte mellan sina händer och kysste henne omsorgsfullt.

– Ja, på dig, som alltid, mumlade hon och vill fortsätta, men han drog sig tillbaka.

– Vila nu medan jag fixar middagen.

Hon nickade och gick in och sjönk ner på sängen med en bok, men somnade, som vanligt och vaknade inte förrän middagen var färdig och Farid stod lutad över henne.

KAPITEL 71

Redan kvällen före, medan de åt sin grönsakssoppa, började Bosse och Sonja prata om lördagskvällen. Bosse hade bakat bröd och de bredde tjockt med smör på skivorna. Smöret räckte ett tag till. Den stora frågan var vad de skulle ta med sig i present till Lena. De räknade med att de skulle få träffa Farid och såg fram emot det. Så någonting som hälsade Farid välkommen och någonting som Lena hade nytta av eller som hon saknade. En flaska vin så klart. Vin var ransonerat och uppskattat som gåva. Mat ville de inte ta med, det var oartigt om hon bjöd på kvällsmat, tyckte Sonja. Som om de inte trodde de skulle få någon mat hos henne. I bokhyllan hittade Bosse sina Tintin-album som han sparat och fått med sig hit. Han hade sju som alla var väl tummade.

– Om han vill lära sig svenska är serier ett bra sätt att lära sig ett nytt språk. Så kanske ett Tintin-album. Eller blir han förolämpad då?

– Eller en diktsamling. Men det språket kanske är för svårt.

Bosse valde mellan sina sju album och tog ett som såg minst slitet ut: Den mystiska stjärnan. Farid var ju fransktalande och Tintin var ett franskt, eller rättare sagt belgiskt fenomen, från förra seklet. Han skulle nog gilla att läsa Tintin på svenska, om de förklarade sina avsikter med gåvan. Och till Lena? De valde ut en bok i bokhyllan till henne, en engelsk roman, översatt till svenska, som visserligen hade några år på nacken, men som hade varit populär när den kom ut. De hade inte sett den i hennes bokhylla.

Medan de valde bland böckerna tänkte Bosse på det förestående mötet med Farid. Han både gladde sig och gruvade sig. Skuldkänslorna hade satt sig på utsidan av kroppen, tyckte han, där de lyste som tomtebloss. Det gick inte att släcka dem. Han ville be om förlåtelse, men eftersom det var omöjligt, ville han göra allt han kunde för Farid. En person i Farids belägenhet behövde hjälp, och Bosse ville hjälpa, så långt han bara kunde.

Sonjas tankar gick tillbaka till den sista kvällen i trädgården, när hon hade kommit till honom nästan naken och kysst honom. Hon hade blivit avvisad, men hon skämdes inte för det. Nej, hon visste innerst inne att hon skulle göra om det, om han ville. Trots kärleken till Bosse kände hon en molande längtan efter Farid. Men hon skulle aldrig visa det öppet, inte för honom eller någon annan. Den känslan skulle förbli en hemlighet. Om han någonsin visade att han ville ha henne, skulle hon ta emot honom. "Om du någonsin behöver mitt liv, kom då och ta det". Så hade han skrivit, Anton Tjechov i en av sina pjäser, som hon hade i bokhyllan. En ung flicka hade sagt det, till en betydligt äldre, berömd författare, som hon var kär i. Och han hade tagit hennes liv; hon hade gått under i pjäsen. Sonja mindes den meningen nu. Den gav henne en känsla av förgängelse och ensamhet och hon vände sig om efter Bosse, som satt i soffan och läste Tintin.

– Jag älskar dig, mumlade hon i hans öra och lade sig i soffan med huvudet i hans knä.

Han såg ner på henne och stack förstrött in handen under hennes skjorta, medan han fortsatte att läsa.

När de cyklade iväg på lördagskvällen var de båda laddade. Sonja hade packat sin snäva klänning och skorna med höga klackar i cykelväskan. Bosse hade sin bästa skjorta på sig och de snyggaste byxorna. Torpet låg som alltid stilla och tyst, med rök ringlande ur skorstenen. I skymningen såg det ut som ett sagohus, tyckte Sonja, ur en saga hon läst som barn.

De knackade försiktigt och Lena öppnade genast och drog in dem i hallen. Hon kramade dem och de halade fram vinflaskan ur väskan.

– Tusen tack, den tar vi i kväll. Kom in. Jag har en stor överraskning. En stor, stor överraskning.

Hennes ansikte glödde av förväntan och glädje. De väntade. Farid kom ut ur rummet till höger om hallen, vardagsrummet. Han hade den grå tröjan på sig, som klädde honom så bra och ett par slitna jeans. Han var barfota. Håret var litet kortare, men annars såg han ut så som de hade sett honom före flykten. Det var Farid, han var tillbaka!

Sonja och Bosse stod stilla, oförmögna att säga något, trots att de hade anat var detta ändå en otrolig överraskning. Han levde och mådde bra. Farid slog armarna först om Sonja, han kysste hennes kinder, sedan Bosse, han kysste honom.

Som en Judaskyss. Han var Judas. Aldrig skulle han bli fri från skuldkänslorna, de malde och åt av hans inre. Bosse svalde ner illamåendet. I kväll måste han vara glad.

– Ja, här är jag, sa Farid på svenska och drog Lena intill sig.

– Nu vet ni om det. Jag har varit här en månad snart.

Bosse plockade fram presenterna. Lena fick boken.

– Vi hade våra misstankar om att du var tillbaka, för Lena såg så lycklig ut. Så vi tog med en present till dig också. Och så är du här. Det är otroligt.

Han förklarade.

– Om du vill lära dig svenska är det bra att börja enkelt. Tintin känner du kanske till?

Lena hällde upp vin och de skålade för Farid, för livet, för byn, för framtiden. Flaskan tog snabbt slut men hon hade ett par flaskor till. Sonja klädde om sig i vardagsrummet och Lena tog på sig en långklänning och satte upp håret.

De ville veta allt om Farids flykt och han berättade om polisens överfall, om Costas som skjutit med pistolen, hur han dödats och fallit där i skogen, i mörkret, om den ensamma färden tillbaka. Han ville inte gråta, men började ändå snyfta.

– Förlåt att jag förstör stämningen. Lena vet hur ofta jag gråter, det hjälper mig att överleva.

Farid reste sig och gick ut. När han kom tillbaka samlad och tyst, fyllde Lena glasen.

– En skål för Costas.

De skålade, drack ur och hällde upp mer. Lena och Farid hade lagat mat hela eftermiddagen och middagen blev lång, högljudd och uppsluppen. Grytan på älgkött smakade som en äkta boeuf bourguignon och det fanns gott om vin. I kväll och i natt ville de glömma sorger och bekymmer och hoten som vilade över dem likt mörka moln inför ett åskväder.

Efter middagen sköt de undan bordet i köket, satte på musik och började dansa. Lena plockade fram vodkan och blandade med lingondricka. Berusningen och glädjen över att vara vid liv gjorde dem djärva och de två paren dansade omslingrade när det blev lugna låtar.

Bosse kände livsglädjen porla, livet som ville fram, ville ut. Han skulle gottgöra allt och Farid skulle förlåta honom en dag. Han tryckte Lena mot sig och kände hennes bröst och lår mot sig. Sonja dansade innesluten i Farids famn, han försökte låta bli att titta på dem. Han blundade och njöt av Lena och av hur hennes kropp rörde sig mot hans. När det kom en snabb låt var han tvungen att slita sig ur hennes famn och börja hoppa runt med de andra med armarna över huvudet. De kände sig unga och oövervinnliga som om de var tillbaka i en annan tid, när allvaret ännu inte hade börjat. De flämtade och skrattade, törnade ihop och isär. Då och då vacklade de ut i den kyliga höstnatten för att svalka av sig med en klunk av vodkan med lingondricka eller bara vatten. Framåt ett-tiden var vinet och spriten slut. Berusade och trötta bestämde sig Sonja och Bosse för att cykla hem. De ville inte sova över i vindsrummet, trots Lenas inbjudan.

– Hönsen väntar på oss, fnittrade Sonja.

Bosse försökte nyktra till och hjälpte henne att klä om innan de vacklade ut till cyklarna.

– Världens bästa fest, att få dansa med dig Lena. Och att du är här nu Farid. Du är vår hjälte, hojtade han.

– Bosse, du dansar som en gud, ropade Lena.

De såg dem vingla iväg på skogsvägen medan deras pannlampors ljuskäglor for runt bland träden. Deras avskedsrop ekade allt svagare, så blev det tyst.

KAPITEL 72

Sonja cyklade på, uppfylld av kvällens alla motstridiga känslor. Glädje och åtrå blandades med skuldkänslor. Hon hade kysst Farids hals när de dansade och viskat i hans öra. Vad? Det hade hon glömt. Säkert något om kärlek. Hon skämdes och ångesten brände i magen. Farid hade dragit sig tillbaka och sett frågande på henne. Hon måste be om ursäkt. Han hade ju förklarat att han inte ville ha henne. Eller bara försöka glömma alltihop? Tårarna var nära, men Bosse skulle trösta henne när de kom hem, han skulle ta hand om henne. Hon suckade. Det var bara Bosse som hon älskade, bara Bosse.

Var det den natten hon blev gravid? Hon visste inte. De hade stupat i säng men vaknat framåt gryningen och sökt efter varandra som drunknande. De hade båda gråtit, hon hade sett Bosses förtvivlan när han släppte alla spärrar. Hon förstod inte denna förtvivlan och fick inga svar från honom. "Kärleken ligger nära döden", tänkte hon, "nära sorgen och förlusten". Hon hade somnat till slut, lugnad och utmattad, och vaknat mitt på dagen. Nattens desperata känslor var overkliga i dagsljuset, som en mörk dröm de båda deltagit i och som hon ville glömma. I stället hade hon viskande pratat om hur härligt det hade varit att vara berusad och dansa. Bosse hade inte sagt någonting, tyst och sluten lyssnade han, medan han strök hennes kind med sin varma hand.

Nej hon visste inte. De älskade ju var och varannan dag, utom när hon hade mens, då ville hon inte ha den sortens kärlek.

– Du har inte sagt nej till mig på länge, när hade du mens senast? Är du sjuk?

– Ja jag mår litet illa ibland.

Eftersom det var nästan omöjligt att bli gravid utan assisterad befruktning var de övertygade om att hon hade fått en sjukdom. Det var den rimligaste förklaringen. Utom sig av oro hade Bosse genast ringt till den pensionerade ortopeden, Folke Svensson, som satt upp en liten mottagning hemma hos sin dotter i byn, eftersom byrådet hade bett honom att stå till tjänst som läkare.

– Kära barn, jag tror du är gravid, hade han sagt efter att han undersökt henne. Alla symtom tyder på det.

– Men det är ju omöjligt.

Sonja drog på sig kläderna innanför skärmen i hans mottagningsrum, skärrad och tankfull. Ett barn, hur var det möjligt?

– Mycket ovanligt, men inte helt uteslutet. Jag ska ordna så att du får ett test hemskickat från apoteket i stan, om de har några, det är ju en bristvara. Ta hand om dig nu. Jag kommer inte att berätta för någon, jag har ju tystnadsplikt, men alla kommer att bli glada, det kan jag lova dig.

Omtumlad gick hon långsamt hem. Bosse väntade oroligt vid köksbordet och han tog hennes händer när hon satt sig.

– Älskling, hur har det gått?

– Vi ska ha barn. Jag är gravid. Det sa Folke Svensson att han trodde. Han ska ordna med ett test.

– Vad i helvete! Gravid! Jag tror jag dör.

Han drog upp henne och började dansa runt med henne över köksgolvet, kysste henne och smekte hennes platta mage.

– Det är ju underbart. Åh, jag kan inte tro det är sant. Jag trodde sådant var totalt omöjligt.

Försiktigt satte han ner henne på stolen.

– Ovanligt, men inte omöjligt, sa Folke. Så ja, det är nog så.

Bosse satte sig, drog fram stolen och grep hennes händer.

– Du är väl glad?

– Ja, det är jag bara jag får hämta mig.

Han sjönk ner på knä och lade sitt huvud i hennes knä.

– Nu måste vi vara försiktiga. Du får inte jobba så hårt och hålla på med det tunga arbetet med djuren.

Han slog armarna om hennes höfter och ville borra in ansiktet i hennes mage. Kanske att han nu hade blivit förlåten, av gud, av naturen eller av livet självt? De hade blivit lovade en ny människa för den som hade gått förlorad på grund av hans svek. En ny människa i Costas ställe, som Sonja bar på. Mannen i bubblan ville han inte tänka på nu, han fanns alltid där, vilande i det undermedvetna.

– Jag är lycklig, du har gjort mig lycklig, mumlade han.

Hon strök hans hår som en kvinna som tröstar en botfärdig son. Hela hennes värld såg med ens annorlunda ut.

När de var säkra kunde Sonja inte låta bli att berätta nyheten för Siv, under löfte om total tystnad. De var i ladugården och mockade efter mjölkningen. Ladugårdslukten hängde tung i luften, korna var utsläppta till det bete som fanns, plus färskt hö som de lagt ut.

En intressant nyhet, så presenterade hon hemligheten. När Siv fick höra nyheten knöts hennes ansikte ihop och blev blekt. Hon slängde ifrån sig skyffeln och började gråta med händerna framför ansiktet. Sonja försökte förvånat trösta henne, men tårarna fortsatte att rinna. De slog sig ner på en bänk tills Siv hade lugnat sig.

– Det är glädjetårar, förlåt mig men jag gråter av glädje. Ett barn i vår by, det är som ett mirakel.

– Vi är också glada. Vi tänkte berätta på nästa byråd, så alla får reda på det. Det är en stor nyhet, sa Sonja.

– Mår du bra? Nu måste du ha lätt jobb. Det ska vi ordna. När får du ditt barn?

– Det blir i sommar, tror vi. Jag får väl åka in till stan, där finns en central som tar hand om gravida, har jag hört.

– Ja du, en gravid kvinna behandlas som en gudinna nu för tiden. Du får all hjälp du behöver där. Extra ransoner, bra mat, prylar, hur mycket som helt.

Hon tog Sonjas händer, släppte dem och slog armarna om henne.

– Du kommer att göra alla i byn glada. Ett ljus, ett hopp om framtiden. Vår klarast lysande stjärna.

Siv tog hennes ansikte i sina händer och kysste henne lätt på munnen. De gick in i huset med armarna om varandra. Siv ville bjuda på kaffe och hembakat vetebröd. Ove var ute men Alf deltog i kaffekalaset. Han hade mognat, tyckte Sonja, han skulle snart vara vuxen, en ny kraft i byn och i jordbruket. Han tittade förvånat på deras uppsluppna miner och skrattade gärna med i skämten, men de berättade ingenting för honom.

Alf var ett av få barn som fanns i byn. De flesta var tonåringar eller på väg att bli. Inga små barn, det var synd, tänkte Sonja. Deras barn skulle bli ett ensamt barn, om inte Lena och Farid eller någon annan hade lika stor tur. Hon längtade efter att träffa dem. Farid hade hon inte sett sedan festen, och Lena hade hon bara träffat när de åkt till affären och på byrådet, utan möjlighet att prata enskilt. I stället för att gå hem efter kaffekalaset, hämtade hon sin cykel och cyklade in på skogsvägen mot torpet.

KAPITEL 73

Vägen var förändrad, nu när träden var kala och de torra löven prasslade under däcken. Det luktade våt jord, höst och snart var det vinter. Hon rös till av den kalla vinden och knäppte jackan, som hon haft öppen under cykelturen.

– Hallå, ropade hon in i tystnaden på tunet. Dörren till stugan var låst, ingen rök och inga ljud.

Hon stod villrådig på gårdsplanen när Farid kom vandrande ut ur skogen. Bosse hade skaffat fram ett par skor som var nästan nya, byxor, några skjortor och en varm vinterjacka, men den hade han inte på sig nu.

– Hej Sonja, sa han och kom leende fram till henne.

Hon såg honom närma sig och kände attraktionen välla fram. Men nu var det slut med sådant. Han skulle dra sig tillbaka, liksom hon, efter den nyhet hon kom med. De omfamnade varandra, hon kände hans varma andedräkt mot sin kind.

– Lena är hos Stefan och planerar för elverk, det är nya på väg nu när solpanelerna har blivit så billiga.

Hon ville smeka hans ansikte men avhöll sig, i stället log hon.

– Jag vill tacka för festen först och främst. Det var så roligt. Och be om ursäkt, jag blev visst närgången under dansen. Jag har tänkt på det, det var så onödigt. Jag skäms.

– Ja vi hade roligt. Det var härligt. Du är het på dansgolvet Sonja.

Han fick lust att dra henne till sig och sträckte ut sin arm, men när hon ryggade tillbaka sänkte han den.

– Jag har en nyhet som jag vill berätta för er innan vi tar upp den på byrådet.

Hon tvekade och han såg avvaktande på henne. Hon strålade och det korta håret stod som en sky runt huvudet. Som en gloria, tänkte han.

– Jag är gravid och ska ha barn i sommar. På helt naturlig väg, inga behandlingar.

Han stod stum av förvåning, skrattade sedan högt och slog armarna om henne.

– Underbart Sonja. Vilken fantastisk nyhet. Det finns liv, det finns hopp. Grattis till dig och Bosse. Ni måste vara lyckliga. Ni är väl lyckliga?

Han blev allvarlig och såg frågande på henne, rädd för ett nekande svar. Inte alla ville ha barn i dessa tider.

Hon nickade och när hon gjorde det steg insikten upp i henne som en våg. Hans utsatthet och isolering, hans ensamhet, växte som en aura runt honom. Ofri, jagad, efterlyst, stod han där, i sina slitna kläder. Bara Lena stod mellan honom och undergången. När som helst kunde polisen hämta honom och föra honom till en dödlig, hopplös framtid någonstans i Europa.

– Farid. Jag hoppas att du och Lena också får ett barn, att du får stanna här i säkerhet. Åh, det känns så orättvist.

Farid försökte le men kunde inte hålla tillbaka tårarna och de omfamnade varandra igen, länge och innerligt, innan de motvilligt släppte varandra. Han stramade upp sig, harklade sig och svalde.

– Kom in, vill du ha te? En smörgås, låt mig få bjuda dig? Så väntar vi på Lena. Hon kommer att bli så glad.

Sonjas nyhet på byrådet väckte upp hoppet i byn och den nedslagna stämningen förbyttes i glädje. Byborna hade kommit med avlagda barnkläder, en barnvagn, ett skötbord. De vinkade till henne när de mötte henne och frågade om allt var bra, de ville krama henne och undersöka magen. Till sist hade Sonja tyckt att det blev för mycket. Hur skulle hon kunna bära upp och svara mot all denna förväntan? Helst ville hon gömma sig inför alla blickar. Bosse fick berätta på byrådet att de var tacksamma men att de inte behövde mer uppmuntran och gratulationer. Allt såg bra ut och om det hände något skulle de meddela det.

I landet bestod krisläget, men tack vare nyodlingarna och den intensifierade jakten verkade det som om man skulle klara vintern utan hungersnöd. Den förstärkta gränsbevakningen gjorde att nästan inga flyktingar tog sig in. Då och då bröt protestdemonstrationer ut mot de stängda gränserna, men samlingsregeringen var obönhörlig. Endast ett visst antal kvotflyktingar släpptes in per år. Utanför landet och utanför Europa var krisläget desto värre. Radio, tv och tidningar rapporterade om hungersnöd och död, öknarnas utbredning och länder som blivit obeboeliga. Det varma klimatet fortsatte att bli ännu varmare, trots att alla utsläpp av växthusgaser var stoppade sedan länge. Forskarna räknade med minst ett decennium till innan läget skulle stabiliseras.

Städerna klarade sig bättre än förväntat, efter att den stora evakueringen tömt dem på en del invånare. Brottsligheten hade gått ner när alla som ville kunde få ett jobb. Muskelkraft var efterfrågad och arbetskraftsbristen var fortfarande ett stort problem.

KAPITEL 74

Vintern kom och överrumplade dem med sin ovanliga sträng-
het. Efter år av barmark och slask slog den till och i januari kom
ett ymnigt snöfall som blev liggande i nästan en månad. Vägen
till torpet snöade igen. De kunde inte cykla längre, men Lena
hade hittat en trasig spark i boden som Farid reparerade. Hos
återvinningen fanns begagnade skidor och till dem pjäxor med
bindningar som passade. Lena hade redan skidor och pjäxor och
lyckades få tag i ett par till Farid. Efter flera försök lärde han sig
åka skidor i skogen och på skogsvägen.

Hans uppgift hade blivit att arbeta med stugan, både utvändigt
och invändigt. Han förbättrade isoleringen, målade om inomhus,
byggde det nya tvättrummet, högg ved, underhöll sticklingar,
sorterade fröer och försökte göra vardagsrummet mer trivsamt.
Lena satt där och arbetade, mestadels på förmiddagarna, medan
det var ljust.

Militärpolisen hade dragit ner på sina patrulleringar när allt
färre flyktingar tog sig över gränserna. Den kom sällan numera
och körde då runt i byn i sakta mak, mest för att synas. Det hände
att poliserna gick in i något hus för att inspektera. De höll sig i
byn, eftersom skogsvägen inte var körbar, ens för en jeep. Snön
var för djup. Lena och Farid kände sig trygga i den insnöade
stugan. Farid hade skottat fram stigar till vedboden och dasset
och andra fotspår än sina egna såg de inte. Djuren däremot läm-
nade fotspår som de undersökte och försökte tyda.

Tryggheten gjorde att de kände sig mer avspända. Farid åkte

skidor i skogen. Han ville inte ut på sjön, där han syntes tydligt, utom på kvällar, eller nätter, när månen lyste och ingen annan var ute. När skymningen fallit och månen stigit upp kunde de spänna på sig skidorna och ta en tur på sjön. Väl hemkomna tvättade de sig i det varma köket, framför vedspisen som förr och domnade bort i drömlös sömn. Lena tänkte på dagar i somras, innan Farid gett sig iväg, då de gått omkring i solen som i paradiset, hon kände samma lyckokänsla som då. De var inneslutna i sin värld, sin bubbla, i sin egen tid, som ingen annan kunde göra intrång i. Det gällde bara att få maten att räcka. I somras hade hans avfärd hela tiden legat framför dem och dämpat glädjen. Nu visste hon att han skulle stanna, i alla fall fram till våren.

Farid tyckte om snön, det starka ljuset när solen sken, kvällarna och nätterna när snön lyste upp skogen och huset, tystnaden som vilade över dem, avbruten av en hackspetts trumvirvel eller av korparna som kraxande passerade över dem.

Ensamheten omgärdade honom, omgärdade dem. Han och Lena var som hopsvetsade, tänkte han. Var de ifrån varandra, när hon skidade iväg till byn, och han var ensam, kände han sig halv, tom, som om någonting viktigt tagits ifrån honom. När hon kom tillbaka och spänt av sig skidorna omfamnade de varandra. Han ville känna att hon fanns nära honom. Var det för att hon var hans enda skydd mot undergången? Han var isolerad, träffade ingen utom någon enstaka gång Bosse eller Sonja. Han visste inte och han brydde sig inte. Han visste att hon älskade honom och att de behövde varandra.

På morgnarna brukade de turas om att gå ut till dasset. Han hade inte kommit på hur han skulle ordna med en toalett inomhus. De hade en potta för nattligt behov, men det var inte heller särskilt trevligt. På nätet fanns olika lösningar, men nu på vintern gick det inte att installera. De var båda trötta på det evinnerliga vattenhämtandet, som var extra besvärligt på vintern. De ville ha rinnande vatten och avlopp, men då behövdes expertis. Planerna fick vänta till våren, när tjälen gått ur jorden. Tack vare Lenas lexikon kunde han stava sig fram på internet och i tidningar och de hade börjat att försöka prata svenska med varandra.

En våt februarimorgon, när Lena var på dasset, tyckte han sig höra en nyhet på radion som gjorde att hans hjärta hoppade till och han stannade mitt i steget. Hade han hört rätt? Han sjönk ner framför radion, men nyhetsprogrammet var slut. Han skruvade och vred på knapparna. Ingenting, bara musik. Han gick in i vardagsrummet och startade datorn och väntade otåligt på att den skulle komma igång. Lena kom in och han ropade på henne.

– Jag hörde något på radion, om amnesti för alla illegala, men jag kan ha hört fel. Vi måste kolla. Herregud!

Lena blev vit i ansiktet. En sådan nyhet, om det var sant! En frälsning, en chans till ett normalt liv utan rädsla. Hon letade febrilt efter sin telefon och hittade den under en bok på natt-duksbordet. Den var avstängd men hon fick igång den. Så läste hon: Samlingsregeringen har beslutat att införa amnesti för alla som vistas illegalt i Sverige. Från och med nästa måndag kan dessa anmäla sig hos polisen på närmaste ort. De kommer att få inrikespass och ransoneringskonto. Anledningen är brist på arbetskraft.

Farid hade samtidigt läst nyheten i datorn. De tittade för-stenade och stumma på varandra tvärs över rummet. Var det möjligt? Var all rädsla slut? Hoten om utvisning?

Ordlöst omfamnade de varandra och sjönk ihop på köksgol-vet. Tårarna började rinna hos dem båda. Farids tårar vätte ner hennes hals och hon tog tag i hans ansikte mellan sina händer och försökte kyssa bort dem med små, snabba kyssar, men de var för många. Så småningom blev det obekvämt på golvet så de snubblade bort till sängen, men han fortsatte att gråta i tunga snyftningar och hulkningar, som skakade hans kropp. Hon tor-kade bort snor och tårar och lade sig till sist ovanpå honom, som om hennes tyngd skulle lugna honom. Hans kropp skakade under henne och hennes kyssar och viskningar hjälpte inte utan tårarna och snyftningarna fortsatte utan uppehåll, som kramper.

Hon fortsatte att mumla kärleksord och så småningom kände hon att hans kropp vaknade under henne, snyftningarna avtog och han koncentrerade sig på henne, händerna sökte efter henne. De nya känslorna dränkte till slut tårarna.

De låg tysta och utslagna bredvid varandra i sängen. Han gick upp på ostadiga ben för att tvätta av ansiktet, som var blankt och uppsvullet efter den häftiga gråtattacken, och för att dricka vatten. Han tog med sig ett glas vatten till Lena. Så lade han sig på sidan för att betrakta henne. Hans stora hand gled över hennes ansikte och genom hennes hår.

Hon tog hans hand och kysste den.

– Allt, allt kommer att bli annorlunda nu. Du är fri.

De omfamnade varandra när telefonen ringde och avbröt dem. Sonja hade hört nyheten.

– Grattis till er, till Farid, jag är så glad. Ni måste komma hit och fira. På måndag åker vi till polisen tillsammans, om vi får följa med.

Orden snubblade över varandra. Hon ville prata med Farid och han tog telefonen.

– Farid, du har fått ett nytt liv. Jag är så glad. Vi måste träffas snart. Kom hit i kväll på middag. Du har ju aldrig varit hos oss och knappt i byn heller. I alla fall inte i dagsljus.

Han lämnade över telefonen till Lena och lade sig på rygg i sängen. Med handen smekte han Lenas rygg tills hos avbröt samtalet och vände sig mot honom.

KAPITEL 75

I byn hade det bott tre flyktingar, visade det sig, fyra med Costas. Förutom Farid hade Ulf och Anette ett par boende hos sig, från Thessaloniki i Grekland. Det var en man och en kvinna i medelåldern och de hade flytt från samma läger och i samma grupp som Farid och Costas. På nästa byråd skulle flyktingarna bli presenterade för alla. Det var en stor händelse. Ny arbetskraft, nya kunskaper och kompetenser.

Byrådet samlades i en lada, eftersom Oves och Sivs kök var för litet när alla ville komma. De som kunde tog med en stol och de var ordentligt påpälsade. Det fanns ingen uppvärmning i ladan, men Ove hade ställt in några element. Han hade tagit dit ett bord som de kunde ha sina papper på. Lena kom på skidor i förväg, som vanligt, och de förberedde mötet i Oves varma kök. När de hade slagit sig ner vid köksbordet iakttog han hennes ansikte i smyg och kände, trots att han inte ville det, den gamla åtrån komma krypande i ljumskarna. Svartsjukan ilade genom honom som pilar. Vem var den där algeriern? Vad hade han? Varför älskade hon honom? Nåväl, om en stund skulle han få träffa denna person.

Första punkt på byrådet blev presentationen. De nya invånarna fick presentera sig utförligt om vem de var och vad de kunde. Därefter kom byinvånarna med kortare presentationer av sig själva och efter det de vanliga punkterna. I dag skulle mötet inte bli så långt med tanke på kylan i ladan.

Mötesdeltagarna sorlade redan förväntansfullt, när Farid kom in, borstade av sig snön och strök av den färgglada mössan med olika mönster, som Sonja stickat. Han vinkade till Lena framme vid bordet och satte sig på en av de lediga stolarna. Den senaste tiden hade han tagit itu med svenskstudierna på allvar och nu skulle han tala på svenska, så långt det gick. Han vred mössan i händerna, tittade sig skyggt omkring på alla okända människor och hälsade med en nickning. Sonja och Bosse kom in, bärande på varsin stol, de kramade honom och slog sig ner.

Ove tog till orda.

– Vi har fått tre nya invånare i byn som ska presentera sig, så vi lär känna dem. Först vår vän Farid Shakir.

Farid reste sig upp och berättade sin historia i ganska korta ordalag och på fullt begriplig svenska, med bara några enstaka stakningar. När han skulle berätta om hur Lena räddat hans liv svalde han några gånger och blev tyst en kort stund, men han lyckades kontrollera sina känslor genom att titta upp i taket. Han sa ingenting om försöket att ta sig norrut. Det blev lättare att prata om kompetenserna. Då blev han utförlig och vältalig. Botaniken var hans expertområde och där hade han mycket att bidra med i det gemensamma arbetet.

Ove hälsade honom välkommen till byn och han fick en varm applåd. Han reste sig upp och tackade. Paret från Thessaloniki fortsatte presentationen, men han hörde inte ett ord av vad de sa. Å andra sidan kände han dem redan. Inom sig gick han igenom vad han sagt gång på gång. Förstod de honom? Hade han gjort ett bra intryck? När byborna presenterade sig lyssnade han noga och studerade deras ansikten. Han visste att han skulle samarbeta med några av dem, för det fanns många lediga arbetsuppgifter. Den enda han hade hört talas om var Ove, för att Lena och han jobbade ihop och för att han var hennes vän, och Stefan Wikman, ingenjören. Ove tycktes vara byns starke man, som alla lyssnade till, och hans gestalt utstrålade styrka och beslutsamhet, en imponerande man, tänkte han. Farid jämförde honom med andra män, från sin barndom och ungdom, patriarkala män som dominerat sin omgivning med våld och förtryck. Under resten av mötet satt han tyst och stirrade ner i golvet i väntan på att det skulle vara över. Tankarna gick till Costas, som fallit i skogen och förlorat sitt liv. Costas, försynt och hjälpsam, låg i en grav på kyrkogården. Någon av människorna här hade förrått dem. Det kunde vara Ove eller Bosse, eller någon annan. Han ville inte tänka så, han ville se framåt på sitt nya liv med Lena och glömma de bittra tankarna. Han såg upp när Lena ställde sig upp framme vid bordet och talade. Hennes gestalt, med flätan över axeln, påpälsad med en tjock tröja och en dunjacka så att hennes kropp knappt syntes, ivrig och alert, full av liv. Inom honom steg en våg av värme, hans tomma händer längtade efter att få röra vid henne, han fick tårar i ögonen, men blinkade bort dem. Hon skulle inte vilja att han grät inför alla. Han längtade till kvällen, när han fick vara ensam med henne igen. Det skulle bli mer arbete nu, för han behövdes här, men de skulle ha tid för varandra också, under de mörka vinterkvällarna.

KAPITEL 76

Sonja hade lyckats få ihop en kör, som hade börjat öva i vardags-rummet. I början var de bara några få som sjöng sånger de gillade. När vintern kom dök en musiklärare upp från grannbyn och ville ha med dem i den kör som övade i kyrkan en gång i veckan. Kyrkan låg mellan deras by och grannbyn och det var lätt att cykla dit, men när snön kom fick de ta skidorna i stället. Bosse tyckte inte om att hon gav sig iväg på skidor i mörkret, så han följde med och blev snart själv en hängiven sångare med en inte oäven tenor. Han tyckte om att sjunga, han blev glad och glömde de bekymmer som börjat mala runt i hans huvud i och med att han sagt ja till att ta på sig mer ansvar i byn. I kyrkan ekade deras röster i rymden mellan de gamla stenmurarna. Det var kylslaget men sången värmde. Han såg fram emot körkvällarna. När de skidade hem efter kören fortsatte de att sjunga, de skrålade ut i vinternatten, som stod mörk och tom runt dem som ett kallt, men skyddande hölje, tills kylan tystade dem.

Vintern var vilans tid i jordbruket, vårens, sommarens och höstens febrila arbete var förbi. Ove längtade efter vila, han kände att han var trött när han vände sig i den varma sängen. Han var trött på att dra lasset, på att fixa för alla, ta ansvar för alla. Trött. En medhjälpare. Kanske skulle han anställa en med-hjälpare, en lantarbetare till våren. Pengar fanns och med den nya amnestin skulle det inte vara omöjligt att hitta en före detta flykting, som sökte jobb. I grannbyn fanns flera personer som skulle kunna vara lämpliga kandidater. Människor som bott där i hemlighet. Han skulle kunna erbjuda bostad också, i ett av uthusen, om han rustade upp det. Tanken, eller beslutet, gjorde att han redan kände en lättnad komma smygande. Med en suck lade han sig på sidan.

Det fick bli vinterns arbete. Han skulle rådfråga Ulf som skulle kunna hjälpa till med beräkningar och planer. Bosse skulle kunna hoppa in som snickare. Ett utmärkt beslut som han skulle genomföra. En arbetare fick det bli, och mindre ansvar.

Lenas gestalt dök upp i hans huvud, hon var ju hans vice "hövding". Han insåg motvilligt att förälskelsen i Lena hade slocknat i brist på bränsle, den var ouppnåelig, nu när den där algeriern hade fått papper och var på väg att bli en betrodd man i gemenskapen. Han hade visat sig både kunnig och hjälpsam. Förälskelsen hade falnat och han kände att han saknade den bubblande, förväntansfulle känslan, när han väntade på att de skulle ses, när han fick syn på henne. Han suckade. Allt i livet hade blivit vardag nu, magin var borta. Han var utsliten, förbrukad, en slagen man, en åldrad man. Han såg på Siv som sov intill honom. Hon andades långsamt och lugnt. Siv var hans trogna följeslagare. Han makade sig intill henne och trevade med handen över hennes varma mage. Ansvaret. Lena skulle få ta över ordförandeskapet i byrådet och han skulle dra sig tillbaka till våren. Han skulle förbereda Lena på det, att hon var hans kandidat, om det blev omröstning. Ansvaret måste alternera mellan medlemmarna, nu var det någon annans tur. Belåten över att ha kommit fram till två bra beslut kysste han Siv i det grånade håret i hennes nacke.

– Siv, är du vaken?

Siv svarade inte så han lät det bero och nöjde sig med att känna hennes värme genom nattlinnet. De hade det bra tillsammans, Siv och han. Hade haft i alla år och det skulle bli så i fortsättningen också. Han var ändå nöjd med sitt liv. Sakta sjönk han in i sömnen.

När isen låg var det inte enkelt att fiska med nät, de behövde redskap, issåg och ishäst, för att såga upp kvadratiska vakar och för att dra nätet under isen. Sådana redskap fanns inte i föreningen. Ett förslag på inköp för gemensamt bruk hade Bosse lämnat till byrådet. Frågan var om det ens fanns att köpa. Farid hade börjat pimpla i stället tillsammans med Stefan, som också blivit Farids vän. Stefan kom ibland till stugan på kvällarna utan något speciellt ärende, kanske för att få sällskap. De drack te och Farid övade sig i att prata svenska.

En isborr fanns att låna i återvinningen och när de väl hade ett hål, kunde de ganska enkelt hålla det isfritt. Med pimpelfiske fångade de visserligen bara mindre fiskar, som abborre, smågäddor, harr och lake, men med ismete gick det att fånga större fiskar, som gös om de hade mört som bete och fiskade med en rulle.

Under soliga vintereftermiddagar skidade de till sjön med ryggsäckarna packade med kaffetermos, smörgåsar och varsin fällstol, som hängde utanpå. De fick upp ett fint hål med gemensamma ansträngningar och markerade det med granruskor. Hålet höll de rent med en skyffel. I början gick det trögt och de var valhänta, men så småningom lärde de sig hantera redskapen. Luften var kall och klar och doftade snö. Om det inte blåste kunde solen rent av kännas varm i ansiktet. Farid njöt av dessa stilla, meditativa eftermiddagar i tystnad eller i småprat med Stefan. Det hände att Sonja och Lena tog en skidtur över sjön och höll dem sällskap en stund. Sonjas mage hade blivit rund och hon berättade att Bosse tyckte om att lägga örat mot den så att han kunde känna fostret röra sig och höra hur hennes inre, hemlighetsfulla ljud vibrerade, som rörstammar i en gammal fastighet.

Andedräkten stod som rök ur munnen, kaffet i koppen värmde händerna och strupen. Då och då ryckte det i spöet och klockan klingade. Stefan halade in reven med vana händer, Farid tog emot. De teg, trygga tillsammans. Solen stod lågt och vandrade över dem och gick snart ner bakom skogshorisonten.

När det började skymma packade de ihop. Fisken delade de upp mellan sig och det som blev över överlämnade de som vanligt till hågade bybor.

De skidade hemåt. Korparna, som kraxande flög högt över dem, kunde se dem under sig som små, mörka gestalter där de skidade fram över sjöns oändliga vithet och försvann en efter en in i den snöklädda skogen, som ljudlöst svalde dem.